倪匡奇情作品集

木蘭花傳奇 14

鑽石局

（含：星鑽、北極氫彈戰）

倪匡 著

目錄

星鑽

北極氫彈戰

【總序】

木蘭花VS.衛斯理——倪匡奇幻系列的兩大巔峰

秦懷玉

對所有的倪匡小說迷來說，《衛斯理傳奇》無疑是他最成功、也最膾炙人口的作品了，然而，卻鮮有讀者知道，早在《衛斯理傳奇》之前，倪匡就已經創造了一個以女性為主角的系列奇情故事，甫出版即造成大轟動，《木蘭花傳奇》遂成為倪匡眾多著作中最具特色與最受讀者喜愛的兩大系列之一；只因衛斯理的魅力太過強大，使得《木蘭花傳奇》的光芒被掩蓋，長此以往被讀者忽視的情形下，漸漸成了遺珠。

有鑑於此，時值倪匡仙逝週年之際，本社特別重新揭刊此一系列，希望藉由新的編排與介紹，使喜愛倪匡的讀者也能好好認識她。

《木蘭花傳奇》是倪匡以筆名「魏力」所寫的動作小說系列。原載於香港新報及《武俠世界》雜誌，內容主要是以黑女俠木蘭花、堂妹穆秀珍及花花公子高翔三人所組成的「東方三俠」為主體，專門對抗惡人及神秘組織，他們先後打敗了號稱「世界上最危險的犯罪集團」的黑龍黨、超人集團、紅衫俱樂部、赤魔團、暗殺黨、黑手黨、血影掌，及暹羅鬥魚貝泰主持的犯罪組織等等，更曾和各國特務周旋、鬥法。

如果說衛斯理是世界上遇過最多奇事的人，那麼打擊犯罪集團次數最高的，即非東方三俠莫屬了。書中主角木蘭花是個兼具美貌與頭腦的現代奇女子，在柔道和空手道上有著極高的造詣，正義感十足，她的生活多采多姿，充滿了各類型的挑戰；她的最佳搭檔：堂妹穆秀珍，則是潛泳高手，亦好打抱不平，兩人一搭一唱，配合無間，一同冒險犯難；再加上英俊瀟灑，堪稱是神隊友的高翔，三人出生入死，破獲無數連各國警界都頭痛不已的大案。

若是以衛斯理打敗黑手黨及胡克黨就得到國際刑警的特殊證明文件的標準來看，木蘭花在國際刑警的地位，其實應該更高。

相較於《衛斯理傳奇》，《木蘭花傳奇》是入世的，在滾滾紅塵中演出令人目眩神搖的傳奇事蹟。衛斯理的日常儼然是跟外星人打交道，遊走於地球和外太空之間，事蹟總是跟外星人脫不了干係；木蘭花則是繞著全世界的黑幫罪犯跑，哪裡有犯罪者，哪裡就有她的身影！可說是地球上所有犯罪者的剋星！

而《木蘭花傳奇》中所啟用的各種道具，例如死光錶、隱形人等等，一如倪匡慣有的風格，皆是最先進的高科技產物，令讀者看得目不暇給，更不得不佩服倪匡驚人的想像力。

尤其，木蘭花等人的足跡遍及天下，包括南美利馬高原、喜馬拉雅山冰川、北極、海底古城、獵頭族居住的原始森林、神秘的達華拉宮及偏遠隱密的蠻荒地區等，讀者彷彿也隨著木蘭花去各處探險一般，緊張又刺激。

《衛斯理傳奇》與《木蘭花傳奇》兩系列由於歷年來深受讀者喜愛，書中主要角色逐漸由個人發展為「家族」型態，分枝關係的人物圖越顯豐富，好比《衛斯理傳奇》中的白素、溫寶裕、白老大、胡說等人，或是《木蘭花傳奇》中的「天使俠女」安妮和雲四風、雲五風等。倪匡曾經說過他塑造的十個最喜歡的小說人物，有三個在木蘭花系列中。白素和木蘭花更成為倪匡筆下最經典傳奇的兩位女主角。

在當年放眼皆是以男性為主流的奇情冒險故事中，倪匡的《木蘭花傳奇》可謂是開創了另一番令人耳目一新的寫作風貌，打破過去女性只能擔任花瓶角色的傳統窠臼，以及美女永遠是「波大無腦」的刻板印象，完美塑造了一個女版〇〇七的形象。猶如時下好萊塢電影「神力女超人」、「黑寡婦」等漫威女英雄般，女性不再是荏弱無助的男人附庸，反而更能以其細膩的觀察力及敏銳的第六感，來解決各種棘手的難題，也再一次印證了倪匡與眾不同的眼光與新潮先進的思想，實非常人所能及。

《女黑俠木蘭花傳奇》共有六十個精彩的冒險故事，也是倪匡作品中數量第二多的系列。每本內容皆是獨立的單元，但又前後互有呼應，為了讓讀者能更方便快速地欣賞，新策畫的《木蘭花傳奇》每本皆包含兩個故事，共三十本刊完。讀者必定能從書中感受到東方三俠的聰明機智與出神入化的神奇經歷，從而膾炙人口，成為讀者心目中華人世界無人能敵的女俠英雌。

星鑽

1 英勇事蹟

斜山路是一條名符其實，又陡又斜的山路。

這條山路，大約有三百碼長，從一條十分熱鬧的大路，通到半山的另一條道路去。

本來，斜山路是相當冷僻的一條道路，但是，自從在路口開了一家新型的電影院之後，斜山路也跟著熱鬧了起來，在電影院的對面，又開設了兩家唱片行。

那兩家唱片行，幾乎整日不斷地播放著流行歌曲的唱片，令得斜山路上的住戶都為之皺眉，但是卻又對之無可奈何。

這時，最後一場電影已散場了，人群從戲院中湧出來，漸漸地散去，在斜山路的路口處，約莫還有三二十人。

就在這時候，在斜山路的上段，突然傳來了兩下槍聲！

那兩下槍聲，十分響亮，十分清脆，幾乎每一個人全可以聽得到的，而隨著那兩下槍聲，每一個人都停止了動作，抬頭向上望去。

斜山路的上段，十分漆黑，看不清楚究竟發生了什麼事情，但是，只不過是幾秒鐘的工夫，抬頭上望的人，皆發出了一聲驚呼！

一輛病人所坐的輪椅，正自斜山路的上段疾滑下來。

斜山路是十分陡峭的，那輪椅向下疾滑了下來，速度也因為「加速度定律」，而在迅速地增加著。

當它滑到了一半的時候，眾人已可以看到，坐在輪椅上的，是一個大約十二三歲，面色蒼白，十分瘦削的女孩子，她並沒有發出驚呼聲，只是緊抿著嘴。

這時，正有一輛汽車向斜山路上駛去，駕車人也被向下滾下來的輪椅嚇得呆了，他立時剎住了車，可是那卻是無補於事的。那輛輪椅，必然要和這輛汽車相撞了。而輪椅與汽車相撞的必然結果，便是輪椅上那個瘦弱的女孩子的喪失生命！

一時之間，幾乎每一個人都尖聲驚呼了起來。

但是，人人都驚惶失措，似乎只能眼看著慘劇的發生了，輪椅滾下來的速度，越來越快，離汽車只有三十碼，二十碼，十碼了！

有兩個婦人尖聲叫了起來，道：「快做做好事，阻止那輛輪椅！」

但是輪椅仍是迅速地向下滾來，眼看只有六碼、五碼了，汽車司機無助地尖叫了起來。

就在那千鈞一髮之際，只見在一條橫街處，有一個人迅速地竄了出來！

那人的來勢，實在快到了極點，只見他一撲向前，身子恰好攔在輪椅和那輛汽車之間，他才一站定，那輪椅便直撞了過來！

那人伸手一推，恰好扶住了輪椅的雙柄，輪椅上那女孩的身子向前一撲，撲進了那人的懷中，這驚險絕倫的一幕，看得所有的人連氣也喘不過來。

也直到這時，所有的路人才看清，那勇救女童的，竟是一個十分美麗的女郎，她短髮、圓臉，神情爽朗，但是她的臉色，卻也因剛才的緊張，而有點發白。

這時，她正將那女孩扶到了輪椅上，人群開始向她圍了過來，一輛警車也在斜山路口停了下來。

有好幾個人一齊向一個警官報告曾聽到槍聲，一隊警員向斜山路上衝去，另一位警官擠進了人群，向那女郎望了一眼。

那警官只向那女郎望了一眼，便立時叫了起來，道：「穆小姐！穆秀珍小姐！」圍在四周的路人立時也發出了驚呼聲，他們紛紛互相道：「那是穆秀珍！那是女黑俠穆秀珍，怪不得她這樣勇敢！」

路人的讚賞，令得穆秀珍非常高興，她道：「原來你認識我！這女孩子只怕吃驚太甚了，問她什麼都不肯說，最好快將她送到醫院去。」

「好的！」警官答應著，回頭叫道：「叫救護車！」

穆秀珍輕輕地拍著那女孩的肩頭，那女孩的面色仍然極為蒼白，她一聲不出地坐在輪椅上，睜大著眼睛，望定了穆秀珍。

在她瘦削的面上，她的眼睛大得十分異常，而在她的眼睛中，卻看不到有多大的恐懼，只是令人感到一種極度的固執。

穆秀珍笑著道：「小妹妹，你現在還害怕麼？現在你已沒有事了，剛才有兩下槍聲，你聽到了沒有？你可是給兩下槍響嚇著了？」

那女孩子緊緊地抿著嘴，一聲不出。

穆秀珍無可奈何地攤了攤手，她自度有本領可以和三個大漢打架，但是卻沒有耐性去引一個固執的女孩子開口，她只得仍然扶著那女孩子，等待著救護車。

不一會，救護車來了，穆秀珍看著女孩子被抬上救護車，她才和那警官揮了揮手，走了開去。

那時，那警官正在警車中聽無線電話。

他臉上的神色十分嚴肅，以致穆秀珍向他揮手道別，他也未曾看到，這令得穆秀珍的心中十分生氣。

是以，當穆秀珍走開了七八碼，那警官忽然高叫「穆小姐」之際，穆秀珍非但不睬他，而且迅速地穿過了對街，跳上了摩托車，回家去了。

穆秀珍之所以會在斜山路湊巧救了那女孩，是因為她正在附近拜訪一個同學之故，那同學的經濟狀況很差，又生病，穆秀珍是替她送錢來的。

當她出來的時候，恰好遇上了這件事。

這件事，在目擊的人中，很可能被當作是一生之中所遇到的最驚險的一件事了，但是對穆秀珍來說，卻根本不算什麼。

當她在摩托車上，風馳電掣也似向家中駛去之際，她早已將這件事拋在腦後了，深宵的勁風拂著她的短髮，她因為幫助了一個在貧困中的同學，而覺得十分高興。

穆秀珍回到家中，也未曾向木蘭花提及她在斜山路救了那小女孩的事，因為她根本不認為這是一件值得誇耀的事。

第二天，穆秀珍醒來的時候，陽光已經射進屋子來了，穆秀珍向對面床上一看，木蘭花早已起了身，她暗暗伸了伸舌頭，知道免不了又要被木蘭花埋怨幾句了，她以最快的動作穿好衣服，衝下樓去。

可是，出乎她意料之外的是，木蘭花剛好放下電話，抬頭向她望來，卻並沒有埋怨的意思，臉上反帶著笑容。

穆秀珍跳到了木蘭花的面前，道：「蘭花姐，早！」

木蘭花答應著，「秀珍，原來你昨天晚上還做了一件這樣出色的事情，為什麼你回來的時候，不向我提起？」

穆秀珍不好意思地笑了一笑，蕩：「那算得什麼？」

木蘭花道：「本來不算什麼，可是你卻惹上麻煩了！」

穆秀珍陡地一呆，眼睜得老大，奇道：「麻煩？有什麼麻煩，我救了那孩子，難道那孩子的父母還要來找我的麻煩麼？」

木蘭花笑了起來，道：「當然不！可是這件事卻不是那麼簡單，你昨晚如果不走得那麼快，那你一定可以參與這件事了。」

「蘭花姐！」穆秀珍不禁叫了出來，「昨天晚上，可是你也在斜山路麼？」

「當然不是，是剛才高翔在電話中告訴我的！」木蘭花答。

「噢！」秀珍做了一個鬼臉，「看來事情真不簡單，要不然，也不會驚動高主任了，據說，昨晚曾有槍聲，可是有人發生了意外麼？」

「是的，在斜山路頂處的一個郵筒上，伏著一個死人，那人身上中了兩槍，都是中在要害處，他是立即喪生的。」

「那是什麼人？」穆秀珍問。

「那人的身分不明，成了一個謎，警方調查的結果，只知道那人和一個患有小兒痲痺症，行動不便，要坐輪椅的女孩，是住在一起的。」

穆秀珍越聽越覺得事情離奇，她問道：「就是那女孩？」

木蘭花點了點頭。

穆秀珍笑了起來，道：「高翔也真糊塗了，這還用得著調查麼？問問那女孩子，那死者是什麼人，不就可以得到結論了麼？」

木蘭花微笑著，道：「高翔並沒有糊塗，他也早已去問過那女孩子了，可是，他卻遇到了一項他幾乎無法克服的困難。」

「好啊！」穆秀珍笑著道：「那是什麼困難？」

「那女孩子不肯講話，什麼也不說！」

穆秀珍聽了，不禁陡地一怔。

她立時想起昨天晚上，那女孩睜著眼睛，一句話也不說的情形來，在她的眼前，似乎又浮起那女孩那種固執的眼光來。

「噢！」她又問：「那女孩一直不說話麼？」

「一直不說！」木蘭花回答：「斜山路頂的居民都說，那個死者和這女孩，是半個月之前才搬進來的，雖然只有兩個人，但是獨住一層樓宇，那死者像是一個男看護，因為除了見他照料那女孩，和有時推著輪椅，在斜山路頂上走走之外，幾乎不見他有什麼特別的活動。」

穆秀珍全神貫注地聽著，昨天晚上，那小女孩如果不是她救下的話，她或許對這件事不會有那樣的興趣，但這時，當她一想及那小女孩瘦削的身形和蒼白的臉色之後，她就對那小女孩不由自主地關切起來。

等木蘭花的話告一段落，她連忙一拍手，道：「我知道了！」

「你知道了什麼？」

「那還用說麼？昨天晚上，一定是那死者又推著輪椅在散步，但是卻突然受到了狙擊，他立時死去，所以輪椅才順著斜路滾下來的。」

木蘭花讚許地望著穆秀珍，道：「你的推理能力進步了！」

穆秀珍受了稱讚之後，臉上紅了起來，她十分興奮，道：「那女孩至多不過十二三歲，而且，她是一個有病的人，一定膽子是十分小的，而昨天晚上的變故，即使是一個強壯的成年人，也會嚇壞的，她一定是受了過度的驚恐，所以才不說話的。」

「對，我對高翔也是那麼說，一個人在受了過度的驚恐之後，是會反常地沉默的，這種事，尤其發生在孱弱者的身上！」

穆秀珍又高興地笑了起來，因為她的推測，居然和木蘭花一致了。

可是，木蘭花接著卻搖了搖頭，道：「但高翔卻否定了我的說法。」

「他說什麼？」穆秀珍大有準備和高翔吵一架之勢。

「他說，那女孩昨天首先是被送到醫院去的，已經過好幾個醫生的檢查，那幾位檢查過的醫生，全證明她的精神狀態，完全正常！」

穆秀珍憤然地道：「那些醫生，知道個屁！」

木蘭花又是好氣又是好笑，道：「秀珍，我們的推斷，只是根據一般的邏輯而來的，在事實已否定了我們的推斷之際，那我們應該服從事實，而不應該堅持自己的推斷，這是我們做一切事所必須知道的。」

穆秀珍明知木蘭花說得有理，可是她卻仍然十分不服氣，道：「若是說那女孩沒有受到驚嚇，你想想，有這個可能麼？」

木蘭花站了起來，來回踱了幾步，道：「所以我說這件事，沒有那麼簡單。一個中年男人，一個殘廢的女孩，兩個人與世隔絕也似地生活著，忽然，中年男子被人槍殺，那殘廢少女卻又什麼話也不肯說，秀珍，你想想，這其中，該包含著什麼樣的曲折啊！」

穆秀珍點了點頭，道：「是的，我去看看那小女孩。」

「不必了，高翔會將她送來的。」

「噢，將孩子送來？」

「是的，秀珍，引她開口的責任，落在你的身上了，昨天晚上是你救她的，她可能會對你表示友善一些，肯和你交談。」

穆秀珍搔著頭，為難地道：「你不幫我麼？」

「我怕不能幫你了，高翔一來，我就要和他一起到斜山路去，去看看命案發生的現場，以及死者和那女孩的住處。」木蘭花回答著。

穆秀珍苦笑了一下，道：「早知我會被派到這樣一個悶差使，我昨天晚上或許就不出手去救那個小女孩了！真倒楣！」

「秀珍，別說沒有意義的話，你不要以為這是悶差使，也許我們的調查，什麼結果也沒有，但是你卻已在那女孩的口中得知全部秘密了！」

木蘭花這樣一說，穆秀珍的情緒又高了起來，她們又交談了幾聲，只聽得門口傳來了汽車喇叭聲，兩人抬頭向外看去，高翔已經來了。

高翔是駕著一輛十分大的敞篷汽車來的，在汽車的後座，放著一張輪椅，那輪椅上坐著那個瘦弱的女孩。在燈光之下看來，她的面色更加蒼白！

她看來比昨晚穆秀珍看到她的時候更憔悴，然而她仍然睜著眼，她眼中那種固執的神色，也沒有什麼改變。高翔跳下了車，將輪椅搬了下來。

木蘭花已將鐵門打開，向那女孩道：「歡迎你來！」

那女孩只是睜著眼睛，定定地望著木蘭花。

木蘭花立時在那女孩的目光中，發現她是一個智力極高，極聰慧的孩子，但正因為她天分十分高，所以，如果她堅持不說話時，要引她說話，也不是容易的事。

穆秀珍也走了過來，木蘭花並不介意那女孩是不是回答，她繼續以十分親切的聲音道：「我們這裡，本來只是我和秀珍住的，現在你來了，我想，我們三個人一定會相處得很好的，是麼？」

那孩子仍然不出聲。

木蘭花笑道：「秀珍，你好好地照顧這位小朋友，我和高翔一辦完了事，立即就會回來。」

她和穆秀珍使了一個眼色。

穆秀珍做了一個鬼臉，她裝出十分高興的樣子，道：「來吧，我相信你一定餓了，我有最好吃的香蕉奶油布丁，唔，味道很好哦！」

她本來是想引那女孩子的，但卻講得她自己嚥起口水來。

高翔幾乎忍不住要笑，但是高翔未曾笑出聲來，便已被木蘭花拉著，向鐵門外走去了。

斜山路頂端的那一排房屋，全是十分精緻的三層洋房，而昨晚死者的住所，是在其中一幢的二樓。

自昨晚至今，那層樓宇，一直在警方嚴密的看管之中。

高翔和木蘭花一到了斜山路口，便棄車步行，兩個警官連忙迎了上來。其中一個，正是事發之後，最早趕到現場的那個。

那警官指著上面，講述著他趕到之後所見到的情形，木蘭花抬頭向陡峭的路面看去，一個殘廢者在那樣的路面上，所坐的輪椅滑下來，那當然不是一項愉快的經歷。

他們繼續向上走去，不一會，就看到了那個郵筒。

除了死者被移開之外，現場的一切，都保留著未曾動過，是以在郵筒上的血漬，和郵筒之旁，地上的血漬還十分清楚。

這一段路的車輛交通，是被封鎖了的，當木蘭花向上走去之際，她發現在不少窗口內，都有人好奇地在向外張望著。

木蘭花在郵筒前站了片刻。

「死者被發現伏在郵筒上，」高翔解說著，「他中了兩槍，全在心臟部位，凶手一定是一個射擊技術十分高超的人，因為子彈自背後射入，入體並不太深，可知是在相當距離之外發射的，那是點三八的左輪槍，這種槍，現在很少人用了。」

「除非是老牌槍手。」木蘭花補充了一句。

「老資格的槍手！」高翔吃了一驚，「蘭花，你竟認為事情嚴重到了和老資格的職業暗殺者有關的程度麼？真有那麼嚴重？」

「事情究竟嚴重到什麼程度，現在是無法斷定的，」木蘭花緩緩地回答，「或許沒有那麼嚴重，但也或許更嚴重得多！」

高翔沒有出聲。

木蘭花又低頭察看著路面上的血漬，她道：「看來，死者中了槍之後，還向前跌出了三步，然後，撞在郵筒上，他才鬆了手，而當時，他正是推著輪椅的，所以，當他鬆手之後，輪椅便失去控制，沿著路面，向下直滑下去，幾乎將那女孩撞死了！」

高翔點了點頭，他自一個警官手中接過一個文件夾，他將那文件打開，送到了木蘭花的面前，道：「這是死者的照片。」

死者的照片很多，大都是伏在郵筒時便拍下來的，也有兩幅，是到了殮房之後拍的面部特寫，死者是一個半禿的男子。

他的臉容，看來十分安詳，像是他早已料到自己會死一樣。當然，更可能的是，死亡來得實在太突然了，他根本未及覺出死亡的恐怖。

木蘭花可以肯定，以前未曾見過這個人。

而高翔也不知道死者是什麼人，那當然是死者絕未曾在警方的檔案中，留有任何記錄之故，她闔上了文件夾，道：「可以將死者的照片發表在報上，同時，添印若干分，寄給和我們有聯絡的世界各地的警局，來查明這個人的身分。」

高翔頗有些覺得木蘭花在小題大做，但是他聽木蘭花說得十分鄭重，是以他也沒有表示自己的意見，只是順口答應著。

他們一面說，一面仍向前走著，已來到了那幢屋子的門口，那一帶的建築物，雖然只有三層高，但卻都是有升降機的。

他們一行人，由升降機上了二樓，一出升降機，便看到兩個警員守住了門口。木蘭花向門鎖上一望，便奇道：「門是炸開的？」

「是的，我們在死者身上找不到任何東西，問那女孩門匙在哪裡，那女孩又什麼都不肯說，所以我們只好將門炸開來了。」

木蘭花皺著眉，這又是一件很奇怪的事。

死者推著輪椅出去，唯一的目的，看來就是去散散步。去散步時將門鎖上，那是平常之舉，但是，死者竟有可能不將鑰匙帶在身邊麼？

當然沒有這個可能！

那麼，這就證明那死者死後，有人將死者身邊所有的東西都取走了！

警方是向居民了解之後，才到死者住所的，也就是說，取走了死者身上東西（包括鑰匙在內）的人，可以有足夠的時間進入屋子，進行十分詳細的搜查工作！

木蘭花只是心中想著，並沒有說什麼，因為她雖然覺得這件事不但神秘，而且十分嚴重，但是到目前為止，那卻還只是她的一種感覺，她還沒有絲毫證據可以證明她的感覺是對的。

2 保持緘默

高翔推開了門，門內是一個十分寬敞的客廳，臨陽臺的一面，是落地的玻璃長窗，可是這樣一個寬敞的客廳中，卻幾乎沒有傢俬，是以看來十分異樣。

在客廳中唯一的裝飾，似乎就是鋁片百葉簾，百葉簾一看就可以看出是新裝的。木蘭花立時道：「百葉簾上，一定有承裝者的商號名稱，派一個探員去按址調查一下。」

高翔不禁佩服木蘭花對一切細小事物的留意。留意到百葉簾上，一定有承裝者的商號名稱、地址這種小事，可能一點作用也沒有，但也可能在茫無頭緒之中，開闢一條線索。

高翔連忙回頭，對一個警官低聲吩咐了幾句，那警官趨前看了一看，便退了出去。

另一個警官，已將三間房間的門全打了開來，其中兩間房間，完全是空的，另一間，則僅僅是兩張床和一張桌子。

木蘭花走進房間中，要在佈置得如此簡單的一間房間之中，認出居住者的身分來，那幾乎是不可能的事，但木蘭花還是來到了桌子前。

她將幾個抽屜拉了開來，抽屜全是空的，什麼也沒有。木蘭花的心中暗想：應該說，什麼也沒有留下，這裡在警方炸門而入之前，早已被人搜查過。

那一定是極為徹底的搜查，因為所有可以帶走的東西，全被帶走了。木蘭花可以說沒有什麼發現，但也不是全無發現。

木蘭花注意到了一項十分奇特的事，那便是，即使在兩間全然是空的，很明顯是無人居住的房間中，窗上也裝著新的百葉簾。

接著，木蘭花不但發現空房間裝著百葉簾，連廚房、浴室，總之，所有的窗子上，全都裝著百葉簾，而且全是新的！

高翔也注意到了木蘭花在察看百葉簾，他道：「我想，那死者可能是在躲避著什麼，他在所有的窗口上，都裝著百葉簾，是不是為了防止人家窺伺呢？」

木蘭花心中一動，道：「很有可能！」

「可是，這屋子的對面，並沒有別的房子，人家怎能從窗口窺視他？」高翔搖著頭，「這個死者，一定是一個怪人。」

「那也不一定，你看，山上有的是房子，在任何一幢房子中，只要有一具遠距望遠鏡的話，就可以察看屋中的動靜了。」

木蘭花講到這裡，略頓了一頓，又道：「如果真是有人利用望遠鏡在窺視死者的話，那麼，窺伺者可能還在繼續進行！」

「為什麼？」

「你看到沒有，」木蘭花指著空空如也的抽屜，「什麼都是空的，這裡早有人來過，而且將所有的東西取走了，謀殺不單是為了謀殺，我相信凶手是想要得到什麼。」

木蘭花再頓了一頓，才又道：「如果凶手未曾得到他所要得到的，那麼，我想他會繼續監視，看是誰得到了他要的東西！」

木蘭花的分析是如此有力，以致高翔不得不信服。

他忙又轉頭吩咐道：「準備三具配有紅外線觀察鏡的望遠鏡，調十二個人來，不停地對可能望到這層樓宇的一切房屋進行觀測。」

那警官又答應了一聲，走了出去，

那警官走出去之後不久，另一名警官捧著無線電對講機走了進來，道：「高主任，檢驗室的報告來了，請你收聽。」

高翔接過了對講機，按下了一個掣。

對講機中傳出了一個沉著的聲音，道：「死者的衣著和鞋子，全是十分名貴的貨色，他一定是一個生活優裕的人，鞋底的灰塵極少，可證明他近期內的活動十分少，在他的手指上，有墨水的痕跡，他是個知識分子，時時和寫作發生密切的關係。最不可解的是，他的指甲縫中發現有細小的鑽石粉末！」

「細小的鑽石粉末！」高翔低呼了一聲，「你是說，他有可能是一個鑽石走私客？」

「不是，絕不是經常接觸鑽石的人，就會在指甲中發現鑽石粉末的，珠寶店的售貨員，就絕不會有這種現象，他必須是一個鑽石切割者！」

「那也差不多了，大多數的鑽石私梟，都有著高超的鑽石切割技術的，還有什麼發現？」高翔再向對講機中問著。

「沒有，有再向高主任報告。」

「謝謝你，」高翔將對講機交還給那個警官，笑道：「事情總算有些眉目了，原來死者是鑽石走私黨中的一員，那就簡單得多了！」

「我想，你一定接著推測，他是吞沒了走私組織中的鑽石，藏匿在這裡，但是終於被人發現，是以死在槍下的，對麼？」木蘭花問著。

「可以說是這樣。」高翔回答。

木蘭花瞪了高翔一眼道：「那麼，那女孩子呢？有哪一個走私黨的黨員，在吞沒了東西之後，會帶著一個殘廢女孩子一起走的？」

「大可以有例外，那女孩子或者是他的親人，很可能是他的女兒！他希望帶著女兒一齊逃開走私黨人的追蹤！」高翔為自己的見解爭辯著。

高翔的見解看來很合理，木蘭花在心中也不禁這樣想，但是，她仍然感到，事情沒有那麼簡單。

這種感覺，是十分難以用語言或是文字形容出來的，這是木蘭花多年來從事冒險生活所獲得的經驗，就像一個老戰士，可以在戰場上聞到死亡的氣味一樣。

她站在那張書桌之前，呆呆地望著那張書桌，那張桌子也已十分舊了，但上面也有一些新的痕跡，木蘭花忽然向桌子的一角注視。

她看了半分鐘，立即道：「高翔，你來看！」

高翔也俯身看去，桌子的漆，在那一角剝蝕了許多，那是被什麼東西剝落的，在剝落的漆中，可以依稀辨出兩個英文字來。

那兩個英文字是「Keep Silent」：保持緘默。

木蘭花和高翔兩人，互望了一眼。

他們的心中，全在問：這是不是有特殊的意義呢？

這些刻痕，看來是新刻上去的。

那麼，刻上「保持緘默」這兩個英文字的，是什麼人？是那個死者呢？還是那女孩？不論是誰，為什麼這樣刻著？

為什麼桌上會出現「保持緘默」這樣的字句？

這句被刻在桌上的「保持緘默」，和那女孩子一言不發的態度，是不是有著某種程度的聯繫？

木蘭花發現了那「保持緘默」的刻痕，與其說是她發現了什麼線索的話，倒不如說她增添了十幾個難以解答的疑問！

木蘭花撫摸著那刻痕，雙眉緊蹙，過了半晌，她才道：「高翔，我看在那女孩子的心中，一定蘊藏著一項極大的秘密，我們不必再在這裡浪費時間了。」

高翔苦笑了一下，他的神態顯得十分疲倦，他道：「我倒寧願在這裡自己摸索了，那女孩子，哼，她簡直像是石頭雕成的一樣。」

木蘭花笑道：「你不能引那孩子開口，我想秀珍做得到，秀珍自己也只是一個大孩子，孩子和孩子之間，總容易溝通感情的。」

高翔搖著頭，道：「未必。」

木蘭花道：「我想，秀珍已經成功了！我們走吧！」

她和高翔退出了那層樓宇，這時，奉命以遠距望遠鏡，進行日夜不輟地觀察的十二名警員也來到了，高翔指點著他們隱伏的位置，木蘭花在一旁靜靜地等著。

而這時候，在家中的穆秀珍，已第六次地用手帕抹去她額上的大汗了。

木蘭花和高翔一走，穆秀珍便將那女孩子推進去，一面推著，一面用香蕉奶油布丁來引誘那女孩子，然後，她將一大盤奶油布丁，端到了那女孩的面前。

她笑道：「吃啊！吃啊！這是我做的，又甜，又香，我敢保證你以前絕對未曾吃過這麼好吃的布丁，我用的奶油，是最新鮮的……」

穆秀珍一直不斷地介紹著那個布丁的各種美味之處，她自己不停地吞著口水，她相信就算是一頭牛，這時也應該被她說動心了。

可是那女孩卻一動也不動，一聲不出。

她睜著大眼睛，甚至連望也不望穆秀珍一眼。

穆秀珍已講得口都乾了，她嘆了一聲，抹了抹汗，道：「好，原來你不喜歡吃布丁，那麼，我只好自己吃了，味道可好啦！」

她大口大口地吃著，等吃到一半時，去看那女孩子，那女孩子仍然無動於衷，穆秀珍笑道：「你可喜歡玩洋娃娃麼？我有一個最好的洋娃娃，我拿來給你看。」

穆秀珍的確有一個世界上最好的洋娃娃，那是雲四風做了送給她的，以雲四風的才能，來做一個洋娃娃，那自然是綽綽有餘的。

這個洋娃娃不但會走路，而且還會跳好幾種舞，最妙的是，一面跳，一面還會唱歌，穆秀珍十分喜歡這大洋娃娃，這時她肯拿出來，已是莫大的犧牲了。

她拍著那女孩，道：「你別心急，我去拿來給你。」

她「咚咚咚」地跑上了樓梯，抱著那大洋娃娃，又咚咚咚地奔了下來，可是當她奔到一半時，她不禁陡地呆了一呆。

那女孩已不在客廳中了！

穆秀珍叫了一聲，連忙竄了下來，發現那女孩飛快地推著輪椅，正在花園的石子路上，向鐵門而去，看樣子她準備離去。

穆秀珍連奔帶撲追了上去，總算在女孩子還未曾打開鐵門之前，將她拉了回來，穆秀珍喘著氣，連抹了兩次汗，又將那女孩子推了回去。

她將那洋娃娃放在地上，用無線電遙控儀指揮著那洋娃娃做各種各樣的動作，連她自己也被逗得格格地笑個不停。

可是，那女孩子瘦削的臉上，卻一絲笑容也沒有。

為了逗那女孩子笑，穆秀珍和那洋娃娃一齊跳，一齊唱，直到滿頭大汗，那女孩仍然一點反應也沒有。

穆秀珍無可奈何，拉了一張椅子，在那女孩子的對面坐了下來，道：「好，你是一個好孩子，不愛吃，也不貪玩，現在，你回答我幾個問題。」

那女孩不出聲，只是定定地望著穆秀珍。

「嗯，你叫什麼名字。」

「……」

「你的父母是什麼人？他們在什麼地方？」

「……」

「昨天晚上，你是怎麼會從那斜山路上滑了下來的？」

「……」

「你還有什麼親戚？」

「……」

穆秀珍的每一個問題，所得到的回答都只是沉默。

穆秀珍是一個急性子的人，她在問了幾句之後，便已坐不住了。

她站了起來，順著輪椅團團轉著，而且，她的聲音也越來越大，到最後，她已是在大聲嚷叫了，她頓著足道：「你要怎樣，才肯開口講話？」

可是，那女孩子仍然不出聲。

穆秀珍雙手叉著腰，站在那女孩的面前，對那女孩子固執地不肯開口，她感到十分氣惱，尤其那女孩子眼中那種固執的神色，更使她感到十分狼狽，她也狠狠地瞪著那孩子。

可是過不了片刻，她心中的怒意漸漸消散了，而且，她又想到了一個好主意。她仍站在那女孩子的面前，道：「好，我們大家比誰可以不眨眼睛，要是你先眨眼，那你就輸了，就要回答我的問題，如果我輸了，隨便你提出什麼要求，我都答應你！」

穆秀珍想出了這個辦法，心中十分歡喜，因為那女孩子若是輸了，便要回答她的問題，就算那女孩贏了，那麼她會提要求，當然也會開口說話的，穆秀珍的第一步目的，就是要那女孩子開口說話，是以她連忙睜大著眼，和那女孩子對視起來。

可是，當穆秀珍一本正經地和那女孩子對視之際，那女孩子的一對大眼睛，卻不斷地眨動起來。

她眨動眼睛的次數是如此之多，使得穆秀珍立即明白，那女孩子絕無意和她鬥不眨眼，而且，穆秀珍也知道，自己講的話，那女孩是完全聽得懂的！

那女孩完全可以聽懂她的話，只是不願出聲而已。

穆秀珍再嘆了一聲，又抹了抹汗，道：「好，我看你是一個十分聰明的人，聰明的人都是懂禮貌的，昨天晚上，要不是我撲了出來，你已經撞向汽車了，難道你連一聲謝謝也不會說麼？」

那女孩子仍是不出聲，緊抿著嘴。

本來，一個人若是在這樣的情形下仍然不出聲的話，那是會使人自然而然地想到，那一定是一個喪失了說話機能的人，他可能甚至不是啞吧，因為啞吧也會出聲音來的，她一定是一個聲帶完全損壞了的人。但是穆秀珍當時卻沒有那樣想。

那是因為那女孩子的神態！

那女孩子的神態，表明她不是不能講話，而是不願講，穆秀珍又接著說了許多話，可是那女孩子仍是一聲不出，而且，一直用那雙十分深邃，看來十分聰明，也十分固執的眼光望著她。

穆秀珍再一次抹汗——這已是第六次了。

也就在這時，電話鈴響了。

穆秀珍抓起了電話，她實在已蹩了一肚子的氣了，是以當她抓起了話筒之後，她的聲音也十分粗魯，大聲道：「找誰？」

對方卻是一個女人的聲音道：「安妮在麼？」

穆秀珍幾乎要罵了出來，沒好氣道：「這裡沒有安妮！」

她用力地放下電話，但轉眼之間，電話又響了起來，還是那女人的聲音，道：「安妮，告訴她，我是她的母親，我要和她講話。」

穆秀珍更是十分惱怒，可是當她正待再重重地將電話掛上之際，她忽然興起了一個十分頑皮的念頭，準備和那個打錯電話的冒失女人開一個玩笑。

是以她道：「你找安妮？好的，請你等一等。」

她遮住了電話筒，暗自好笑，然後，她變了一個嗓音，道：「誰啊，是你麼？媽咪！」

那女人顯然是高興之極，是以穆秀珍聽得她發出了幾下叫聲來，又聽得她道：「安妮，乖孩子，你終於肯叫我媽咪了！」

穆秀珍聽了，不禁一呆。因為她不明白那是什麼意思，那女人既然說是安妮的母親，那麼，「安妮」叫了她一聲媽咪，她為什麼像拾到了金子一樣地高興呢？

穆秀珍又道：「媽咪，你有什麼事？」

那女人又道：「安妮，你肯叫我了，我立即來接你可好？噢，安妮，乖孩子，這些日子來，你一定受夠了苦了，尤其你自己不能走動，噢，可憐的孩子！」

那女人講話的聲調，十足是在做戲，只怕騙一個孩子也騙不過的，可是穆秀珍卻越聽越是發怔，那個安妮是不能自己走動的，那麼……那麼……

穆秀珍心中起疑，連忙問道：「你知道我在什麼地方麼？」

「當然知道，你被警方送到了木蘭花的家中，該死的木蘭花姐妹，一定用盡方法在引你開口，是不是？安妮乖孩子，什麼也別說，媽咪就來了！」

那女人「啪」地掛上了電話。

但是穆秀珍卻拿著電話，發了半晌怔。

她以為那是撥錯了號碼的一個電話，她是存心和那冒失的女人開個玩笑的。

但是，現在證明，冒失的是她自己。

那電話並沒有撥錯號碼！而安妮，安妮當然就是那個女孩！

穆秀珍轉向那女孩望去，那女孩也正望著她，穆秀珍走向前去，道：「你叫安妮？那一定是你的名字，剛才打電話來的是你的媽媽！」

那女孩子仍然不出聲。

穆秀珍道：「怎麼一回事？你平時是怎樣稱呼你的母親的？」

那女孩子像是十分厭惡地轉過了頭去，仍然不出聲。

穆秀珍轉到了她的面前，道：「她說立刻來這裡接你！」

那女孩到了這時，才算有了反應。

只見她的臉色變得更蒼白，她的身子也震了一震，現出十分害怕的神情來，但是那也只不過是一剎間的事，轉眼間，她的神情又變得十分冷漠了！

穆秀珍心知那女孩不肯講話，其中一定有著緣故的，說不定還是一項十分重大的秘密，這使得穆秀珍的好奇心大是熾烈。

但是穆秀珍的好奇心越是強，那女孩似乎越是固執不肯講話，穆秀珍又在她的面前，扮了三十七種不同的鬼臉，但是那女孩子卻有本領笑也不笑一下！

穆秀珍終於放棄了逗笑那女孩，或是引她講話的希望，她頹然地坐在沙發上，無可奈何地望著那女孩子，就在這時，門鈴響了。

穆秀珍轉頭向鐵門望去，只見門前停著一輛十分華貴的淺藍色的大房車，一個身形頎長的金髮美人正在門前按鈴。

那金髮美人穿著一件名貴的貂皮大衣，閃閃生光，穆秀珍可以看到在她按鈴的手上，戴著一只極大的鑽石戒指，光采奪目。

這個金髮美人，如果是那女孩的母親的話，那麼她們可以說是世界上最不相似的一對母女了。

穆秀珍來到了鐵門口，她才打開門，那金髮美人便旋風也似地掩了進來，穆秀珍退後了兩步，剛想指責那金髮美人沒有禮貌時，忽然，在那輛汽車中，又跳出了兩名大漢來。

那兩名大漢一自車中跳出，便不由分說向內闖來。

穆秀珍大喝一聲，道：「嗨，你們幹什麼？」

這時，那金髮美人已直衝向客廳，一面還在叫道：「可憐的安妮，媽咪來了，可憐的孩子，你本不該離開你媽咪的。」

而一個大漢，則跟在那金髮美人之後，衝向客廳。

另一個大漢，在穆秀珍發出了一聲大喝之後，轉過身，向穆秀珍逼了過來，道：「小姐，這位夫人想帶回她自己的孩子。」

穆秀珍怒道：「這倒好笑了，誰准你們在這裡橫衝直撞的？孩子是你們的，誰會留住她？你們這些人，怎麼一點禮貌也不懂？」

那金髮美人和另一個大漢的動作當真快得可以，就在穆秀珍和那大漢理論之間，金髮美人已推著輪椅奔了出來，而那大漢則跟在一邊。

穆秀珍又是發怒，又是莫名其妙，她叫道：「慢走！」

隨著她的這一叫，那在輪椅旁的大漢一伸手捉住了那女孩的手臂，那女孩也在這時，發出了一下尖銳之極的叫聲來。

別看她的身子如此瘦弱，但是她那一尖叫聲，卻是極其駭人，穆秀珍還是第一次聽到那女孩出聲，雖然只是一下尖叫聲，也令得她十分高興。

她連忙踏前一步，道：「喂，安妮不願意跟你們去，你們看不出來麼？」

她才踏前一步，在她身旁的那大漢，連忙逼近一步，穆秀珍只覺得腰際被一柄槍指住，那大漢道：「小姐，你還是不要多事的好！」

穆秀珍不禁勃然大怒。她的身子陡地一側，而在她的身子一側之際，她反手一掌，已然擊中那人的手腕，那大漢怪叫一聲，手槍落地。

穆秀珍卻不肯就此放過他，就著一擊之勢，五指一緊，抓住了那大漢的手腕，手臂一抖，將大漢的身子直抖了起來，摔出了三四碼，「撲通」一聲響，跌進了噴水池之中。

她俯身拾起槍來，可是她才一拾槍在手，便聽到了扣動手槍保險掣的聲音。

她連忙著地一個打滾，滾了開去。

若不是她滾得及時，那麼她此時一定已被擊中了，她才一滾開，「砰砰砰」三下槍響，三粒子彈呼嘯射到，濺得地上的石板，飛起了無數石屑，穆秀珍疾跳而起，還了兩槍。

她那兩槍，乃是盲目射出的，當然也不會射中什麼人。

然而，她那兩槍卻也不是一點意義也沒有的，那兩槍，使得她遏阻了敵人的攻勢，而有時間轉到了噴水池的假山石之後，可以定睛向前看去。

她看到金髮美人、安妮和那大漢都已進了車子，那輪椅被拋在鐵門口，安妮仍然在尖叫著，車子則已發動，向前駛去。

那車子向前衝出的速度，即使對一個駕駛技術十分高超的人而言，也是接近危險程度的，穆秀珍從假山石後直跳了出來。

她竄到了鐵門口，車子離她約有三十碼，自車中有子彈射來，但是都沒有射中她。這時穆秀珍可以輕而易舉地射中車子的輪胎，但是她舉著槍，手指卻始終發不出力道來。

因為這時，車子以這種危險的速度向前疾駛著，若是一中槍，那必然失去控制，而失去控制的結果，不外是兩個；一個是向右側去，那麼就跌下數百呎深的懸崖，或是向左側，那也好不了多少，車子將以極猛的衝力，撞在山上。

無論是怎麼樣，車子中的三個人，都是活不了的！

穆秀珍對那金髮美人和大漢絕沒有什麼好感，可是她卻知道，安妮也在車中，這個瘦弱的，固執的小女孩，雖然令得穆秀珍大光其火，但是穆秀珍卻對她有一種說不出的好感，而且對她不論自己如何引誘，始終一聲不出這一點，也表示十分佩服，因為叫她不要講話，她是完全做不到的！

正因為這樣，當她考慮到自己如果放槍的話，一定會連安妮也傷害的，是以她就沒有開槍，而就在幾秒鐘之間，車子已衝出手槍的射程之外了！

穆秀珍呆了一呆，轉眼向跌在噴水池中的那人望去，只見他已爬了起來，正想攀牆而出，穆秀珍「砰」地一槍，子彈呼嘯而出，正好在那人的鬢邊掠過，將那人的髮腳燒去了一片，那人嚇得手軟，再也攀不住牆頭，「咕咚」一聲，跌了下來。

穆秀珍喝道：「起來，你們是什麼人？」

那人濕淋淋地爬了起來，身子在發著抖，道：「不干我事，我是領有執照的私家偵探田凡統！」

穆秀珍怒道：「胡說！」

那人道：「請你允許我拿出執照來，我的確是田凡統！」

穆秀珍走向前去，一伸手，拉開了那人的上衣，自那人的上衣袋中，取出了皮包來，找到了一張私家偵探的登記執照。那執照上的照片，就是眼前這個人，而執照上的名字，也的確是田凡統。

穆秀珍莫名其妙，道：「這是怎麼一回事？」

田凡統道：「我是受了委託，尋找一個失蹤的女孩安妮的，託我尋找的，就是剛才走了的一男一女，剛才，他們忽然通知我說，已經知道安妮的下落，但恐怕接回家中會有麻煩，是以要我來幫幫忙，我……卻是想不到會有這樣麻煩的。」

穆秀珍「哼」地一聲，道：「你是一個十足大飯桶！」

田凡統忙道：「是！是！」

穆秀珍又是好氣，又是好笑，道：「那一男一女叫什麼名字，他們的地址你知道麼？安妮是他們的女兒，為什麼不願跟他們去？」

可是，穆秀珍的問題，田凡統卻一個也答不上來。他只是可憐巴巴地睜著眼，道：「我……不知道，是他們找上門來的。」

穆秀珍恨恨地一頓足，道：「你這樣的人做私家偵探，實在是糟蹋了，我看你應該改行，改行去賣臭豆腐，最適合了！」

剛才，穆秀珍以為來的三個人，有一個是走不脫的，是以她並不急於去追那輛逃走了的汽車，但是那個走不脫的，卻是一個為人利用的飯桶，她實是不能再耽擱了。

她一面罵著田凡統，一面已奔向她的摩托車，等到她跳上摩托車向外衝去之際，田凡統仍然呆呆地站在那裡不動。

穆秀珍心中有氣，駕著車，特向田凡統直衝了過去，嚇得田凡統一聲大叫，拔腿就跑，穆秀珍這才發現，剛才叫田凡統改行去賣臭豆腐，實在是埋沒了天才了，他應該改行去做賽跑運動員，因為他此際跑得如此之快，穆秀珍的車子竟追不上他！

穆秀珍向著那輛汽車的去向疾駛而出，田凡統在奔出了百來碼之後，滾到了路旁，穆秀珍也不理會他，逕自向前駛去。

是以，當木蘭花和高翔兩人回來時，屋子是空的。

3 鑽石蘭妮

木蘭花和高翔兩人還未進屋子，他們只在門口一下車，便已經知道發生變故了，因為那輛輪椅已跌倒在門口。

木蘭花連忙將輪椅扶起來，叫道：「秀珍，秀珍！」

高翔早已掣槍在手，左閃右避地向前衝了過去，進了客廳之中，一進客廳，他立時轉過頭來，道：「蘭花，沒有人！」

木蘭花推著輪椅，進了客廳，她又向樓上叫道：「秀珍！秀珍！」可是卻也得不到回答。

地上，那個大洋娃娃站著，還有許多好玩的東西。桌上，則堆滿了可口的食物。這證明穆秀珍和那女孩曾在這裡待過相當長的一段時間，但是如今，她們都到什麼地方去了呢？

高翔到外面去轉了一轉，道：「秀珍的新摩托車也不在了！」

木蘭花心中暗鬆了一口氣，道：「她是自己離去的，可是那女孩呢？那女孩到什麼地方去了？難道她載著那女孩去兜風了？」

高翔道：「那也有可能，她本是大孩子嘛！」

木蘭花又搖頭道：「我想不會，那輪椅何以會倒在門口，我想一定發生了意外，高翔，你通知所有的警方巡邏車，叫他們一發現秀珍，立時截停她，要她和我們聯絡！」

高翔答應著，打了一個電話，告知了警局的值日警官，再由值日警官將命令通知所有的巡邏車。

值日警官在聽取了高翔的命令之後，道：「高主任，有一個婦人，正在警局等你，她說她是一個殘廢女孩的母親，那女孩昨天是被警方人員從醫院中接走的。」

高翔一呆，道：「那婦人呢？」

「她還在等你。」

高翔向木蘭花望了一眼。

木蘭花道：「送她到這裡來。」

「值日警官，我在木蘭花的家中，派兩名警員，送那婦人前來。」

「路上小心些，那婦人可能在路上遭意外！」

高翔又將木蘭花的話複述了一遍。

高翔放下電話，嘆了一口氣，道：「這件事，看來越是複雜了，或者那女孩的母親來到之後，可以使事情真相大白了吧。」

木蘭花手托著頭，坐在沙發中，道：「但願如此！」

高翔來回地踱著，等著那婦人的來到。

十五分鐘之後，一輛警方使用的汽車，在門口停了下來，兩個警員和一個衣著十分寒酸的婦人走了出來。

高翔忙道：「蘭花，他們來了！」

那兩個警員，已推開了鐵門，向前走來，那婦人急急地走在最前面，她的年紀，約有四十上下，神情顯得焦急而憔悴。

那兩個警員跟在她的後面，高翔迎向前去，那兩個警員向高翔立正，行了一個敬禮，道：「高主任，這婦人帶到了！」

高翔向那兩個警員望了一眼，那兩個警員十分面生，他正想問那兩個警員時，那婦人的尖叫聲，卻將他的問話打斷了。

那婦人歇斯底里地叫道：「我女兒呢？我女兒呢？這是她的輪椅，可是我的女兒呢？」

木蘭花沉聲道：「太太，你別急，你的女兒……我相信她遭到了一點意外，但是不要緊的，我們一定會設法找她回來的。」

「什麼？」那婦人尖叫了起來，「她不在？」

木蘭花點頭道：「是的。」

那婦人揮著手，道：「你們將她藏起來了，不行，不行，她是我的女兒，誰也不能將她藏起來的，你們休想騙得過我！」

她一面說，一面向木蘭花衝了過來，木蘭花忙道：「太太，你鎮靜一些，你的女兒當然是你的，誰會將她藏起來，你先回答我們——」

可是，木蘭花的話還未曾說完，那婦人已然直衝到了她的面前，而且，極度出乎木蘭花意料之外的，她竟一伸手，抓住了木蘭花，將木蘭花整個身子拋了起來！

這一下是柔道中極其上乘的招式，木蘭花雖然也是柔道的專家，但是對方的攻擊來得如此突兀，令得她措手不及！

她的身子在被拋了起來之後，她身在半空，立時雙腿連環踢出！可是，等到她那雙腿踢出之際，婦人卻已向樓梯上奔去了。

而木蘭花的身子，一個打挺，自半空中落了下來。

這一切，全是電光石火間的事，木蘭花的身子才一站定，高翔一聲大喝待向那婦人撲去，可是就在此際，只聽得一個聲音冷冷地道：「不要動！」

高翔和木蘭花循聲看去，只見那兩個警員，一個已然躍上了鋼琴，手中的卡賓槍對準了木蘭花，而另一個則據守在沙發之後，手中的槍對準了高翔。

高翔只不過呆了半秒鐘，便知道原因了！

那兩個人只不過是穿了警員的制服而已，他們根本不是警員，這也就是為什麼高翔會覺得他們十分陌生的原因了！

那兩個假冒警員的傢伙，顯然也是老手，這不但從他們持槍的姿勢上可以看出來，而且，從他們迅速地站在絕對有利的位置上，可以觀察得到。

木蘭花和高翔兩人，都呆立不動。

這時，從樓上傳來了一陣乒乒乓乓的聲音，想是那婦人正在尋找那女孩子，過了五分鐘，那婦人衝了下來，又在廚房中轉了一轉。

然後，只見她滿面怒容地來到了木蘭花的面前。

木蘭花直到這時，才發現她的臉上，是經過極其精細的化裝的。

那婦人厲聲道：「孩子呢？孩子在什麼地方，快說！」

木蘭花冷冷地問道：「孩子是你的女兒麼？」

那婦人怒道：「你只要回答我，孩子在什麼地方？」

木蘭花不出聲。

那婦人道：「好，我給你十秒鐘的時間！」

她一面講，一面身子退到了桌旁，她開始伸手敲向桌面，當然，她每敲一下，是表示一秒鐘，她一下又一下地敲著。

一剎那，她已然敲到了第六下！

當那婦人敲到了第六下時，高翔忙道：「慢一慢！」

那婦人的手不再敲下去，她冷冷地道：「如果你不說，我再開始計時，你們只有四秒鐘的時間，我不會從頭算起的。」

高翔笑著道：「我想，你們對這間屋子的了解不夠，是不是？」

那婦人怒道：「什麼意思？」

高翔「哈哈」地笑了起來，道：「這間屋子，曾一次又一次地遭到破壞，但是也一次又一次地重新佈置，而且每一次佈置，新的佈置，總比以前更好！」

「不要廢話，誰問你這些？你快些——七——八——」

「慢一慢，你大可不必那樣心急，我就要告訴你了！」高翔像是一點也未曾將對著他的那支槍放在心上，「你仔細地聽著！」

當高翔講到這裡的時候，木蘭花也笑了起來。

那婦人的神色像是變了一變，她也覺出情形有些不怎麼對了，因為這時候，她和她的伙伴可以說是占盡了上風的，那麼，何以對方竟然會笑得那麼開心呢？

可是，那婦人卻想不出有什麼不妥的地方來，是以她又向下數去，道：「九——你們不要以為我不會開槍，那小女孩在哪裡？」

高翔搖手道：「別開槍，我說了！」

他裝出一副十分害怕的樣子來，那種十分滑稽的樣子，連他也禁不住想笑，然後，他忽然張大了口，發出了一聲大叫！

那一下突如其來的大叫聲，本就足以令人嚇上一跳的了，可是緊接著所發生的事，更令得那婦人目瞪口呆，不知所措！

只見隨著高翔的那一聲大叫，整個客廳中的陳設，在剎那之間都轉動了起來，那沙發「呼」地向旁轉去，恰好重重地撞在站在沙發後邊，那假冒警員的傢伙，身子一個踉蹌向後退去，在他還未曾弄明白發生了什麼事情間，高翔的身子已飛一樣地向他直撲了過來。

那傢伙的反應，也算是十分快，他立即再揚起槍來，可是這時，高翔已經趕到了，高翔飛起一腳，正踢在那人手腕上，那人手中的槍向地上落去。

幾乎是同時，高翔的身子已重重地壓到了那傢伙的身上，高翔體重一百五十磅，全身都是肌肉，從上而下壓下來，那人只發出了一下可憐的呻吟聲，便昏了過去。

高翔的身子連忙著地便滾，恰好趕在那婦人之前，將槍拾了起來，就勢以槍柄敲在那婦人的足踝上，那婦人尖叫著，向地上倒去。

戰鬥只不過歷時半分鐘，就結束了。

至於那個站在鋼琴上的傢伙，則根本不必木蘭花去多費什麼手腳，當鋼琴也和其他的傢俬一起開始旋轉的時候，鋼琴的蓋還自動向上揭了起來，而那傢伙是站在鋼琴上的，當然站立不穩，身子向後一仰，木蘭花所要做的，只是拿起一只花瓶，等他的後腦砸在那花瓶之上而已！

當然，木蘭花立即也將那傢伙手中的槍奪了過來。

形勢完全改觀了，高翔「哈哈」地笑著，道：「你看這個大廳，由聲波控制的旋轉設置，是不是很新奇？你料不到吧！」

高翔一面說，一面將槍口對準了那婦人。

那婦人已掙扎著站了起來，她剛一站起，高翔便陡然接連地扳動了槍機了「砰砰」兩下槍響，兩粒子彈呼嘯著向前射去！

那婦人的面色，變得比死人還難看，她僵立著不動。

那兩粒子彈，恰恰在她的耳朵之上，太陽穴之旁掠過，將她的頭髮燒焦了兩片，高翔又笑道：「希望我這兩槍，沒有破壞你的髮型！」

那婦人雙手亂搖，道：「別開槍了，高翔，別開玩笑了！」

她的聲音本來是十分粗澀的，但這時聽來，雖然她的聲音之中，充滿了驚恐，但是卻十分動人，而且，高翔聽到了，也不禁一呆，因為那聲音，他十分熟悉，那一定是一個熟人！

他呆了一呆，只見那婦人一伸手，將頭上的假髮掀去，露出了一頭十分柔軟的栗色頭髮來，接著，她自口中取出了一個膠托，本來令得她的下巴突出的，但這時候，她的下頷已恢復了纖秀，而且，她的口形也十分美麗。

那婦人接著自眼皮上拉下兩條肉色的膠帶來，她本來看似滿是皺紋，略有浮腫的眼也變得美麗起來，然後，她又在臉上各種不同的部位，扯下了七八條膠帶，最後，才自眼中取出了一副隱形眼鏡，在不到兩分鐘之內，她已完全變成了另一個人！

她變成了一個十分美麗動人的女郎！

從她臉上的那神情風韻來看，一望可知她是個法國人！

高翔一直呆呆地站著，直到最後，他才叫了出來，道：「鑽石蘭妮！」

那女郎笑了笑，道：「原來你還認得我！」

高翔聳了聳肩，道：「別忘了我現在是在警界服務，一個在警界服務的人，如果竟不認識鑽石蘭妮的話，豈不是太可笑了麼？」

那女郎已然完全回復了鎮定，只是她的臉色，看來仍然嫌蒼白，她笑了一下，道：「多謝你稱讚我，現在，你已占了上風，我可以走了麼？」

高翔認識這個被稱為「鑽石蘭妮」的法國女郎，還是好幾年之前的事了，她是世界上最著名的珠寶竊賊之一，她最喜愛偷盜的東西是鑽石，有一次她失手被捕，在法庭上，她曾大叫大嚷，鑽石對她有一種特別的誘惑，使她一見就忍不住要據為己有。

但是事實上，鑽石蘭妮偷到了鑽石之後，卻並不是據為己有，而是出售給別人，她不但偷竊手段高妙，而且轉運的手段，也是一等一的。

但是鑽石蘭妮也有一個特點，她偷竊的目標，全是著名的大鑽石，至少也要在二十克拉以上，小鑽石她是不放在眼中的。

所以，這時高翔看到了鑽石蘭妮，心中不禁十分奇怪，因為他絕未曾接到有什麼巨粒鑽石將要被運到本市，或在本市經過的消息，那麼，鑽石蘭妮到本市來做什麼呢？

高翔又立即想起，那個和小女孩在一起的男子，在經過了詳細的檢查之後，在他的指甲縫中，發現了有極細微的鑽石粉，高翔當時就判斷事情和鑽石走私有關，但木蘭花認為事情沒有那麼簡單，如今，鑽石蘭妮又突然出現，不論事情是不是那麼簡單，但整件事是和鑽石有關，這當是毫無疑問的事了！

高翔想了約有一分鐘之久，並不出聲。

在那一分鐘之內，那兩個被擊昏了的傢伙，已然醒了過來，木蘭花命令他們將手放在頭上，面對著牆壁，直挺挺地站著。

在聽到了高翔叫出了「鑽石蘭妮」的名字之後，木蘭花的腦細胞也在迅速地活動著。

這個鼎鼎大名的女盜賊的一切，木蘭花當然是知道的。

木蘭花也可以肯定，既然鑽石蘭妮在這件事中出現，那麼這件事，一定是和一顆巨型的鑽石是有關係的。

可是，為什麼蘭妮要找那小女孩呢？

木蘭花只是靜靜地思索著，和監視著那兩個傢伙，她並沒有出聲。

過了一分鐘左右，高翔才冷冷地道：「你當然不能離去，蘭妮！」

但蘭妮的臉上現出了一個十分委曲的神情來，她嬌聲嬌氣地道：「為什麼啊，難道你做了警察，便一點人情味也沒有了麼？我的東方王子！」

蘭妮最後這下稱呼，令得高翔十分尷尬。

在高翔未曾參加警員工作之前，沒本錢的買賣，也正是他的拿手好戲，他和蘭妮認識，也就是為了大家要爭奪一顆被稱作「十字軍之戰」的鑽石，結果，他們兩人都沒有得到，但他們卻在巴黎相識，並且也有過一段逢場作戲式的「愛情」。

在那幾天中，蘭妮就是以「我的東方王子」來稱呼高翔的。而到了如今，再從蘭妮的口中叫出了這樣的稱呼來，高翔心中的尷尬，實是可想而知的了！

他咳嗽了一下，道：「蘭妮，你現在已經被捕了，為了你自己著想，我認為你應該正經些，同時，爽快地回答我的問題。」

鑽石蘭妮一點也不正經，反倒搔首弄姿起來，道：「我的東方王子，你有什麼問題，只管問好了，可是別叫我正經，我本來不是正經女人啊！」

高翔心中十分惱怒，可是也不知如何發作才好，他回頭向木蘭花看了一眼，木蘭花卻向他伸了伸舌頭，做了一個鬼臉。

高翔更是尷尬，他又咳嗽了，才正色道：「好了，你的目的是什麼，快說。」

「我的目的？」蘭妮向他飛了一個媚眼，「鑽石，和你！我的東方王子！」

高翔怒叱道：「住口！」

「可是，」蘭妮睜大了她美麗的眼睛，「是你叫我回答的啊！」

高翔來回地踱著，木蘭花忍不住笑了出來，道：「高翔，我看你是問不出什麼來的了！還是讓她離去吧！」

高翔道：「可是，可是……」

木蘭花當然明白高翔想說什麼，因為鑽石蘭妮是目前唯一的線索，如果就這樣輕易讓她離去，那實是太可惜了。

但是木蘭花卻有木蘭花的想法。

木蘭花的想法是：如果這是一件單純的鑽石走私或盜竊案，那麼，真正的線索，是在那個坐在輪椅上的殘廢小女孩。

第二，如果那不單是一件鑽石走私盜竊案，而還有別的案情的話，那麼也是和蘭妮無關的，因為蘭妮的目的，一定是單純為了鑽石。

在那樣的情形下，如果不拘留蘭妮，放她出去活動，而在暗中加以嚴密監視，那反而可以增加線索，使得事情的真相大白。

所以木蘭花打斷了高翔的話頭，又道：「讓她離去。」

蘭妮笑道：「多謝這位小姐，這位是——」

木蘭花沉聲道：「我叫木蘭花。」

蘭妮猛地一怔，她渾身那種輕佻的神情和動作，也在剎那之間收斂了起來，面色一變，道：「天啊，原來你就是木蘭花，那我大可不必傷心失敗了！」

木蘭花冷冷地道：「那是你自己的事，你可以走了！」

蘭妮一聽到木蘭花的名字便如此吃驚，那當然不是沒有理由的，因為木蘭花在不久以前，剛在巴黎破獲了暗殺黨的總部。

而巴黎正是蘭妮活動的老巢，她自然知道許多木蘭花的英勇事蹟的。而她只知道她要找的小女孩在警方的手中。她假扮是那女孩的母親，到警署去吵鬧，後來，警員將她送上車，她也不知去那裡。

她的兩個同黨早已伏在車中，到了警車停下來時，才突然發難，剝了警員的制服來穿上，所以，她自始至終，不知道自己是在木蘭花的家中！

而且，她也絕未想到，那個美麗的女郎，便會是名震天下的女黑俠木蘭花！

這時，她一面向後退去，一面望著木蘭花。

當她退到了門口之時，她忽然站定了身子，道：「木蘭花小姐，我有一個十分好奇的問題，希望你可以回答我，以滿足我的好奇心。」

「你只管問好了！」木蘭花的神情，仍然十分冷淡。

「我想知道，」蘭妮的臉上，現出了不勝艷羨的神情來，「那顆淡黃色的，一百三十六克拉的鑽石，你在到手之後，準備怎樣處置？」

木蘭花呆了一呆，道：「你在說什麼？」

「我在說什麼？」蘭妮的聲音變得尖銳起來，「我當然是在說那顆被人不知用什麼手法盜走的『太空之光』，那顆稀世的大鑽石！」

木蘭花和高翔互望了一眼。在剎那間，他們兩人的心中陡地一動，事情已漸漸接近明顯了，「太空之光」，這是一顆舉世著名的鑽石。

對於這顆鑽石的來歷，他們兩人也很清楚，這顆質地超群，大到了一百三十六克拉的鑽石，是在南非鑽石礦中，由一個黑人礦工在無意中發現的。

可是那個黑人礦工，卻立即被人殺死，鑽石依例，歸礦務公司所有，在不久前，這顆鑽石，以一百三十萬鎊的巨額代價，售給了某國的一個富翁。

這個承購的是什麼人，卻秘而不宣，甚至是哪一國人，也沒有宣布，一般的猜測，交易進行如此神秘，當然是為了轉運方便之故。

自從交易成功之後，便沒有再聽到這顆被命名為「太空之光」鑽石的消息，直到此際，再從鑽石蘭妮的口中聽到！

這顆鑽石，竟已失竊了麼？

他們兩人的心中，實是充滿了疑問！

因為這樣著名的一顆鑽石，如果已然失竊了的話，那麼一定早已轟動了世界，他們自然也沒理由不知道的，可是實際上，他們卻一點消息也沒有聽到！

木蘭花平靜地道：「我們不知道你這個問題是什麼意思，我們只知道『太空之光』這顆鑽石在最近易了手，這顆鑽石，當然也不會在我們手中。」

蘭妮聽得木蘭花那樣講，先是呆了一呆，但隨即笑了起來，道：「木蘭花女俠，這顆鑽石，關係非同小可，只怕你能耐雖然大，但是要吞了它，也不是容易的事，你知道承購的國家是什麼國家？你又知道這個國家買這顆鑽石，是做什麼用的？」

木蘭花的心中，實是充滿了疑惑，但是，她卻淡然道：「你所說的事，我們一點也沒有興趣，快帶著你的同黨離開這裡！」

蘭妮面上現出恨恨的神色來，道：「好，我和你講實話，卻不要聽，我但願你在國際特務的槍下變得四分五裂！」

木蘭花叱道：「出去！」

蘭妮尖聲道：「我們走！」

那兩個假冒警員的傢伙，抱著頭，先從蘭妮的身邊奔出門去，蘭妮跟在他們的後面，三人竟直向那輛警車走去。

高翔也跟在他們的身後，大喝了一聲，道：「那兩個警員呢？在什麼地方？」

「他們在車中，只不過昏了過去！」蘭妮冷冷地回答。

「你們走開些，別再碰警車。」

蘭妮尖叫了起來，道：「你這是什麼意思？」

「我的意思是，你可以走回市區去，或者憑你的妖媚，去攔一輛車子，載你回市區去。」高翔用十分冷淡的語氣回答她。

蘭妮狠狠地瞪了高翔好一會，才道：「好，咱們走著瞧！」

高翔「哈哈」地笑了起來，道：「你當然只好走著瞧！」

蘭妮和那兩個大漢悻然在公路上向前走去，高翔在警車中，將兩個被擊昏過去的警員弄醒，吩咐他們自行回去。

然後，高翔回到客廳中。

客廳中的傢具陳設已然回復了原狀，木蘭花坐在一張沙發上，正在沉思，高翔一進來，木蘭花便抬起頭來，道：「高翔，我們這些日子來，因為血影掌的事實在太忙了，是以世界上究竟發生了一些別的什麼事，竟都不知道了。」

高翔皺起了雙眉，道：「其實，我是應該知道的。」

木蘭花望了他一眼，道：「不知道就是不知道，什麼叫應該不應該？高翔，你先回警局去，一方面向一切有關方面，查詢『太空之光』的事，鑽石蘭妮都知道其中的底細，我們一定也可以查得出來的，其次，你去查蘭妮的住所和行蹤。像她這樣的人，應該是自入境起，警方就有記錄的。」

高翔忙說道：「好，我現在就去，一有了消息，我立即和你通電話，可是……秀珍她怎樣了？」

「我們根本不知道她到哪裡去了，有什麼法子呢？」

高翔沒有再說什麼，快步走了出去。

等到高翔離開之後，屋中頓時靜了下來。木蘭花不斷地來回踱著，將跌在地上的東西，慢慢地一件件拾了起來放好。

同時，她的心中在想：蘭妮臨走時所說的話，究竟是什麼意思呢？

一顆鑽石的失竊，和國際特務又有什麼關係呢？

而且，聽她的話中，似乎還有極多的曲折，彷彿承購這顆鑽石的，不是個人，而是一個國家的政府，一個國家的政府買一顆鑽石，有什麼用呢？

木蘭花將所有跌在地上的東西拾了起來之後，又將那輛輪椅慢慢地推著，放在樓梯的旁邊，在她推動那輪椅之際，她心中的疑惑更甚了。

因為，一個殘廢的小女孩，和那顆名為「太空之光」的大鑽石，想來是無論如何扯不上關係的，但是現在居然有了關係，那又是什麼樣的關係呢？

現在，那殘廢小女孩和穆秀殄，又是到什麼地方去了？

事情撲朔迷離，木蘭花可以說一點頭緒也沒有。

她苦苦地思索著，在心中建立了好幾個概念，但是她每一次建立的概念，卻又都被她自己提出來的問題所推翻了。

約莫過了二十分鐘，電話鈴突然響了起來。

木蘭花拿起了電話，電話是高翔打來的，高翔道：「蘭花，鑽石蘭妮的行蹤，警方一直有記錄的，她是十天之前來的，住在本市著名的珠寶商扈新鐵的別墅中。」

木蘭花「哼」地一聲，道：「這個扈新鐵，警方不是早已懷疑他和好幾個鑽石珠寶竊賊有聯絡，只不過沒有確鑿的證據麼？」

高翔道：「不錯，可是蘭妮住在他家中，也不算是什麼犯罪的證據啊。」

「我當然知道，那麼，有關『太空之光』一事呢？」

「我已和國際警方通過話了，我們的朋友納爾遜現在正在開會，一小時之後，他將會打電話給我，那時就可以明瞭了。」

「一小時……」木蘭花想了一想，「那足夠我到扈新鐵的別墅中，去探聽一下消息了。」

「蘭花，」高翔有點焦慮地說，「這……不很好吧，扈新鐵有四個保鏢，全是一等一的神槍手。如果你去的話，更是——」

木蘭花笑了起來，道：「高翔，你什麼時候變得那麼膽小了？你還必須繼續追查秀珍的下落，一和她取得了聯絡，便叫她和你在一起，我覺得蘭妮對我們的恫嚇，不是全沒有理由的，這件事，絕對不是僅僅為了這一顆鑽石那樣簡單。」

「好的，我知道了！」

木蘭花放下電話，便離開了屋子。

她先來到了市區之中，在一幢十分普通的大廈之中，直上十二樓。她在那裡租了一個單位，鄰居只知道她和穆秀珍兩人是做空中小姐的。

而木蘭花佈置了那樣一個住所的原因，當然是為了方便行事，她從郊外的家中出來，如果有人跟蹤的話，那麼她可以從容地擺脫跟蹤之後，再充分地準備一切。

4 珠寶大盜

扈新鐵的別墅，在一個海灣的附近。

在本市，那是一幢十分有名的建築物，因為它建築在一個山岩之上，而全幢屋子的結構，都是以厚玻璃來作牆的，這是一幢十分古怪的透明屋，如果拉開所有窗簾的話，那麼，可以從任何一方面來觀看本市迷人的景色！

扈新鐵有本市的珠寶大王之稱，好久以來，警方就懷疑他和國際著名的珠寶竊賊有聯繫，但是卻沒有證據，如今蘭妮住在他的別墅中，在他來說，無疑是一個十分大膽的舉動，或者他為蘭妮的美色所迷惑，是以才會這樣的。

木蘭花的車子，漸漸地接近那海灣，在她可以看到海水的同時，她也可以看到扈新鐵的那幢玻璃別墅了。

這時，天色已然漸漸黑了下來，別墅中亮起了燈光，是以看來，整幢別墅就像是山頭上的一顆大明珠一樣。

木蘭花將車子停在路邊，她取出了望遠鏡來，向別墅張望著，她看到半圓形的大客廳，有一大半被銀灰色天鵝絨的窗簾遮著。

但是還有一小半，卻是敞露著的。

自那一小半看進去，可以看到客廳中豪華絕倫的裝飾，同時可以看到一個人在走來走去，當木蘭花將焦點校準之後，她還看出那人正是鑽石蘭妮！

鑽石蘭妮就像一頭豹也似地在走來走去，同時在指手劃腳地說著話，但是她說話的對象是什麼人，木蘭花卻是看不到的。

木蘭花慢慢地移動著望遠鏡，她看到花園的草地上，有一個人靠著一根石柱站著，那人當然是扈新鐵僱用的保鏢之一。

而在二樓的陽臺之旁，也站著一個這樣的人。

如果只有這樣兩個人在防守的話，木蘭花要掩進去，可以說是輕而易舉的事情，但是她卻又看到好幾頭高大的獵犬的身形，蹲在人旁。

扈新鐵所養的狼狗，曾在世界狗展中得過獎，但木蘭花當然不會氣餒的，剛才，她已經注意到蘭妮所用的香水的香味，而這時，她的身上，正噴了大量同一香味的香水，她希望狼狗的嗅覺分不出她是誰來，因為蘭妮已在這裡住了十天，狼狗一定是熟悉這種香水氣味的了！

這種混過去的可能性，當然並不高，但至少可以造成狼狗在一聞到這種氣味時的一陣猶豫，爭取到極短的一剎那的時間。

而在木蘭花的冒險生活中，勝利和失敗，有時往往是繫於一秒鐘之間的！

她觀察了十分鐘左右，天色更黑了，木蘭花將車子開到了山腳下，她開始向上攀去。

她向上攀去的速度十分快，不到二十鐘，她已經可以不用望遠鏡，而看到那兩個保鏢了，木蘭花略停了一停，才繼續向上攀了上去，當她攀到了屋子附近之際，她是在屋子的後面。

她握了自己設計的痲醉槍在手，慢慢地向前接近，等到她來到了屋後三十呎之際，兩條黑影突然向前，直撲了過去。

木蘭花立時站立不動，撲過來的，是兩條大狼狗。

但是，那兩條狼狗撲到了木蘭花的面前，卻突然蹲了下來，望著木蘭花，並不吠叫。木蘭花連忙扳動了兩下槍機。

兩枚尖針射中了那兩頭狼狗，兩條狼狗發出了一陣異樣的悶吠聲，在地上打了幾個滾，便躺下不動，而木蘭花則已然直逼近那屋子了。

木蘭花背靠著玻璃，那一陣狼狗的低叫聲，並沒有將守衛引過來，木蘭花背靠著玻璃而立，她取出了鑽石刀來，在玻璃上割著。

她希望在玻璃上切割出一個可以供她伸手進去的圓孔來，那麼，她就可以伸手進去，將鎖弄開，而偷進房子去行動了。

可是，木蘭花的切割刀在玻璃上轉了一個圓圈又一個圓圈，當她用橡皮塞想將玻璃吸出來時，玻璃並沒有被吸下圓形的一塊來。

木蘭花不禁呆了一呆，她當然立即明白那是什麼緣故了！

普通的玻璃切割刀，人造鑽石的切割頭，至多只能割開二公分厚的玻璃，二公分以上的，就需要動用特殊的玻璃切割設備了。

木蘭花的這柄玻璃切割刀，已經算是十分特殊的了，它可以輕而易舉地割開三公分厚的玻璃，但此際，她連割了幾次，卻都沒有奏效。

由此可知，這幢別墅的玻璃門，玻璃牆，竟是用六公分玻璃鑲配造成的。

六公分厚的玻璃，只有少數幾個工業水準特別的國家才能製造，而且，它的售價非常昂貴，每一平方呎，大約是八萬元左右，這一幢別墅，要用多少這樣的厚玻璃？扈新鐵確然可以算得是豪富了！

木蘭花立時放棄了割破玻璃進房的辦法，她仍然貼著玻璃，身形迅速地轉著，來到了陽臺下面。

陽臺下面，已經是客廳了！

木蘭花是慢慢轉過來的，當她一轉過屋角之際，她立時連發出了四枚麻醉針，將一個保鏢和三頭狼狗，都射得昏倒在草地上。

然後，她才慢慢地轉過身子，向內看去。

她首先看到了鑽石蘭妮，只見她不斷地揮著手，講著話，可是她講話的對象是什麼人，木蘭花卻看不清，而木蘭花也不敢冒險向前移動，因為她若是要再向前移動的話，就必然要經過大廳的玻璃門，蘭妮是必然會發現她的！

木蘭花佇立了極短的時間，她便取出了一個膠塞來，吸在玻璃上，從那膠塞狀的東西上，有一條線，連接著一個耳機。

木蘭花將耳機塞在耳中，她立時聽到了一陣空氣震盪所發出來的嗡嗡聲，她如今所使用的東西，是一具微聲波擴大儀。

這具儀器，使得需要竊聽的人即使隔著一呎厚的牆，也可以清楚地聽到牆那邊的人講話，何況此時所隔的，只是一塊玻璃。

是以，她立時聽到了蘭妮的聲音。

只聽得蘭妮在尖聲地道：「你還要我叫你多少聲小乖乖？我不是已經答應了你全世界最好的許諾了麼？你還想要什麼？」

她像是在演話劇一樣，在講到「全世界最好的許諾」之際，雙手高舉，叫嚷得十分刺耳。而且，看她的神情，也有些不耐煩了。

木蘭花只覺得十分奇怪，因為，看鑽石蘭妮的情形，她真的是在求一個人，可是，木蘭花由於看不到那另一個人，是以也不知道她在求些什麼。

鑽石蘭妮在講完了這句話之後，氣呼呼地望著前面，但是木蘭花卻聽不到有人回答她，像是一切只是蘭妮在獨白一樣。

木蘭花的身子，向前移出了半步，這樣，她便可以看清大客廳中的情形了，可是，她還是看不見那另一個人，而蘭妮則一直狠狠地望著前面。

正在這時，木蘭花又聽到了一陣腳步聲，和門把轉動的聲音，木蘭花的身子向後縮了回來，她看到兩個人走了進來。

那兩個人，一個是金髮美人，另一個則是一個面目陰森的中年男子，兩人一走進來，金髮美人便道：「蘭妮，有結果了麼？」

蘭妮憤然回答道：「沒有！」

那中年男子冷笑道：「我就不信沒有法子對付，只不過你們都不肯照我的法子進行而已，你們這樣問法，有什麼用？」

蘭妮轉過頭去，道：「那麼你有什麼辦法？」

那瘦削的中年人「哈哈」笑了起來，道：「我當然有辦法，如果不是我想出辦法來，我們怎麼將她弄到手？又如何使木蘭花對你一點也不起疑？」

忽然之間，聽到那中年人提到自己的名字，木蘭花不禁呆了一呆，而且，那中年人的話，也使木蘭花感到不明白，什麼叫作「對蘭妮完全不疑心」呢？是不是他們做了一件佈局十分奇妙的事，這件事本來是和蘭妮有關的，但是自己卻一點也未曾思疑到蘭妮的身上呢？

木蘭花心中的疑惑越來越甚，她小心地向大廳中望著，只見那中年人向前大踏步地走去，走到了木蘭花所看不見的地方。

但是，他卻立即退了回來。

而在他退了回來後，木蘭花不禁大吃了一驚！

那中年人不是一個人退回來的，當他退到了木蘭花可以看到他的地方之際，他的雙手提住了一個人，那是一個女孩子！

這女孩子的身子十分瘦弱，以致被那中年男子提著，像是落在老鷹手中的小雞一樣，那女孩子的雙腿，更是軟弱無力，她分明是殘廢的，而那個女孩子，就是穆秀珍曾救過的那小女孩！

木蘭花本來是將那小女孩留在家中，叫穆秀珍向她套問有關一切的，可是，當她回家的時候，那小女孩和穆秀珍卻已全不在了。

木蘭花一直只當穆秀珍童心大起，是帶著那小女孩出去玩了，所以雖然覺得事情奇怪，但是卻也並不是十分著急。

但是，這時，她看到那小女孩竟然會在這裡，她心中的吃驚，實是可想而知的，而且，小女孩在這裡，那麼，穆秀珍呢？

穆秀珍是不是也遭到了什麼意外？

這時，木蘭花由於沒有法子進去，是以只得焦急地站在外面，否則，就算她夠鎮定的話，她也一定會立時現身的了，因為她不但要明白穆秀珍的下落，而且，那小女孩也顯然會受到傷害！

她吸了一口氣，只見那小女孩的臉色，在燈光的照耀之下，白得像是紙糊成的一樣。可是令得木蘭花放心的是，她知道，那小女孩是不會屈服的！

木蘭花絕少見過一個孩子的臉色蒼白到這種程度的，但是，她也更未曾見過一個孩子臉上的神情，和她的眼色是如此堅強的。

她緊緊地抿著嘴，像是她的兩片嘴唇，是根本無法分開來的一樣！

木蘭花定了定神，繼續聽著廳內發出的聲音。

只見那中年男子，一直提著那小女孩，直來到了一具鋼琴之前，他的手才鬆了一鬆，令那小女孩坐在鋼琴的蓋上。

然後，只聽得他道：「安妮，你叫安妮，是不是？」

那小女孩一聲不出。

中年人又道：「好，你不出聲，不過我可以告訴你，我是沒有耐心的，如果你再不說話，我也會再問你，但是這個卻會使你開口！」

他一面說，一面突然伸手，在衣袋之中，取出了一柄極其鋒利的小刀來，在那小女孩面前慢慢地晃動著，精光四射。

他的動作，十分緩慢，可是突然之間，只見他一揮手，那小女孩額前的一綹頭髮，已經被那柄鋒銳的小刀削了下來！

這實在是世界上最卑鄙無恥的恫嚇！一個中年男子，用那麼鋒利的武器在恫嚇一個殘廢的、毫無抵抗能力的小女孩！

木蘭花心中怒火大灼，她知道自己不能光是這樣竊聽下去了，再這樣聽下去，那小女孩毫無疑問會受到傷害的！

木蘭花後退了一步，抬頭看去。

她所站的地方，恰好是在陽臺之下，在剛才的望遠鏡觀察中，木蘭花是知道陽臺上有人守衛的，那麼，自陽臺中，當然也可以通向屋子的內部。

當然，在陽臺上站著守衛的情形之下，要爬上陽臺，通向屋子內部，這是一件十分冒險的事情。可是，看那中年人面上那種凶狠的神情，自己若是再不設法去搭救，那麼那小女孩一定要糟糕了。

是以她退出了一步後，已經取了一個金屬圓筒在手。

那時，她的耳中，仍然塞著微聲波擴大儀的耳機，是以大廳中發出的聲音，她是仍然可以聽得到的，她聽到那中年人道：「我問，你說，你聽到了沒有？」

那小女孩仍是不出聲。

中年男子又道：「你說，那顆鑽石，放在什麼地方？」

木蘭花心中一凜，那顆鑽石，他所指的，是不是那塊被稱為「太空之光」的大鑽石呢？

如果是的話，那麼名貴的鑽石，又如何會和一個殘廢小女孩發生關係呢？

木蘭花呆了一呆，只聽得那中年人已咆哮了起來。木蘭花心知自己不能再耽擱了，她迅速地收起了微聲波擴大儀，然後，又退出了一步，將手中的金屬筒對準了陽臺的邊緣。

她的手指，向金屬筒的一個掣按去，只聽得極其輕微的「颼」地一聲過處，自金屬筒中，射出了一個鉤子來，那鉤子是連結著鋼化玻璃纖維製成的細索的，鉤子射了上去，恰好鉤在陽臺的邊上，發出了十分輕微的「啪」地一下聲響來。

那兩下聲響雖然低微，但是在陽臺上的人，卻像是已經發覺了，只聽得一陣犬吠聲，同時有人在上面走動的聲音傳了下來。

木蘭花連忙靠著大廳的玻璃門站著，一聲不出。

她射出的那支鉤子，仍然鉤在陽臺的邊上，但是那是一支十分小的鋼鉤，那是特種合金鋼鑄成的，雖然它的大小和四分魚鉤差不多，但是卻足可承得起兩百磅的力量，連著它的鋼化玻璃纖維製成的玻璃繩，也只有鉛筆蕊那樣粗細，但同樣可以承受兩百磅的重量。

這樣小的鉤子，鉤在陽臺邊上，自然是不容易覺察出來的，是以上面的腳步聲和犬吠聲，在不到半分鐘內，便已靜了下來。

木蘭花戴上了特製的皮手套，沒有這種皮手套，是沒有人可以抓住那麼細的玻璃繩爬上去的。她的動作十分迅速，轉眼間，她的手已可以抓到陽臺邊緣了。

她雙足纏住了玻璃繩，慢慢地向上探出頭去，等到她的眼睛可以看得到陽臺上的情形時，她的心中，不禁大喜。

陽臺上，有一個守衛，和兩頭狼犬。

而更令得她高興的是，一扇玻璃門正打開著，微風吹得門內的紗窗簾，正在輕輕地飄動，那就是說，只要她爬上陽臺，她就可以輕而易舉進入屋子了。

她一手用力扳住了陽臺邊緣，另一手取出麻醉槍來，連射了三槍，三支麻醉針，射中了一人兩犬，那人的身子晃了一晃，便伏在陽臺的欄杆上了。

木蘭花立時一個翻身，上了陽臺，她收回了玻璃索，身子一閃，閃到了打開的玻璃門前，向內看去，裡面是一間十分寬大的書房。

木蘭花肯定了書房中沒有人，她閃身進去，小心地不發出任何聲音來，然後，她又輕輕地旋開書房的門，向外望去。

她一旋開書房門，便可以聽得見大廳上傳來的聲音了，那中年人正在咆哮，道：「你別以為我不會割斷你的喉嚨！」

可是，也只有那中年人一個人在咆哮，並聽不到那小女孩的任何聲音。木蘭花迅速地走了出來，待向樓梯下衝去。

可是，她才來到了樓梯口邊上，便陡地停了一停。因為在樓梯下面，有兩個人守著，木蘭花只停了兩秒鐘，她的麻醉槍中，又有兩枚麻醉針電射而出，她不等那兩人倒地，便由樓梯上直衝而下。

當她疾衝而下之際，那兩個人已中了麻醉針，轉過身來，目瞪口呆地望著她，但是卻已發不了聲，當木蘭花衝到了最後幾級樓梯時，這兩人身子向後倒去，「砰砰」兩聲響，跌倒在地上，而木蘭花身形疾躍，已越過了兩人，在牆角處站定。

隨著那兩人跌倒，只聽得裡面傳來一聲呼喝，道：「外面什麼人？蘭妮，你出去看看，外面有聲響，是什麼聲音。」

木蘭花心中暗自好笑，只聽大廳的門打開，鑽石蘭妮向外走了出來，鑽石蘭妮才一走出來，便看到了倒在地上的守衛！

那時，她的手還未曾離開門把，她的反應十分快，當她一看到那兩人倒在地上之際，她立時一縮身向後退去。可是，木蘭花的動作比她更快！

就在她的身子一縮之際，木蘭花已然一步跨到了她的身前，手中的麻醉槍也對準了蘭妮的胸口。

木蘭花的那柄槍，在外形上看來，和普通的槍一模一樣，蘭妮的身子震了一震，便僵立在門口，既不敢叫，又不敢動彈了。

那中年人還在喝問：「蘭妮，什麼聲音？」

蘭妮乾咳了一聲，木蘭花揚了揚手中的槍，道：「轉過身，慢慢地向前走進去。」

蘭妮的面上，青白不定，神色十分難看，她當然不願意聽木蘭花的話，但是，在這樣的情形下，不聽又有什麼法子？是以她緩緩地轉過了身去。

而她才一轉過身去，木蘭花已然一個箭步，向前抓住了她的左臂，將之反扭了過來。

那中年人又道：「蘭妮，你在和什麼人說話？」

蘭妮還沒有回答，事實上，蘭妮也不必回答，那中年人也可以知道答案了，因為木蘭花已經推著蘭妮，走進了大廳之中。

她一走進大廳，便冷冷地道：「和我說話！」

大廳中的金髮美人，和那中年人倏地轉過頭來，同時，他們也不約而同地發出了一下驚呼聲，叫道：「木蘭花！」

「不錯，是我！」木蘭花冷冷道：「將手放在頭上。」

那金髮美人道：「木蘭花，我們——」

「將手放在頭上！」木蘭花厲聲重斥著。

那金髮女人仍然揚著手，道：「木——」

可是，她只講出了一個字，木蘭花便已然扳動了槍扣，「嗤」地一聲響，一枚麻醉針已然射中了金髮美人的頭部。

金髮女子身子晃了一晃，張大了口，看她的樣子，像是還想講什麼的，但是，她卻已講不出什麼來了，她的身子，立時軟倒在一張沙發上。

這突如其來的變化，令得那中年人呆住了，不知怎麼才好。而木蘭花之所以一上來就對那金髮美人下手，那是因為她已然知道，在金髮美人、蘭妮和那中年人之間，那中年人是居於領導地位的，她對付金髮美人，正是殺雞儆猴之意。

而從那中年人的面色來看，她那種殺雞儆猴的手法，顯然已收效了，她冷冷地又道：「將你的手放在頭上，還要我再重複麼？」

那中年人略為遲疑了一下，雙手已放在頭上。

但這時，他面上的神色，卻反而鎮定了不少。

只聽得他說道：「木蘭花小姐，果然名不虛傳啊！」

木蘭花冷笑著，道：「先生，如果我沒有弄錯的話，你一定是近十年來，神出鬼沒，令得國際警方傷透腦筋的第一流珠寶竊賊，麥泰許先生了！」

那中年人的臉色，變得更難看起來，他勉強地乾笑著，道：「木蘭花小姐，你真厲害，你目光之銳利，實在使我佩服。」

木蘭花的聲音，仍是那樣冷淡，道：「麥泰許先生，我的觀察力還有令你吃驚之處，你有著不少化名，在本市，你的化名，就是扈新鐵了，是不是？」

那中年人的身子，劇烈地發起抖來。

「不可能！這是不可能的。」他高叫著。

木蘭花的冷靜，恰好和麥泰許的恐懼相反，她冷冷地道：「有什麼不可能？本市警方只懷疑扈新鐵和珠寶大盜有勾結，但是卻想不到珠寶大王本身，就是珠寶大盜，那是由於你掩飾得巧妙，但是你以為那一直可以瞞得過去麼？」

麥泰許頹然地坐在沙發上。當然，他雙手仍然放在頭上，道：「不可能，那是不可能的，你怎麼會知道這個秘密的？」

「很簡單，我是從二樓陽臺上爬進來的，首先，我到達一間書房，那當然是屋主人的書房，書房上，有著一張相片。」

「可是，那張相片和我不同啊！」

「對了，那張相片上的，是經過了化裝的你，凡是你以本市珠寶大王的身分出現之時，你就作這樣的化裝，但是，你卻露了一點破綻！」

「我不明白，我不明白破綻在什麼地方！」

木蘭花笑了起來，道：「誰都知道，珠寶大王扈新鐵，是最喜歡用寶石來做衣扣的，你看看你現在穿的衣服，是用什麼做衣扣的？」

5 太空之光

麥泰許低下頭去，他衣服的鈕扣，全是第一流的閃雲石做成的，他叫了起來，道：「那不能證明什麼，實在不能證明什麼。」

「麥泰許先生！」木蘭花沉聲道：「瑞士的警方，曾經費盡了心機，攝得了你的一幅側面相，印了幾千分，分發給世界上所有的有關方面，我也曾看到過那張側面相，相片雖然模糊，但是卻可以使我肯定，在我眼前的是麥泰許先生。」

麥泰許張大了口，不出聲。

木蘭花又道：「而且，湊巧的是，書桌上的照片之上，扈新鐵先生穿的衣服，恰好是你今晚穿的那一件，鈕扣是閃雲石的，先生，就算你是寄住在人家家中，你必然不會借穿主人的衣服，而且也絕對無法這樣合身的，對不對？」

麥泰許啞口無言。

「所以，我突然明白了，珠寶大王扈新鐵先生，就是珠寶大盜麥泰許，而他每次到各地去考察業務，實際上，是去進行竊盜勾當！」

麥泰許的臉色灰敗，自他的額上，滲出了一顆顆的汗珠來，他喘著氣，道：「好，你贏了，可是……可是……事情可有商量麼？」

他以一種十分卑鄙的乞求眼光，望著木蘭花。

木蘭花道：「秀珍在哪裡？」

麥泰許一呆道：「不知道，我真的不知道。」

木蘭花道：「那麼你們是怎樣搶到安妮的？」

麥泰許向那金髮美人指了一指，道：「她，琳達，是安妮的繼母——」

麥泰許才講了這一句話，木蘭花陡地吃了一驚，道：「我明白了，死在你們槍下的，是你的老搭檔，柏克，妙手柏克？」

麥泰許點了點頭。

木蘭花道：「這倒好，麥泰許、蘭妮、柏克和琳達，四個世界上最著名的珠寶大盜，居然在一起做案子，這可真夠轟動啊！」

木蘭花這句話才一出口，忽然聽到一個尖銳得異乎尋常的聲音叫道：「胡說，你胡說，我的父親絕不是什麼珠寶大盜！」

木蘭花連忙轉過頭去，發出那種尖銳的呼叫聲的，正是安妮！

安妮終於肯開口了，這令得木蘭花十分高興，但是，她卻無法同意安妮的否認。因為，如果金髮琳達是安妮的繼母，那麼，金髮琳達的丈夫，正是妙手柏克，而妙手柏克在珠寶盜竊上的聲名，絕不在麥泰許和鑽石蘭妮之下的！

是以她只望了安妮一眼，並不說什麼。

而安妮在叫了那一聲之後，也立時緊抿著嘴，不再出聲了。木蘭花現在還不打算向她問什麼，是以她立時轉過頭來，道：「麥泰許先生，你們四人聯手，是想要向那顆『太空之光』下手的，是不是？」

「是的，而且我們已經得手了。」

木蘭花並不感到吃驚，這四個人，全是舉世皆知的神出鬼沒的大盜，普通他們要下手的東西，只要他們中的一個人出馬，便已可以到手的了。

如果他們四人聯手，再不能竊得那顆「太空之光」的話，那麼，這才是值得奇怪的事情，是以木蘭花點著頭，道：「東西偷到手，忽然起了內鬨，是不是？」

木蘭花一面說，一面斜過眼去，偷望著安妮。

只見安妮的眼不斷地眨著，像是在竭力忍著眼淚一樣，麥泰許卻不回答，木蘭花又道：「是不是起了內鬨啊？」

「我為什麼要不斷地回答你的問題？」麥泰許又問。

「當然，你必須回答我，因為你的回答，如果使我滿意了，那麼，你的身分秘密，我可以替你保守一個時期，保守秘密時間的長短，視乎你的回答令我滿意的程度而定，明白了麼？」

麥泰許道：「明白，明白。」

木蘭花將鑽石蘭妮的身子推向前去，命她坐在麥泰許的旁邊，她手中的槍，仍然對準了兩人，道：「好，那麼將其中的經過說一說。」

麥泰許搓了搓手，道：「我們四個人，自從『太空之光』被發現之後，就已經開始計劃這件事了，於是，琳達便首先設法混進南非的鑽石礦務公司，她工作得十分努力，使她在四年後，已成為總經理的私人秘書了，這是我們計劃的第一步。」

木蘭花的心中，暗嘆了一聲。

這些珠寶大盜的心機之深，實在是可想而知的，他們為了要偷竊一顆鑽石，竟可以使一個人潛伏下來，達四年之久！

「在我們已得到了保險庫的密碼，快要動手之際，事情突然發生了變化，『太空之光』忽然有了買主，以驚人的價格成交了！

「這是令得我們十分吃驚的，因為鑽石若是轉手成功，我們就前功盡棄了，所以我們決定提前下手，但當我們這樣決定時，卻已經遲了！

「買主十分心急，希望立即得到鑽石，公司方面決定派專機送出，我們本來以為是一點希望也沒有的了，誰料到——」

麥泰許講到這裡，略頓了一頓。

如果他是想賣關子的話，那麼，在木蘭花的面前，是一點作用也起不了的，因為木蘭花立時接了上去，道：「可是，意料之外的是，公司的總經理帶著金髮琳達同行，是不是？」

麥泰許佩服地點著頭，道：「是的，是的，在飛機上，琳達得了手，跳傘而走，我們早在海面上準備好了接應，鑽石到手了，唉，那實在是一顆稀有的鑽石，它有一百三十克拉，我從來也未曾見過那樣迷人的東西，它像是一顆星一樣！」

「好了，」木蘭花打斷了他，「別做詩了！」

麥泰許苦笑了一下，道：「照預定的計劃，我們將鑽石交給柏克去割開來，我們將每人得到相同分量的一分，柏克在阿姆斯特丹的化名是柏鹿特，他是荷蘭最有名的鑽石切割匠之一——」

麥泰許講到這裡，突然咬牙切齒，道：

「可是，這狗養的柏克，我們合作不止一次了，這一次，他卻叛變了我們！我們全在阿姆斯特丹等著，等候『太空之光』失竊的消息傳遍全世界，可是奇怪的是，我們竟聽不到任何的消息！

「而在我們照例和柏克的聯繫到了第三次之後，柏克便帶著他的殘廢女兒失蹤了，該死的柏克走後，他以為我找不到他，他以為在本市立足，一定料不到我也會來到本市，但是，結果他還是被我發現了，他死在我槍下也是自然而然的事了。」

木蘭花仔細地聽著麥泰許的話，麥泰許的話，似乎是真的，因為木蘭花找不出什麼破綻來，整件事情，看來就是這樣的了。

可是，她卻又突然記起了蘭妮在離開她家時發出的恐嚇來，道：「那麼。事情和國際特務又有甚麼關係？蘭妮曾用這恐嚇過我。」

麥泰許道：「那是蘭妮神經過敏，蘭妮的一個朋友是情報販子，據這位情報販子說，某國特務頭子已命令他手下的特務，全力尋找一顆失蹤鑽石的下落。」

木蘭花想了一想，道：「這個國家，一定就是承購『太空之光』的那個國家，是不是？」

麥泰許點頭道：「是的，可是那卻沒有什麼關係的，特務頭子為了重要的情報，下達全體動員的命令，自然不出奇，但為了一顆鑽石——」麥泰許搖了搖頭，道：「不可能！」

蘭妮道：「我那位朋友是從來也不說謊的。」

木蘭花凝思著，過了半分鐘，她才道：「麥泰許，你不覺得你們的盜竊行動，實際上已和一件十分嚴重的事結合起來了麼？」

麥泰許道：「我不明白你的意思。」

「你想，那麼一顆稀世的鑽石失竊了，為什麼竟會不宣布消息？那當然是有一方面要求嚴格地保守秘密的緣故了。而賣方，是不會要保守秘密的，那就是說，買方倒要求保守秘密，由此可知，買進這顆鑽石的某方面，對這顆鑽石一定有著極其重要的用途！」

麥泰許惘然半晌道：「我沒有想到這一點！」

木蘭花向安妮走去，她用一隻手臂將安妮抱了起來，手中的槍仍然對準了麥泰許，道：「你替我開門，送我上車。」

麥泰許忙道：「我剛才說的一切，可令你滿意了麼？」

「我滿意了，」木蘭花回答，「但是，我一定得警告你們，你們三個人的性命，等於是放在熱水中的冰片一樣，是隨時可以消失的。」

鑽石蘭妮尖聲道：「如果你帶走安妮，那你比我們更危險，柏克和她一分鐘也不分離，鑽石在什麼地方，只有安妮一個人知道。」

木蘭花搖著頭，道：「你錯了，蘭妮，我帶走安妮，絕不是為了得到那鑽石，我只是要照顧她，將她當作我自己的妹妹一樣。」

蘭妮惡毒地笑道：「看來你也不能照顧她多久，因為你也快要死了，那麼多的國際間諜在找這顆鑽石，你逃得過去麼？」

木蘭花一怔，道：「你將會去洩露消息，說安妮在我這裡，是不是？」

「是的，我為什麼不？」蘭妮挑戰也似地說。

「歡迎！」木蘭花平靜地回答著。

麥泰許已打開了門，木蘭花抱著安妮上了車，放安妮在她的身邊，然後，她駕著車，車頭燈刺破黑暗，向前迅速地移動著。

安妮坐在木蘭花的身邊，一聲不出，木蘭花也不去和她說話，當車子在公路上疾駛了十來分鐘之後，一輛警車呼叫著迎面駛來。

木蘭花的車子在警車旁邊擦過，她看到了坐在車頭的高翔和穆秀珍，她立時停下車，大聲地叫著，和按著喇叭。

那輛警車迅速地退了回來，木蘭花已然打開了車門，穆秀珍自警車上疾跳了下來，向前奔著，叫道：「蘭花姐，他們將安妮——」

她要講的話還未曾講完，便已經奔到了木蘭花的車前，當然，她也立即看到了坐在木蘭花身邊的安妮，她立時住了口，然後，「哈」地一聲，笑了出來，道：「小鬼頭，原來你又回來了！」

高翔也奔了過來，看到了安妮，他也十分高興。

可是安妮的神色卻依然十分冷漠，她望著木蘭花、穆秀珍和高翔三人，一聲不出，穆秀珍向她扮了一個鬼臉，道：「蘭花姐，你是在什麼地方將她找回來的？」

木蘭花道：「你們上車來，我們回去再說！」

等到穆秀珍和高翔兩人上了車，木蘭花才又道：「高翔，你吩咐警車全神戒備，跟在我們的後面，並且在我的住所四周圍佈防。」

高翔答應了一聲，用無線電對講機吩咐了下去，穆秀珍顯得十分興奮，道：「蘭花姐，為什麼那麼緊張，可是事情非同小可麼？」

木蘭花點了點頭，道：「是的。」

穆秀珍頓時有些坐立不安起來，她之所以不安，當然不是為了害怕，而是興奮，她最希望木蘭花立時將一切經過講出來，好讓她盡釋心中的疑團。

她也希望敵人就在眼前，好讓她和敵人拚鬥！

她向木蘭花連珠炮也似地問了好幾個問題，但是木蘭花卻一個也不回答，反而道：「秀珍，你將我們離去之後的情形說說！」

穆秀珍道：「你們走了之後，唉，我想盡了辦法，想引她開口，可是我已得出了一個結論，小安妮多半是一個啞子！」

木蘭花斥道：「別胡說！」

穆秀珍自己也覺得好笑起來，將當時的經過詳細說了一遍，而她在追那輛汽車時，由於她追出之時，根本已遲了許多，所以連那輛汽車的去向也不知道，只是在市區內亂兜，是被一輛警車發現，向她傳達了木蘭花要她立即回去的話的。

所以，對穆秀珍而言，整件事仍是莫名其妙的。

等到穆秀珍將經過的情形講完，車子也已快到家中了，木蘭花仍是一聲不出，一直到車子在鐵門前停了下來，她才道：「你們兩人先進屋中去看看可有什麼異狀？要小心些！」

高翔和穆秀珍兩人看到木蘭花神色如此凝重，心中也知道事情一定非同小可，是以他們打開車門，貼地滾了出去。

而高翔還向跟在後面的那輛警車，作了一個手勢。

只見在警車之中，立時有三柄手提機槍伸了出來，監視著屋子，如果有人從屋子或是花園中向高翔或穆秀珍狙擊的話，那麼，是必然逃不過三柄機槍的掃射的。

高翔滾到了鐵門邊上，用力一推，將鐵門推了開來，他一躍而起，伏著身，向前竄去，穆秀珍緊緊地跟在他的後面。

兩人來到了門口，貼牆站定，高翔一轉門把，倏地推開了門，身子接著轉了進去，而門一被推開，穆秀珍也立時閃了進去。

在車中的木蘭花，也已握定了槍。

就在高翔和穆秀珍兩人閃進屋子之後，只聽得屋子中傳來了穆秀珍的一聲怪叫，緊接著，客廳之中便已燈火通明。

木蘭花一聽得穆秀珍的怪叫聲，立時跳下車來，向警車一招手，警車上也立時跳下七八名警員來，一起向屋子衝去。

當他們衝到花園之際，高翔在門口出現，只見他雙手亂搖，道：「沒有事了，他們已走了，只不過屋子中遭到了可怕的破壞！」

木蘭花快走奔了進去，連她也呆住了。

穆秀珍正站在客廳中央，漲紅了臉，在大聲地咒罵著，客廳中，滿是廢物，而這些廢物，本來都是她們客廳中的精心陳設！

木蘭花連忙跨過了被劈成碎片的沙發、桌子和椅子，向樓梯上奔去，上面幾間房間的情形，也是一樣，所有的衣櫥全被打開，並且劈了開來，沒有一張被子和一隻枕頭是完整的，連洗面盆也被拆了下來，水喉被拆成了一節一節。

所有的牆紙全被撕下，地毯被拉起割破，地板也被可怕地撬開過，床墊被割開，樓梯的扶手也沒有一根是完整的。

所有的傢具，沒有一件是完整的，那架鋼琴被拆成了零件，琴鍵滿地皆是，廚房中所有的瓶、罐，都被打開或打爛了。

木蘭花的住所，曾不止一次地遭到過破壞，甚至還曾整所被炸藥炸毀過，但是，卻沒有一次是被破壞得如此之徹底的！

可以說，整間屋子之中，已沒有一件完整的東西了！

木蘭花從樓梯上奔了下來，穆秀珍仍然在大聲地罵著，高翔站在一堆被割開的沙發墊中發怔，兩個警員站在門口，扶著安妮，不知是進來好，還是不進來好。

看到了安妮，木蘭花才注意到，屋中至少還有一件東西是完整的，那件東西，便是安妮所坐的那張輪椅，當然也被推翻了。

木蘭花走過去，將輪椅扶正，示意那兩個警員將安妮扶了進來，在輪椅上坐下，直到此際，高翔才失聲道：「天啊，他們想做什麼？」

木蘭花沉靜地道：「他們當然是想找回那顆鑽石。」

高翔叫道：「可是，我們卻連鑽石的影子也未曾看到過，他們何必這樣？」

木蘭花卻突然笑了起來，道：「高翔，這裡又沒有外人，你何必否認鑽石不在我們這裡？其實，我們就算否認，人家也一定會知道的。」

木蘭花的這幾句話，實是令得高翔和穆秀珍兩人目瞪口呆，他們望定了木蘭花，實在不知道木蘭花這樣說是什麼意思。

高翔首先叫道：「蘭花，你——」

但是木蘭花不等他講完，便道：「可是他們卻白費心機了！他們想在我這裡找回那顆鑽石去，那是在做夢，絕不可能的！」

穆秀珍忙又道：「蘭花姐——」

可是，像高翔一樣，她的話頭又立時被木蘭花打斷，木蘭花道：「秀珍，你別再罵了，他們人也走了，你罵他們，他們也是聽不到的。」

穆秀珍苦笑道：「那麼，我們怎麼辦？我們能在這裡住下去麼？」

「當然不能，」木蘭花想了一想，「我想，我們暫時可以住到高翔的家中去，高翔，我想你一定不會反對的，是不？」

「當然不反對，歡迎之至！」高翔連忙說。

「歡迎什麼？高翔，你在幸災樂禍！」穆秀珍瞪著眼，「你說歡迎，那等於說我們的住所被人家毀了，你很高興，是麼？」

高翔笑了起來，道：「秀珍，快走吧！」

木蘭花推著輪椅，一行人一起離開了屋子，木蘭花吩咐留下幾個警員，守在屋子的周圍，她和高翔、穆秀珍、安妮，一起登上了車子，而將那張輪椅，放在車子的行李箱中，三十分鐘之後，車子駛上一個斜坡，已到了高翔的住所。

高翔住在市區十分高級的大廈之中的一幢的頂樓，大廈之下，全是停車場，他們停好了車子，仍由木蘭花推著輪椅，上了電梯。

在看到木蘭花的家中被人破壞的情形之後，高翔的住所雖然有點凌亂，但是看起來也像是天堂一樣了，木蘭花坐了下來，她坐在安妮的對面。

她用十分誠懇的聲音道：「安妮，你不肯和我們說話，那是不要緊的，但是為了你，我的家已被人破壞成那樣子，你是已經看到的了。你自己的生命也隨時隨地在危險之中，但是你不必害怕，我們一定會盡力保護你的，你不講話也不要緊，但是你卻要給我們知道你心中的意思，你同意麼？」

安妮坐在輪椅上，一動也不動，以致她看來，像是一具根本沒有生命的石像一樣！

木蘭花又道：「從現在起，我問你的話，如果你表示同意，你就點頭，你表示不同意，就搖頭！」

安妮仍是一動也不動。

木蘭花道：「你一定已十分疲倦了，你應該去睡了！」

木蘭花講完這句話之後，便望定了安妮，安妮仍是一動也不動，穆秀珍心急，立時想要說話，可是卻給高翔阻住了。

等了足足有兩分鐘之久，幾乎連木蘭花也以為安妮不會有什麼反應了，才看到她終於點了點頭，表示她也想睡了。

木蘭花滿意地笑了一笑，道：「好孩子！」

她抬起頭來，對高翔道：「高翔，你替安妮去準備一下房間，要盡量讓她舒適！」木蘭花一面說，一面連向高翔使了個眼色。

高翔立時明白了木蘭花的意思，他推開了一間房門，走了進去，約莫過了五分鐘，他走了出來，道：「可以去睡了！」

木蘭花推著輪椅走了進去，那間臥室，的確已佈置得十分舒適了。木蘭花才走進去，高翔便向床頭燈呶了呶嘴。

木蘭花立時看到，在床頭燈上，有一個小型的電視攝像管，還有一個傳音器，安妮獨自在房中做些什麼事，都可以在房外的一具電視機上，看得清清楚楚。

這便是剛才木蘭花叫高翔來佈置的，而她甚至於根本不必講話，高翔便明白了她的意思，這時，兩人又發出會心的微笑來。

木蘭花將安妮抱上了床，替她亮了一盞光線十分黑暗的小燈，然後，關好房門，退了出來，他們立即來到了高翔的書房之中。

在書房的牆上，一具電視機上，正現出安妮睡在床上的情形，安妮靜靜地躺著，可是她並未睡著，因為她雙眼睜得老大，望著天花板。

看她的樣子，像是心事重重，正在想些什麼。

她想的是什麼呢？

她想的事，一定就是整件事的關鍵。然而由於看來她根本不相信任何人，是以她對什麼人都不說話，也沒有人可以知道她心中在想些什麼！

才一進高翔的書房，穆秀珍已迫不及待地問道：「蘭花姐，你說那顆大鑽石在我們的手中，那究竟是什麼意思啊！」

木蘭花淡然一笑，道：「那麼何以我們的住所，被破壞得如此之甚呢？」

「那是他們認為，不知有什麼其蠢如豬的人認為如此，事實上，我們並沒有得到鑽石，是不是？難道你已得了鑽石麼？」

「沒有。」

「那麼，你為什麼這樣說？」穆秀珍插口道。

高翔道：「我明白了，蘭花，你是想讓那些人知道，鑽石在你的手中，那麼，藉此可以使他們出現，來和你接頭，是麼？」

「不對，不對！」穆秀珍連忙不服氣地大聲駁著高翔，「蘭花姐剛才講的時候，那些人早已走了，他們怎聽得到？」

「秀珍，」木蘭花嘆了一口氣，「你還是思想不會轉彎，你想，他們難道沒有可能在屋中留下一具竊聽器麼？有可能吧！」

穆秀珍「哦」地一聲，恍然大悟，道：「那麼，你特地問高翔是不是歡迎我們，也是為了想他們知道我們是在高翔家中！」

木蘭花笑著點頭，道：「對了。」

穆秀珍立時磨拳擦掌，氣憤地道：「哼，這些傢伙若是來了，看我不將他們全身的骨頭一根一根拆了下來！」

木蘭花笑道：「秀珍，現在又不是叫你入廚房煮拆骨酥皮鴨，你何必作此驚人之語？高翔，你可知道，安妮是珠寶大盜妙手柏克的女兒。」

高翔陡地一呆，道：「妙手柏克，就是和金髮琳達姘居的那個？」

「是的，還有你更料不到的事情哩，本市的名流、鉅富，珠寶大王扈新鐵，就是在珠寶盜竊這行中坐第一把交椅的麥泰許的化身！」

高翔張大了口，說不出話來。

這樣的話，若不是出自木蘭花之口，而是出自另一個人口中的話，那麼，高翔一定早已斥責對方是在胡說八道了！

他呆了半晌，才道：「那太匪夷所思了！」

木蘭花又道：「那顆『太空之光』鑽石，確然是被偷走了，那是麥泰許、柏克、琳達、蘭妮四人通力合作的一樁傑作！」

木蘭花將她在玻璃別墅中的經歷，詳詳細細地說了一遍，高翔和穆秀珍兩人用心地聽著。而木蘭花也一直在留意著電視上的安妮。

安妮一直躺著不動，也一直睜大著眼。

看她的情形，使人產生一種錯覺，以為她也是在聽木蘭花的敘述，但事實上，當時木蘭花講的話，她是聽不到的。

木蘭花講完，高翔才哼了一聲，道：「麥泰許的計策，當真十分高，可是他未曾料到秀珍錯有錯著，反倒破了他的妙計。」

穆秀珍嗔道：「我錯了什麼？」

高翔笑道：「你想想，他和琳達兩人搶走了安妮，留下田凡統給你，主要就是叫你們別去追他們，而另一方面，他又安排蘭妮到警局去吵鬧，那樣，蘭妮和安妮之間，看來是毫無關係的了，但是你卻偏偏追了出去，以致我們無法知道安妮落在什麼人的手中，只好循著蘭妮的這件線索去追尋，麥泰許就變成弄巧成拙了！」

穆秀珍仍是不服，道：「這也不能說我錯有錯著。」

木蘭花笑道：「好了，別爭了，我本來就疑心事情沒有那麼簡單，現在我們的住所又被徹底破壞，這種程度的破壞，絕對不是普通人所能造成的。」

高翔吃驚地道：「你的意思是，正有受過訓練的特務，要得回這顆鑽石？」

木蘭花點頭道：「是的，而且，這顆鑽石，我們雖然連見也未曾見過，但實際上，卻等於在我們的手中。」

高翔和穆秀珍兩人，吃驚地望定了木蘭花。

木蘭花向那電視螢光幕指了一指，道：「我敢肯定地說，那顆被稱為『太空之光』的鑽石在什麼地方，只有安妮一人知道！」

高翔和穆秀珍這才知道木蘭花這樣講法，是什麼意思，穆秀珍立時恨恨地道：「可是，那小鬼卻什麼也不肯說。」

木蘭花想了片刻，道：「在玻璃別墅的時候，她說了一句話，那是當我們在論及黑吃黑的時候，她說，她父親不是那種人。」

高翔苦笑一下，道：「看來他們父女兩人是相依為命的，那麼，她為她父親辯護，也是意料之中的事情，不算出奇的。」

木蘭花又向電視螢光幕上望了一眼，安妮仍然是睜大眼睛，望定了天花板。她嘆了一聲，道：「我從來也未曾見過如此堅毅，如此能保守秘密的小女孩。」

高翔道：「她是一個十分聰明的孩子，你看不出來麼？她的沉默，可能是由於她從小殘廢所形成的，她一定有極強的思考能力。」

穆秀珍不耐煩道：「你們去討論她作什麼？總而言之，她是一個不聽話的孩子，要不然，何以我們勸她開口，她一句話也不說？」

木蘭花搖頭道：「不，從另一方面來說，一定也有人吩咐她不要開口，那麼，她就是一個極其聽話的孩子了。」

穆秀珍呆了半晌，又道：「這顆鑽石的價值雖鉅，但是為了它，動員特務人員想找它回來，這似乎也不怎麼可能吧？」

木蘭花道：「秀珍，你懷疑得好，現在，最主要的問題在於：這顆鑽石，一定有什麼秘密的用途，而這種用途，一定又是極秘密的，所以鑽石的買方不願意將失竊的消息傳出去。」

「鑽石還有什麼用途啊？」

木蘭花來回踱了幾步，道：「我猜是軍事上的用途。」

高翔剛想說什麼，門鈴聲突然響了起來。

這時，已經是凌晨三時了。

在這樣的時候，還會有門鈴聲傳來，這令得他們都停止了講話，而高翔則立時按下了兩個掣，幾秒鐘之後，在另一具電視機上，便出現了高翔門口的情形。

有兩個穿著大衣的人，站在門口。

那兩個人的身形都十分高大，他們穿著大衣，戴著呢帽，以致他們的臉面如何，看不清楚。

高翔又向著桌上的一個表看去，那表上有一根指針，這時正在不斷地顫動著，這證明這兩個人的身上，全是懷著槍的，雷達探測器已探出來了。

高翔等到第二次門鈴響起，才道：「誰？」

他聽到了一個外國口音十分濃的聲音，道：「高先生，是我們，我們是絕無惡意的，我們只不過想來進行一場善意的談判。」

「如果你們只是想進行一場善意的談判，那麼，你們身上帶著手槍，也是善意的一種表示麼？」高翔冷冷地譏刺著來人。

那兩人呆了一呆，高翔立即又道：「將你們的槍放在走廊的地毯之上，那麼，我可以接見你們，和你們善意地談談！」

從那具電視機上，可以看到那兩人略一遲疑，然後，各自取出了一柄槍來，雖然是從電視螢光幕上來觀察，但是也可以看出，那是兩柄新型的火箭槍。

那兩人果然依言，將槍放在走廊的地毯之下。

高翔向木蘭花望了一眼，木蘭花道：「秀珍，你在這裡監視著安妮，留心她每一個小動作，她或者會自言自語，你記下她所說的每一個字！」

穆秀珍忙道：「蘭花姐，我想——」

「你不必胡思亂想，安妮是整件事的關鍵，我們能不能明白整件事的真相，就要看監視安妮的結果如何，這樣重要的事交給你，你還不高興麼？」

穆秀珍搔了搔頭，道：「也好！」

她雙手支著頭，在那具電視前，坐了下來。

6 特殊用途

高翔和木蘭花兩人向客廳走去，木蘭花在沙發上坐下，高翔來到了門口，他按下一個掣，門便打了開來，而他的身子，也恰好隱在門後。

木蘭花則道：「請進來。」

那兩個人立時並肩走了進來。

當他們走進來之後，高翔反手將門關上，在他們的身後道：「一直向前去，在蘭花小姐對面的沙發上坐下來，最好別亂動！」

那兩人像是想不到身後突然有人講話，是以呆了一呆，其中一個，除下了帽子，攤著手，道：「我們完全是善意而來的。」

「那麼就請你照我的話坐下。」

那兩個人走到了木蘭花對面的兩張沙發之前，坐了下來，木蘭花不等他們開口，便道：「我們的住所完全被搗毀了，這是你們的傑作，是不是？」

那兩人中的一個禿頂男子道：「是的，因為我們想找回這顆『太空之光』。高先生，蘭花小姐，我們必須找回這顆鑽石，我們國家所有在海外的特務人員，已全體動員了！」

木蘭花冷笑一聲，道：「兩位，如果你們前來，就是告訴我這個消息的話，你們來得太遲了，這消息我早已知道了。」

禿頂男子忙道：「當然，我們還帶來了一個建議。」

木蘭花道：「請說。」

「這顆鑽石，你們是無法脫手的，若是一定要脫手，那麼只有將它切割開來，價格方面，自然要大大地打一個折扣了，我的建議是，我們作為買主，向你們購買這顆鑽石。」

木蘭花徐徐地道：「多少價錢？」

「和我們向南非鑽石公司購買的價錢相同！」

木蘭花仍然是那樣鎮定地坐著，但是坐在那人後面的高翔，卻不禁嚇了一跳，心想那兩人一定是瘋了，否則一定不會提出這樣的條件來的！

「太空之光」的價值十分驚人，而雙倍的價格，更是駭人了，看來，他們是不顧一切要得回那顆鑽石的，那是為什麼呢？

鑽石雖然是最名貴的物事，但是世界上鑽石卻多得是，何以他們願意付雙倍的價錢，而非得到那顆「太空之光」不可呢？

高翔的心中十分亂，思潮紛沓，他又想到木蘭花剛才說，那顆鑽石，可能有著特殊的軍事用途，而那人又像是不願意鑽石被切割開來！

高翔的心中，陡地一亮！

他想到了一點，世界上的鑽石雖然多，但是，在一百克拉以上的，卻少之又少，像「太空之光」那樣，達到一百三十克拉的，更可以說是絕無僅有的奇珍！

而他們的「特殊用途」，一定是需要一顆大鑽石，而不是許多的小鑽石！所以，他們才不惜一切代價地要得回它！

在高翔心中思潮紛起之際，木蘭花也靜坐著不動，她像是在考慮著那禿頂男了所提的條件，過了好一會，才聽得她道：「這似乎不怎麼可能，是不是？」

「我們講的話，是一定可以做得到的，我們國家不在乎這些錢，但是卻在乎那顆鑽石，我們要完整地得到這顆鑽石！」

「你們這樣說，那麼我似乎可以將價錢抬高些了！」

「絕不能！」禿頂男子的聲音充滿了憤怒，「而且，你們也只有二十四小時的考慮時間，要不然，你們放著世界第一流的富豪不做，卻要做路上的屍體了！」

木蘭花道：「你們的建議，的確是對人有著極大的誘惑力，但是使我難明的是，何以妙手柏克卻拒絕了你們的條件？」

那兩人互望了一眼，道：「所以，他死了！」

這兩人曾以同樣的條件，去和妙手柏克商談過，這件事，本來還只是木蘭花的想像，可是如今，卻已然獲得了證實。

木蘭花之所以會想到這兩人曾去找過柏克，也是有根據的設想。因為這顆鑽石是他們四人聯手得到的，妙手柏克不可能不知道他是實在不能獨吞的，而且，他們這一行，在同行之間，也有著「道德」的，自已人黑吃黑的事，可以說絕無僅有。

而且，鑽石就算被剖成四分，在他們來說，也已是一筆極大的收穫了，而柏克卻突然失蹤，被其餘三人認為是捲逃，那可能是另有曲折的。

這曲折是，柏克並不是要捲逃，而是他要逃避什麼事，使得其餘三個人誤會了，柏克之死在麥泰許槍下，可以說是很冤枉的。

那兩個人並沒有正面回答木蘭花的問題，木蘭花當然不肯就此算數的，她又問道：「你們的條件如此優厚，為什麼柏克不接受？」

那禿頂男子道：「小姐，你問得太多了！」

「一點也不，事情和我的切身利益有關，我當然有權利，而且也必須知道妙手柏克為什麼拒絕了你們的條件，他拒絕你們的條件，而且還逃離了阿姆斯特丹，這就證明你們的條件一定有令得他吃虧之處！」木蘭花一口氣地講著，反駁著對方。

那禿頂男子也變得激動起來，道：「愚蠢，那純粹是因為柏克是一個蠢才！」

「我不相信世界上有這樣的蠢才！」

「但事實上卻有，柏克就是！」

木蘭花冷冷地道：「先生，如果你沒有誠意，那麼，我們的話就無法談下去了，我看，兩位還是快些告辭的好！」

那兩個男子霍地站了起來。

可是，他們才一站起，卻又坐了下來。

他們坐了下來之後，那禿頂男子道：「小姐，如果你這樣固執的話，那對你來說，實在是一項極大的不幸，你明白麼？」

木蘭花冷笑道：「我的理解和你們相反，我的固執，事實上是你們的不幸，先生，為什麼柏克拒絕了你們的條件，為什麼？」

那禿頂男子「哼」地一聲，道：「如果你一定要知道的話，那麼我可以告訴你，柏克和你一樣，起了不應起的好奇心！」

他講到這裡，便停了一停。

木蘭花冷冷地道：「你仍然未曾回答我的問題呢。」

那禿頂男子道：「柏克問我們，要那顆鑽石有什麼用。不幸的是，我們那次派去和他接頭的那工作人員，一時口疏，竟將我們要那顆鑽石的用途，向柏克透露了一下，柏克這傻瓜為了不同意我們對這顆鑽石的用途，所以他就拒絕了我們的建議！」

高翔在那兩人的身後，聽到了這裡，他心中對木蘭花的佩服，可以說已到了極點，因為這的確不是一件簡單的鑽石盜竊案，而木蘭花是早已料到了這一點的！

當木蘭花料到了這一點，而向高翔講及時，高翔的心中還不以為然，但到如今，木蘭花的推斷，可以說是完全正確的。

問題在於，他們要大鑽石來做什麼？

木蘭花的心中，也同樣地在想著這個問題，她裝著十分不在乎地笑了一下，道：「那麼，你們要這顆鑽石，究竟是做什麼用的？」

那禿頂男子道：「你太過分了，小姐真的太過分了！」

木蘭花笑了笑，不再問下去，因為她知道再問下去的話，也絕不會有什麼結果的了，她道：「好的，我可以考慮二十四小時。」

兩人站了起來，道：「再見！」

他們退了出去，高翔到門邊，替他們開了門，又立即將門關上，他又奔到書房中，在電視中看到那兩人確已離去，他才鬆了一口氣。

也就在這時，他轉過頭去看穆秀珍，卻發現穆秀珍已伏在桌上睡著了，他回頭向走進書房來的木蘭花，指了指穆秀珍。

木蘭花皺了皺眉，大聲叫進：「秀珍！」

穆秀珍突然抬起頭來，睡眼矇矓地道：「什麼事？」

「秀珍，」木蘭花的聲音十分嚴厲，「我吩咐你好好監視著安妮的，何以你睡著了？」

「蘭花姐，這小鬼只是睜著眼躺在床上，有什麼——」

她本來想說「有什麼好監視的」，但是她的話說到一半，自然而然地轉過頭，向電視看去，一看之下，她不禁呆住了。

安妮已不在床上了！

穆秀珍自然不知道安妮是什麼時候離開床的，她苦笑了一下，神情尷尬地望著木蘭花，道：「誰知道她……為什麼忽然不睡了！」

高翔沒有被穆秀珍逗得笑出聲來，他道：「她走不遠的，一定還在房中，你們看，她在地上，爬著回來了！」

三人一齊向電視看去，果然看到安妮在地上爬著，看情形，她是從房門邊上爬回來的，她其實並不是在爬行，而是痛苦地用雙肘支撐著，在地上移動她的身子。

終於，她來到了床邊，她揚起頭來，喘著氣，雙手抓住了床沿，掙扎著待向床上爬去。這對於任何人來說，都是輕而易舉的事情。但是對安妮來說，卻是十分困難！

好不容易，她才上了床，又躺了下來，她的額上全是汗，她喘著氣，忽然聽得她喃喃自語，道：「我不會說的，我一定不會說的。」

高翔和木蘭花互望了一眼，兩人心中都明白，剛才安妮在床上，那是她滾下床來，在門前偷聽那兩個人和木蘭花的交談。

安妮講了兩句，忽然又低聲道：「他們會不會知道在什麼地方呢？不會的，他們不會知道的，只要我不說，就沒有人知道。爸，你放心，我不是一個沒有用的人，我會做一件最有用的事。」

在她講這幾句話的時候，她的臉上，更現出極其堅決的神情來，使人一看就知道，她是一定做得成她說的那件事的。

穆秀珍忍不住道：「唉，她想做什麼事？」

木蘭花苦笑了一下，道：「那還不簡單麼？她要做的事，就是一句話也不說，將她所知道的秘密，牢牢地藏在她的心中！」

穆秀珍苦笑，道：「那麼，我們豈不是再也沒有機會得知事情的真相了麼？我們總得想個辦法，誘她將秘密講出來才好！」

木蘭花卻搖了搖頭，她道：「秀珍，你知道，我是很少承認失敗的，但是我卻不得不在安妮的面前承認失敗，我怕我不能使她講出秘密來。」

穆秀珍和高翔心中都大有同感，是以他們都嘆了一聲，不再說什麼。

木蘭花嘆了一聲，望著電視，安妮已閉上了眼，看來，她在下定了一番決心之後，已經準備睡了。

木蘭花來回地踱著，她從各方面去思索著，想著何以柏克拒絕了這樣優厚的條件！如果是別人拒絕這種條件，那或者還有理可說，但是柏克等四人計劃了好幾年，目的就是竊寶，就是要將那顆鑽石到手之後，切成四塊來變賣！

當他們四人從事計劃這種驚人行動之際，他們每一個人都得準備坐二十年到三十年的牢！而當他們盜得了鑽石之後，有人肯不予追究，而且出巨額的金錢，向他們購買，那實在是夢想不到的幸運，那麼，柏克為什麼拒絕了這種幸運呢？

這就像是一個人，明知自己的彩票中了頭獎，但是卻將中獎的彩票撕去一樣地不可思議！那究竟是為了什麼原因呢？

那禿頂男子說，那是因為柏克不同意他們對那顆鑽石的用途，那顆鑽石，究竟有什麼用途呢？何以柏克會因為反對這個用途，而寧願放棄如此巨量的金錢？

看來，事情還得先從弄明白那鑽石的特殊用途著手。

木蘭花一直在踱著，足足有近二十分鐘，她才抬起頭來，道：「高翔，你能夠調集二十名精明的探員，來保護你的住所麼？」

高翔道：「當然可以。」

木蘭花道：「那就好，連你和秀珍在內，你們必須絕對地保護安妮，不使她有危險，同時，繼續由電視監視她的一切行動。」

高翔點著頭，道：「你呢？蘭花。」

「我去設法弄明白鑽石的特別用途。」木蘭花說。

高翔吃了一驚，忙道：「蘭花，你不是要到鑽石購買國的領事館中去探消息吧？如果是的話，那我絕對不同意你去。」

木蘭花笑了笑，道：「你還有許多事要做，我看你沒有時間來反對我了，別忘記，我們只有二十四小時的時間，你要盡可能在最短的時間內，搜集妙手柏克的一切資料！」

高翔苦笑了一下，他知道，如果木蘭花決定了要去做什麼，那是不論什麼力量，都難以使她改變決定的，是以他只是苦笑著，並不說什麼。

穆秀珍卻嚷叫道：「那不對，那太不公平了。又要留我在這裡，對著電視來看麼？蘭花姐，我和你一起去，我聽你的指揮！」

木蘭花卻搖了搖頭，對穆秀珍那種近乎哀求的眼光，絲毫也無動於衷，她道：「不，我一個人去，天亮之前，我一定回來。」

距天亮還有二小時，高翔看了看手錶，欲語又止。

木蘭花道：「高翔，你想說什麼？」

「蘭花，」高翔道，「如果天亮之前，你……不回來呢？」

木蘭花道：「那你們就得自行決定了，但是我想，如果我不是有著什麼特別的意外的話，三小時時間，已足夠我活動的了！」

木蘭花一面說，一面打開了一隻壁櫥，道：「高翔，我要向你借一些東西，在危急的時候，一件小工具，有時是可以救命的！」

高翔忙道：「只管拿好了，說什麼借不借！」

木蘭花取了七八件應用的東西，她又道：「你們千萬要記得，絕不能使安妮有危險，快去調集探員，散佈在你住所的附近，千萬別大意！」

高翔已在和警局通電話了，木蘭花已經打開門，離了開去。

穆秀珍賭氣不出聲，等木蘭花走了之後，她才咕噥著道：「小心！小心！哼，這小鬼也有十幾歲了，又不是一根針，碰一碰，掉在地上，就會找不到麼？好好的一個人，怎會失蹤？」

高翔放下了電話，笑道：「你不是已失去過她一次了麼？」

穆秀珍瞪著眼，道：「那也算麼？那金髮琳達真是她的母親，連她的母親要來看她，難道我也不讓麼？哼，那可不是我的錯。」

「所以說要小心，蘭花的叮囑並沒有錯！」

「哼，蘭花姐說什麼全是對的，高翔，我看你快不像一個男人了！」穆秀珍一面說，一面做了好幾個鬼臉來氣高翔。

但是高翔卻一點也不生氣，反倒笑了起來。

人分成男人和女人，那絕不是說男人一定比女人強些，木蘭花縝密的頭腦，廣博的學問，都在高翔之上，那是無可否認的事！而高翔自從和木蘭花成為要好的朋友以來，他從來也沒有想否認過這一點，他對木蘭花，是衷心地佩服，是以穆秀珍的話，絕引不起他的生氣。

穆秀珍見高翔笑了起來，她自己反氣呼呼地坐在一邊，不出聲了。不一會，二十名幹練的探員，已然到了高翔的家中。

這二十名幹探，全是高翔剛才在電話中親自點名指定的，可以說全是本市警方的傑出人物，他們也遵照高翔的意思，帶來了無線電通訊儀。

每一個人身邊都有同樣的儀器，總機則放在高翔處，高翔可以隨時和每一個人通話，而每一個人也可以將他的發現隨時告訴高翔。

高翔留下兩個人在屋中，命六個人守在天臺上，特別是靠近安妮臥室的那一面，因為他住在頂樓，如有人要對安妮不利，有可能從天臺爬下來的。

另外，他分配了四個人，帶著檢查暗藏武器的儀器，守在樓梯口，和升降機之前，上下的人如果藏有槍械的話，定然無所遁形。

而其餘的六個人，則分散在走廊之中，在各層樓梯中來回巡弋，察看是不是有可疑的人物，企圖接近高翔的住所。

高翔這樣的安排，實在可說是無懈可擊的了！

當他安排好了之後，已經是三點半了。

高翔打了一個呵欠，他覺得有些疲倦了。他去看穆秀珍，發覺穆秀珍剛才是氣呼呼地坐在沙發上的，但這時，她卻已經閉上眼睡著了，高翔只覺得好笑，走進了書房。

他坐在那具電視機之前。

從電視機上看來，安妮正在熟睡中。

高翔心中，也開始思索起來，究竟柏克為什麼要拒絕那麼難得的條件，究竟那個國家要這顆鑽石來，有什麼緊要的用處。

他想打電話給雲四風，約他來一起想想。

但是他卻只是想著，並沒有那樣做，因為這時，已將近凌晨四時了。如果他真的打電話給雲四風，那倒好得許多了！

因為他如果打電話給雲四風的話，他一定會先去徵求穆秀珍的同意的，而如果他去徵求穆秀珍的同意的話，那麼他也就可以發現，穆秀珍並不是真的睡著了，她只是在裝睡！

而且，這時候，穆秀珍正在偷偷地站了起來，向門口走去！

但是高翔不知道這些，他在書房中思索著。

穆秀珍走到了門口，那兩名探員奇怪地望著她，但是她卻向那兩名探員作了一個手勢，示意他們不可以出聲。

那兩個探員當然不會違背她的意思，連忙點頭答應。

穆秀珍打開了門，閃身而出，她只覺得渾身輕鬆，躲在屋中，看著電視，看一個睡熟了的小鬼頭，那真是太乏味了！

而到領事館去，探明那顆大鑽石究竟有什麼特別的用途，這又是何等夠刺激的事！她吹著口哨，向升降機走了過去。

走廊中另有五名探員在，看到了穆秀珍，不但不阻止她，反倒向她行了一禮，穆秀珍心中好笑，暗忖只怕你們知道我是偷跑出來的，就不會對我這樣客氣了！

她下了樓，穿過了大廈底層的停車場，她忽然想起，自己要到領事館去，還沒有適當的交通工具。

她在停車場中四面張望著，目光停在一輛奶黃色的積架「E」型的跑車上，也只費了半分鐘的時間，便進了車子，又花一分鐘，車子已然吼叫了起來。

而接著，雪茄也似的車身，便「呼」地一聲，向外直衝了出去，她心中不禁好笑，心忖如果車主人細心的話，看到車子停了一夜，哩數表上的數字忽然不同時，該何等驚愕。

穆秀珍雖然心急，但是她倒也不是沒有頭腦的人。

在車子快到領事館時，她便停了下來。因為那輛配有四千二百五十ＣＣ的引擎的跑車，發出了驚人的聲響，如果她再不停下的話，那不啻是在告訴人：有人來了！

她跑出車子，貼著牆，向前走出了幾條街。

天色十分黑，而且，還有著霏霏小雨，穆秀珍一直來到了領事館的對面，才停了下來。

雖然是在凌晨四時，但是可以看得出，領事館的一樓，幾乎是燈火通明的，但是每一個窗口，卻又都經過小心的掩遮，是以外露的光線不多。

穆秀珍取出了一副紅外線眼鏡來戴上，黑暗立時不能再難得住她了，她看到，在領事館的圍牆之內。至少有六七個守衛。

木蘭花也不知是不是到了，看來，領事館的四周圍十分寂靜，不像是有了什麼意外的樣子。穆秀珍觀察了一會，悄悄地繞過了領事館的圍牆，到了後面。

她立即看到了一株大樹，那株大樹十分高，而且，有好幾根椏枝是伸進領事館的圍牆去的，如果爬上了那株樹，那麼，就可以輕而易舉地進入領事館了！

穆秀珍心中十分得意，爬樹，對她來說，實在太容易了，她迅速地爬上了主幹，攀著橫枝，越過了領事館的高牆。

當她的右手抓住一根樹枝，壓得那根樹枝垂下來之際，她向下看去，雙足離地，只不過是六七呎高而已！

她心中暗自高興，一鬆手，便落了下去。

可是，她的雙足卻並沒有站到地面。或者，應該說，她的雙足一碰到了地面，地面上的一塊翻板便突然陷了下去。

而她的身子，自然也跟著跌了下去。

她跌在一個斜向下的凹槽上，向下滑去，足足滑了一分鐘，她才跌進了另一間漆黑的房洞中，她的紅外線眼鏡也已跌落了。

她才一跌進去，碰到了實地，便聽得一陣哈哈不絕的笑聲傳了過來，道：「朋友，自從我們在這裡設立了領事館以來，你是第八十七個爬樹進來的傻瓜了！」

穆秀珍在這時候，心中著實不是味兒，她苦笑了一下，道：「那麼，請問，第八十六個爬進來的傻瓜，是什麼人？」

穆秀珍之所以這樣問，乃是因為她想到，如果木蘭花也是從樹上爬上來的話，那麼木蘭花一定是那「第八十六個傻瓜」了！

但是那聲音卻回答道：「第八十六個傻瓜麼？那是一個只受了三個月訓練，便自以為他已是占士邦的英國情報員，哈哈！」

7 雷射裝置

不是木蘭花！

這使得穆秀珍很高興，但是也很難堪，因為木蘭花顯然是認定了這株伸進圍牆的樹有陷阱，是以才不走這裡爬進來的，但是她卻連想也未曾想到這一點！

她嘆了一口氣，也就在這時，那間房間中，突然之間亮了起來，光線是如此之強烈，以致在剎那之間，她根本看不清什麼。

在那短暫的時間內，她只聽得有人在她身前不遠處道：「這位小姐是誰？是穆秀珍小姐，啊，那太好了，實在太好了，組長才去見過木蘭花，木蘭花答應考慮二十四小時，現在，只怕木蘭花不必考慮那麼久，就可以做出決定了，快報告組長！」

穆秀珍立即恢復了視覺，但是當她的視覺恢復了之後，她卻發現自己是被罩在一個鐵籠之中。穆秀珍大怒，叫道：「這算什麼，機關佈景麼？」

她一面說，一面卻待伸手去握那一支一支的鐵枝。

她的手才一碰到鐵枝，只覺得全身猛地一震，手指被彈了開來，半邊身子好一陣麻木，令得她半晌也說不出話來。

「穆小姐，」在籠外，有一個男人怪聲笑著，道：「你還是不要碰這些鐵枝的好，這全是通上電的，雖然電流不很強，不致於把你電死，但滋味也不怎麼好受，是不是？」

穆秀珍道：「放我出來！」

那男子又笑了起來，就在這時，門打開了，一個禿頂男子走了進來，穆秀珍是認得他的，因為當他到高翔家時，穆秀珍曾在書房的門縫中張望過他。

那禿頂男子一進來，便道：「真是穆秀珍！」

「不錯，是我！」穆秀珍立即說：「你剛才找我蘭花姐，不是說是善意的麼？那你就不應該將我關住，應該放我出來。」

「小姐，」禿頂男子搓著手，他的神情十分興奮，「只怕你暫時不能出來，除非木蘭花將那顆鑽石交給我們，你真是天幫助我們成功的最好的保證！」

穆秀珍呆了一呆，叫道：「飯桶，你難道不知道，蘭花姐是絕不會將那顆鑽石交給你的麼？」

「她會的，她一定會的，她不但會將那顆鑽石交出來，而且，我們還可以省下那筆錢，因為你不止值這個數字的，穆小姐！」

穆秀珍氣得臉色發白，道：「你等著！」

禿頂男子哈哈笑著，道：「如果這樣，那太不幸了，穆小姐，你將喪失寶貴的生命，為了表示我的堅決起見，我必須有所準備。」

他轉過身去，雙掌拍著，幾個人應聲走進來。

那禿頂男子道：「將第七套武器搬來。」

那幾個人答應著，離了開去。

穆秀珍也不知那傢伙要弄些什麼玄虛，她雙手叉著腰，過了一會，一個人推著一個小几進來，小几停在籠外。在小几上，有一具電話。

禿頂男子道：「這具電話是供你求援用的，它和普通的電話相同，可以和你記得號碼的任何電話用戶通話，聲音清晰，保證好用。」

穆秀珍冷笑道：「我不需要求救！」

禿頂男子神秘地一笑，道：「等一會，你就需要了！」

穆秀珍仍然不知道他在弄些什麼花樣，她只是瞪著眼望著，過了不一會，又是一個人，推著一個箱子，走進了房間來。

那人打開箱子，從箱子中，提出了一件十分古怪的東西來，卻是一個直徑大約兩呎的一個金屬圓球，而在那圓球之上，有許多一吋直徑的圓孔。

穆秀珍只覺得好笑，道：「這是什麼，魔術道具麼？」

禿頂男子又將那圓球放在牆角上，他按下了一個掣，只見那圓球突然在座上迅速地轉動了起來，一面轉動，一面在球上的小孔中，不斷有槍管伸出來，同時，發出「啪啪」的聲響來。

穆秀珍吃了一驚，她的笑容已僵住了，因為她開始覺得事情十分不妙了。

她指著那圓球，道：「這……究竟是什麼？」

「這個，是一個有自動時間掣的殺人武器，」禿頂男子又將那金屬球推到了她的身前，將球上的一支針，撥到了「一二〇」這個數字上，「這代表一百二十分鐘，小姐！」

他又在箱子中拿出了兩梭子彈，「啪啪」地塞進了球內，然後，他的手指放在一個紅色的掣上，道：「我只要一按下這個掣，一百二十分鐘之內，裡面就會有二百發子彈，自動向著四面八方射出來了！」

穆秀珍的面色十分尷尬。

那禿頂男子又道：「所以，我說你一定會有機會用到這具電話的，我按下這個掣，鎖上門，離去，而你，就利用這具電話，你最好求上帝保佑你，在一百二十分鐘之內，說服木蘭花將鑽石送來，要不，就是你得有辦法躲過二百發子彈。」

穆秀珍急道：「等一等，你聽我說！」

禿頂男子道：「鑽石一送到，我自然會進來放你的，要不然，你死在這裡，是絕對沒有人知道的，而且，你也不必想別的法子求救，你別忘記，這裡是領事館，在國際公法上，大使館或領事館，都是別國的領土，本市的警方也是無可奈何的。」

穆秀珍苦笑了一下，道：「你聽我說好不好？我們根本沒有見過那顆鑽石，所以，蘭花姐也不可能把鑽石送來的！」

禿頂男子只呆了一呆，但是他隨即笑了起來，道：「穆小姐，如果我會相信你的話，那你未免將自己的聰明估計得太高了！」

他話一講完，左手便突然揚了一揚。

在房間中的其他幾個人，一齊退了出去。

他望定了穆秀珍，道：「記得，從現在起，一百二十分鐘！」

穆秀珍叫道：「不！」

可是，隨著穆秀珍的呼叫，他的手指卻已按了下去，發出了「啪」的一聲響，接著，便是「滴答」，「滴答」的鐘行聲。

那禿頂男子向後退去，當他退到了門口之際，穆秀珍向那針望去，只見那支針已經移動了半小格，那是說，已過了半分鐘了！

穆秀珍急道：「喂，別開玩笑，我所講的是真話。」

那禿頂男子道：「小姐，我可以向你保證，我從沒有和你開玩笑的意思，一點也沒有！你得好好利用這一百二十分鐘了！」

他話一講完，便閃身出去，關上了門。

穆秀珍可以清楚地聽到他把門下鎖的聲音，穆秀珍不禁深深地吸了一口氣，房間中十分靜，只有那鐘行的聲音，在不斷地響著。

在開始的兩分鐘之內，穆秀珍只是木然站著。

那是因為她一時之間，不知如何應付目前的處境才好的緣故。但過了兩分鐘之後，她已然感到，自己若是不利用那具電話的話，那麼，當真可能在這個地窟之中變成一個死人了！

她一步踏向前去，便去取那電話。

可是她的心太急了，一時之間，又忘記了那鐵籠的鐵枝全是通電的，是以她的手碰到了鐵枝，就整個被震了開來。

穆秀珍大罵了幾句，又小心地伸出手去，然後，又小心地撥著字盤，她是打電話到高翔家去的，電話響了幾下，她聽到了高翔的聲音。

一聽了高翔的聲音，她連忙道：「高翔，蘭花姐回來了沒有？」

「唉，秀珍，」高翔埋怨著說，「你到哪裡去了？」

「別多問了，高翔，蘭花姐回來了沒有？」穆秀珍急躁地說。

「沒有啊，她要到天亮才回來的。」

「糟糕，到天亮，我早已死了！」

高翔吃了一驚，道：「秀珍，究竟是怎麼一回事？」

穆秀珍苦笑著道：「高翔，我在他媽的該死的領事館的一個地窟中，被一個鐵籠罩著，那鐵籠是通電的，而又有一個奇形怪狀的武器在對著我，再過一百十五分鐘，那武器就會向四面八方射出二百發子彈，我估計其中至少要有三十發子彈射在我的身上。」

「秀珍，」高翔大叫著：「你不是在說笑話的吧？」

「孫子王八蛋在說笑話，唉，高翔，怎麼辦，找找蘭花姐吧！」

「找到蘭花又怎樣？」

「那禿頭傢伙說，只要蘭花姐將那顆鑽石送來，那麼他就會制止那武器射擊了。」

「秀珍，你在說什麼？木蘭花並沒有那顆鑽石啊！」

穆秀珍陡地一呆，她當然是知道木蘭花沒有那鑽石的，但是剛才一時情急，她卻反向高翔提出了這個要求，那麼，她是沒有希望的了！

她五指不由自主一鬆，電話跌了下來。

高翔的聲音不斷從聽筒中傳了出來，只聽得他叫道：「秀珍！秀珍！」

但穆秀珍卻只是坐在地上，並不回答他。

木蘭花比穆秀珍早到領事館外。

她當然也看到了那棵有椏枝伸入大使館圍牆的樹，但是她的心中卻覺得好笑，心想總不成有人會從那株樹爬進去吧？這是一個太明顯不過的陷阱！

她只是對著那株樹冷笑了一下，繼續繞著圍牆，向前走去，來到了領事館的後面，那裡，有一扇小鐵門，那是領事館的後門。

那扇門是鎖著的，但是木蘭花只向匙孔看了一眼，就知道她能夠在半分鐘之內，便將這扇門弄開來的，但是她卻沒有立即動手。

她取出了一枝普通電器匠所用的電筆來，向那扇鐵門上碰了一下，果然，電筆的尾端亮了起來，這證明這扇鐵門是通電的，如果她貿然用手觸及鐵門的話，那麼，她一定要觸電了。她連忙收回電筆，取出了一副絕緣的手套來。

可是，她還未曾將手套戴上，就聽到了一陣鈴聲！那分明是她剛才碰到了鐵門所發出的警鈴聲！

木蘭花連忙身形一側，背貼著牆，一動也不動地站著，幾乎是立即地，那扇鐵門打了開來，兩名大漢疾衝了出來。

木蘭花趁他們衝出來之際，身形一閃，已從那扇小鐵門之中，閃了進去。

一則由於天色黑暗，二則由於她行動敏捷，以致她幾乎就在那兩人身後兩三呎處掠過，可是那兩個大漢卻只是在向前看，而並沒有發覺已有人在背後掠過去了。

木蘭花一進了那扇門，她的心情也不禁緊張了起來。

因為這時，她已經進入領事館的範圍了。

由於外交特權，就算她在這裡遭到了什麼意外，本市警方也是無能為力的，是以她的行動，非要保持極度的小心不可！

她向前迅速地奔出幾步，她知道那兩個大漢立時會回來的，是以她在奔出了幾步之後，便連忙在一叢灌木之旁躲了起來。

果然，那兩個漢子立時走了回來，將門關好，又按了按門旁的一個掣，兩人一起向領事館那龐大的建築物中走了進去。

等他們走進去了之後，木蘭花才藉著樹木的掩遮，向屋子接近，她不必花多少時間，便已到了屋子前，並且輕易地弄開了一扇窗子。

她慢慢地推開那扇窗子，一翻身，進了屋子。

她雙腳落地時，只覺得十分柔軟，那當然是由於地上鋪著十分厚的地毯之故，木蘭花雖然已躍進了屋子，但是她仍然看不見屋中的情形。

那是因為窗前掛著十分厚的窗簾之故，她從窗口翻了進來，人是落在窗簾之後的。但是，她至少可以知道，這間房間中並沒有人。

她先轉過身，將窗子輕輕關上。然後，她去掀動窗簾，可是就在這時，她突然聽得「啪」地一聲響，緊接著，房間的燈亮了，那顯然是有人走了進來！

木蘭花連忙改變主意。她不再出去，而且是用鋒利的小刀，在窗簾上割了一個極小的圓孔，透過那個圓孔，她向外看去，可以看到房間中的情形。

那是一間十分大的辦公室，兩個中年人正在走進來，當他們一起坐了下來之後，木蘭花立即認出，其中一個就是那個特務頭子。

而那一個，頭頂微禿，看來像是學者一樣的人，則是某國領事，木蘭花曾經在好幾個高級的社交場合中看見過他。

兩人坐下之後，特務頭子道：「領事先生，我無法保證我們一定可以得回鑽石，因為鑽石是在木蘭花的手中，你知道，那是木蘭花，不是別人！」

領事顯得十分惱怒，道：「不行，非得到不可！而且，我們的鑽石雷射裝置，也絕不能失敗的，這個計劃，甚至不能拖遲，你不知道麼？如果我們這個計劃失敗，那麼，敵方的太空發展，就將遠遠地超過我們，我們必須破壞敵方射到太空去的一切設備！」

特務頭子點了點頭，道：「這個我明白，我完全明白——」

領事「砰」地一掌，擊在書桌之上，道：「那你就得盡力而為，不惜一切手段，得回那顆鑽石來，你聽到了麼？一定要！」

特務頭子默不作聲地坐著。

而躲在窗簾後面的木蘭花，在聽到了他們兩人的對話之後，她的心中實在既是驚駭，又是高興。她高興的是，藏在心中的謎，總算解開了！

她已知道了那塊大鑽石的用途！

那大鑽石，是和雷射裝置有關的！

「雷射」是一個翻譯過來的名詞，它的原文是LASER，這個英文字也是新創造出來的，是一組五個英文字的第一個字母。

所謂「雷射」，就是「受激輻射式光波放大裝置」的意思，令得光線成為永遠是直線進行的光束，可以不受大氣層，或是任何物質的影響而折射，那樣，自地面上發射出去的光束，就可以直線地到達極其遙遠的太空，這可以說是最新的科學技術。

而一般的「雷射」裝置，全是以紅寶石中的電子受到激盪而迸射出來的，而今，木蘭花雖然只是第一次聽到「鑽石雷射」這個名詞，但是她卻也可以想像，那究竟是怎麼一回事了。

那是以鑽石來替代紅寶石！

鑽石對光線的反應之強，遠在紅寶石之上，那麼，以鑽石來代紅寶石的話，一定可以使雷射光束更強和射得更遠！

對於「雷射」，木蘭花在「死光錶」（詳見木蘭花傳奇1《銳門》〈迷霧〉篇）一案中，已經有過接觸的了，在那件事之後，她又吸收了許多有關雷射的知識。

她自然也知道，用鑽石來替代紅寶石的理論，曾經有人提出來過，但是，要使光束的強度達到理想的程度，就必須要有一顆完整的一百五十克拉以上的大鑽石！

這種鑽石是極其罕見的，在英國皇室的珠寶中，也絕無僅有，是以這項理論，也未曾為世人所注意，可是如今，某國竟想利用鑽石雷射，來破壞敵對方的太空裝備，從而使自己在太空競爭上占先，這實在是一種十分卑鄙的手法！

木蘭花十分緩慢而小心地吸了一口氣。

事情的真相，已大明了，歸納起來，大抵是那樣：

麥泰許、琳達、柏克和蘭妮四人，早在那顆大鑽石被發現之後，就想盜竊這顆鑽石了。而且，極可能是因為這顆鑽石的出現，才使某國想到了利用鑽石雷射來破壞對方太空船的計劃的。某國這個計劃的進行，自然是極度秘密的。

是以，麥泰許等四人根本不可能知道，而且，他們如果知道的話，或許也不會下手了。因為他們不致於會大膽到惹這樣的麻煩上身！

由於麥泰許等四人精心策劃的結果，鑽石被盜走了，某國方面自然大為焦急，寧願出巨額的代價，也要將之得回來。

因為，除了那顆鑽石之外，他們不可能找到第二顆那樣大的鑽石了，當然，某國特務要探知鑽石下落在誰的手中，不是什麼難事。

於是，某國特務便找到了妙手柏克。

但是，柏克卻拒絕將鑽石交出——木蘭花所不明白的，就是這一點，柏克為什麼甘冒生命危險，而不接受某國的條件呢？

照說，某國製成了「鑽石雷射」，對柏克是毫無影響的！而他卻可以得到巨額的金錢，這正是他們盜取鑽石的目的！

柏克拒絕了某國特務的條件，帶著他的殘廢女兒逃到了本市，麥泰許卻以為他是捲逃，可能麥泰許根本連解釋的機會都未曾給柏克，就將柏克打死了。

而坐在輪椅上的小安妮，從此便一言不發了！

整件事——除了一點——都已在木蘭花的心中明朗化了，她自己也想不到此行的收穫如此之大。

她已不準備再進行進一步的探索了，因為她已獲得了極其重要的情報，她當然會將這項情報去通知將受損失的一方，因為她是最憎惡那種卑鄙的手段的。

而那一方面在獲得了情報之後，自然會將之公開的，某國所進行的事，便不再是秘密，而公開破壞他國的太空船，那是會立即遭到毀滅性的報復的，自然某國也不敢妄動，那麼這顆鑽石，便不是那麼重要，事情也就容易解決了。

可是木蘭花雖然已將以後發展的情形想妥了，她卻還不能立時離去，因為領事和特務頭子仍然在這間房間之中！

如果木蘭花在這時間離去，那是一定會被發覺的。

她耐著性子，等了十分鐘。然而，領事和特務頭子繼續在交談著，兩人並沒有離去的意思。木蘭花已經用極小心的動作，將她的麻醉槍取了出來。

她可以輕而易舉，令兩人喪失知覺的。

然而，就在她要將槍口湊在窗簾的那個小孔之上，向外發射之際，一具電話忽然發出了「咕咕」一聲，領事一手，按下了一個掣，拿起了聽筒。

木蘭花只可以聽得在電話中，傳來了一陣十分急促的聲音，而領事的臉上，則現出了高興莫名的神色來，大聲道：「好了，不要等二十四小時了，我想，我們給她兩小時的時間考慮，便已經足夠了，這真是天下最好的消息了！」

特務頭子愕然道：「為什麼？」

領事朗聲笑了起來，道：「我們來了一位客人，你聽！」

他將電話遞給了特務頭子，特務頭子接了過來，他只問了一句，也立時高興無比地道：「好，我立時就來，真好，每個人都可以記一大功！」

他放下電話，作了一個十分興奮的手勢，向外走了出去，領事則點起了煙斗，帶著微笑，抽了起來。躲在窗簾後的木蘭花，則覺得十分奇怪。

為什麼他們以為自己一定會答應呢？他們手中難道是有著什麼王牌？領事所說的「來了一位客人」，那又是什麼意思？何以來了一位客人，就令得他們這樣高興？

木蘭花心知對方那樣高興，那麼，所發生的事情，自然是對自己極其不利的了，那麼，自然也必須弄清那究竟是什麼事情！

木蘭花想了極短的時間，她的手中仍然握著槍，但是她左手一掀窗簾，卻已向外走了出去，她的突然出現，令得領事陡地站了起來。

領事是如此吃驚，以致他手中的煙斗也落了下來。

可是，領事卻立時恢復了鎮定，他拾起了煙斗，道：「你，大概就是木蘭花小姐了，是不是？很歡迎你光臨我們這裡。」

木蘭花揚了揚手中的槍，道：「你坐下。」

領事依言坐下，木蘭花沉聲道：「你們國家的一個特務，曾經和我見過面，他給我二十四小時的時間，來考慮一件事。」

「是的，但是我們正要通知你，條件變更了。」領事說。

木蘭花冷笑了一聲，冷冷道：「你們掌握了什麼？」

「一個不速之客，哈哈，」領事笑著，「你猜猜，那人是誰？我想你一定猜不到，這位不速之客，就是穆秀珍小姐！」

木蘭花陡地一怔，是秀珍！

但這是不可能的，秀珍正和高翔在一起，她難以想像高翔怎會放她出來冒險，是以她冷笑著，道：「怕是你們弄錯了吧！」

「一點也不，蘭花小姐，」領事陰險地笑著：「而且，你也可以放下你手中的槍了，因為在你的背後，已有兩個人在了。」

「這是很古舊的詭計了，領事先生！」

「你可以回頭看看，而我，以我個人的信譽，在你回頭觀看的時候，絕不用什麼詭計，其實，就是你背後沒有人，除非你不想穆秀珍活著，不然，你的槍有何用處？」

領事的話才一講完，在木蘭花的身後，已響起了一個冷酷的聲音，道：「放下你手中的武器，將你的雙手放在頭上。」

木蘭花哈哈地笑了起來，道：「領事先生，你準備好的錄音帶太陳舊了，竟有著『絲絲』的雜音，你以為可以騙得過我嗎？」

領事的面色變了一變，木蘭花竟然如此鎮定，而且如此之細心，連在她的背後有人喝令她放下武器都騙不倒她！

這實在使領事感到極度的佩服！

他點著頭，由衷地道：「佩服，佩服，蘭花小姐，但是你也應該知道，你是在領事館中，等於是在我國的領土之中！」

「我當然明白，」木蘭花冷然的回答，「如果穆秀珍在這裡，你帶我去見她。」

領事站了起來，可是他卻向書桌走去。

木蘭花疾聲喝道：，「站住！」

可是領事的行動十分迅速，他跨出了兩步，手已按在桌子的一角上，同時，他轉過身來，道：「木蘭花，你是一個聰明機智勇敢兼有的人，但是我也不見得是一個膽小無智的人。只要你能要脅我，你就贏了，但是我知道你必然不會殺我，我又何必受你要脅？」

「你如此肯定，那你就錯了！」木蘭花已揚起手中的槍。

「我當然可以肯定，第一，即使殺了我，你也是絕對逃不出的。第二，你殺了我，而你又被擒住的話，你想想，你將造成什麼樣的國際糾紛？」領事得意地笑著，道：「所以，我可以完全不受你的要脅，而做我所要的事情——召人來拘捕你！」

他的手突然向桌角上一個紅色的按鈕按去！

木蘭花立時將手中的槍向前拋去，整柄槍重重地敲擊在領事的手背上，領事立時縮回手來，但是他已經按下那個鈕掣了。

木蘭花趁領事受痛縮手之際，一躍向前，抓住了他的手腕，將他的手背反扭了過來，同時，又拾起了她的槍，也就在那一剎間，兩名大漢握著槍衝了進來。

木蘭花拉著領事，退到了屋角。

她的身子躲在領事之後，衝進來的大漢是無法射中她的。

木蘭花冷笑了一聲，道：「領事先生，你多少還有點用處！」

領事怒道：「小姐，你這樣做，證明你是一個蠢人！」

「不管是什麼，帶我去見穆秀珍！」

另一扇門在這時被打開，特務頭子走了進來，他冷笑著，道：「你可以在這裡看到她，不必我們帶你前去的！」

特務頭子來到了桌前，按下了另一個掣，牆上的一幅油畫向一旁移去，現出了電視螢光幕來，在一陣光線閃耀之後，可以清楚地看到穆秀珍正在一個鐵籠之中，而伸手向外去取電話，但是她的手一碰到鐵枝，便突然震動，縮了回來。

「鐵枝是通電的，」特務頭子說：「而我們不知你也來了，所以給了她一具電話，讓她向你求救。你看到了那個金屬圓球麼？這是一個時間控制的武器，兩小時之後，它會發出二百發子彈來。」

特務頭子「啪」地一聲，將電視關掉。「如果你不想有慘事發生，那麼，在兩小時之內，你必須將『太空之光』送來。」

木蘭花呆住了！

她實在想不到事情會有這樣的變化！她剛才已經可以功成身退了，可是穆秀珍竟會落在對方的手中！

她知道，對方的目的，是想得回那顆鑽石而已。

而那顆鑽石，本是屬於他們所有的，木蘭花如果有那顆鑽石的話，她一定會不加考慮，便給特務頭子的了，因為她已知道了裝置「鑽石雷射」的秘密，她可以將這個秘密公開，使得對方不能再暗中行使卑鄙的破壞行動的。

但是鑽石卻不在她的手中！

鑽石非但不在她手中，而且她根本不知道鑽石是在什麼地方。當然，她也曾想到過，小安妮是一定知道鑽石的所在的。

然而，不想到小安妮還好，一想到了小安妮，她更是從心中向外直冒涼氣，小安妮一句話也不肯說，她怎肯在兩小時之中講出鑽石的所在來？

木蘭花覺得自己的手心在隱隱地冒汗，她勉強地笑了一下，道：「各位，我看這其中的誤會，我們必須解決了！」

「是的，」特務頭子說：「拿鑽石來。」

「我並沒有得到鑽石，但如果你們允許我和穆秀珍離去的話，我保證，將盡我所能，來替你們找回這顆鑽石來。」木蘭花誠懇地說。

她是真的希望對方接受這個提議的，而如果對方接受了這個提議，她也絕不是想欺騙對方，她一定會盡力而為，鑽石本來就應該是對方的，她可未曾答應不揭露對方的秘密！

然而特務頭子卻搖了搖頭，道：「小姐，別將我們當作傻瓜，兩小時——準確地說，從現在起，還有一百零九分鐘，你將鑽石交出來？」

木蘭花頹然地放開了領事。

她再抓住領事，已是沒有意義的事。正如領事所說，如果她殺了領事，她就製造了一場極大的國際糾紛，而且，她也難以走得脫，而就算她可以走得脫的話，那又怎麼呢？穆秀珍還在他們手中，難道她能夠不顧穆秀珍的死活麼？這實在是不可想像的事！

她如今所能做的事，便是先離開領事館再說！

她一放開了領事之後，特務頭子便冷冷地說道：「蘭花小姐，我以為你的行動要快一點才好，時間不多了啊！」

木蘭花沉聲道：「好，你們帶我出去！」

8 救命恩人

特務頭子向兩個漢子一揮手，那兩個漢子便向外走了出去，木蘭花跟在他們的後面，一出房門，便看到好幾個人持槍而立。木蘭花並且看到，走廊上都有著鋼板門，那自然只要有人按鈕，門就會落下來，將走廊隔開，使得想走的人被困的。

領事並沒有大言不慚，要逃出領事館，的確不是易事！

木蘭花心亂如麻地向外走著，出了領事館，夜風吹來，令得她精神振了一振，可是她的心中卻是亂得可以，她才走過了一條街，便看到街邊停著很多警車。

而就在她略停了一停之際，警車的車頭燈已向她射了過來，同時，她又聽得有人道：「快熄燈，這是木蘭花小姐！」

幾個警官，已向她奔了過來。

那幾個警官來到了她面前，異口同聲道：「蘭花小姐，高主任來了，他在街角處，指揮著包圍領事館的行動，請快去與他會晤。」

木蘭花心中暗嘆了一聲，連忙轉身向街角急步走去。

她還未曾走到街角，高翔已經快步迎了上來。

木蘭花一見到了他，便道：「高翔，你在做什麼？」

「蘭花！」高翔一看到木蘭花，總是見到了救星一樣，他連忙握住了木蘭花的手，「秀珍在領事館中，她在裡面。」

「我知道。」木蘭花沉聲道：「你快些撤退警車！」

「可是秀珍在裡面啊。」

「在裡面也是沒有辦法的事情，高翔，我們是生活在文明的國度中，只有最野蠻的國度中，才會發生攻擊領事館或大使館的事情。你是警務人員，不但不能對領事館採取什麼行動，而且，有人想侵犯領事館的話，你還要盡全力去保護。」

「我知道！我知道！」高翔急躁地說著：「可是，秀珍在裡面，而且，在兩小時中，現在是一百零三分鐘之後，她就有生命危險！」

「我全知道了，所以，你不應該和我爭執，你應該快撤退警員，和我一起去想辦法，你走的時候，可曾對安妮的安全做出防護措施？」

高翔呆了呆，道：「有兩名警員看守著她。」

木蘭花嘆了一聲，道：「但願她還在，還沒有失蹤，我們的希望，全在她的身上了，對方要在一百分鐘之內得到鑽石，才肯放走秀珍！」

高翔一聽，不禁抽了一口涼氣。

想要在安妮的口中得到那顆鑽石的下落，那簡直是不可能的事！而木蘭花卻將希望建築在這樣不可能的事上，高翔實在是不能表示同意的。

可是木蘭花卻已向高翔的車子走去，同時，她大聲叫道：「高翔，如果你不想出醜和生出天大糾紛的話，快跟我來！」

高翔轉過身，道：「蘭花，你知道，那小女孩，她什麼也不說，你怎可能使她講出鑽石的所在來？而且就算她肯講，鑽石在什麼地方？有什麼辦法可以在那麼短的時間中將鑽石取到手，並且送給領事館，去換得秀珍的安全？」

木蘭花嘆了一聲，道：「我知道，但這是唯一的辦法。」

高翔頓足道：「我帶領警員衝進去！」

「高翔，你瘋了！」

「我在事情發生之後，立時引咎辭職好了！」

「是的，你自己可以辭職，可是本市警員的聲譽卻給你毀了，本市是一個國際知名的大都市，你有什麼權利，使得本市所有的警員在全世界面前出醜，被世界視為野蠻人？只有最沒有知識，最野蠻的土匪，才會去攻擊一個領事館！」

高翔喘著氣，仍然不肯走。

木蘭花沉聲道：「你不走，我一個人走了！」

現在，每一分鐘的時間，都是極其寶貴的。

但是偏偏在這時候，高翔卻和木蘭花兩人發生了自從合作以來的第一次意見的衝突，高翔仍然固執地道：「我不走！」

木蘭花「砰」地一聲，關上了車門，她也立即發動車子，但是當她看到高翔仍然站著不動時，她踏下油門，疾駛而去！

高翔呆了一呆，失聲叫道：「蘭花！」

但是木蘭花既然已向前疾駛而出，當然聽不到他的叫喚的了。

而在高翔叫了一聲之後，木蘭花的車子也已看不見了。

高翔呆呆地站著。他明知穆秀珍就在領事館中，照他的主意，應該硬衝進去，然而如果他這樣做了，本市警方的聲譽，便從此不堪再提了！

高翔也不禁猶豫了起來，他一個人，實在是沒有權力令得全市警隊人員的名譽受到損害的，那麼，他應該怎麼辦呢？

他緊緊地握著拳，木然而立。

木蘭花將車子開得極快，以致在轉彎的時候，車胎和地面摩擦，發出極其刺耳的聲音來，木蘭花只花了四分鐘，便回到了高翔所住的大廈之中。

她嫌電梯太慢，但是奔上十幾層高樓，卻比電梯更慢，是以她仍然只好在電梯中著急，她終於衝出了電梯，來到了高翔住所的門前。

一到了高翔住的門前，她便呆了一呆。

大門竟是半開著的！她連忙一推門，走了進去。

只見兩個警員，東倒西歪，倒在地上，木蘭花幾乎是衝進安妮的房中，安妮不在房中，木蘭花迅速地找遍了每一個房間。

但是安妮不在！

木蘭花從來也未曾覺得如此地沮喪過！因為，即使安妮在，能不能在一百分鐘之內，在安妮的口中說出那鑽石的所在處，還是疑問，可是如今，安妮竟然不在！

木蘭花幾乎已失去再行動的勇氣了，因為要在那麼短的時間內得到鑽石，在安妮已然失蹤的情形下，幾乎已是沒有可能的事了！

但是，她究竟是一個極其堅強的人，不到最後的一分鐘，她是不肯承認失敗的，她坐了不到半分鐘，便猛地跳了起來。

她又仔細地在屋中檢查了一下，安妮確實不在了。

但這次，卻是連輪椅一起不見的，而且，她也檢查了那兩個警員，那兩個警員像是被什麼麻醉藥弄得昏了過去的。

木蘭花打開冰箱，取了兩瓶冰水，向那兩個警員的頭上淋去。那兩個警員睜開眼來，木蘭花立即問道：「發生了什麼事？」

那兩個警員搖著頭，慢慢地坐了起來。

其中一個警員道：「那女孩，那小女孩——」

「那小女孩怎麼了？」木蘭花急忙問。

「那小女孩要我們幫忙她上那張輪椅，可是當她坐到了那張輪椅上之後，她的手在扶手上一按，立時有一蓬霧狀的麻醉劑噴了出來……」那警員講到這裡，憤然地頓了一頓，又道：「我們就昏過去了。」

木蘭花幾乎不相信自己的耳朵，她反問道：「什麼？那張輪椅上有麻醉劑噴出來？小女孩用麻醉劑令得你們昏了過去？」

另一個警員有些不好意思地道：「是的，當我們將她扶上了輪椅時，她要我們准許她離去，但是，高主任吩咐過我們，要好好看住她的，我們當然不允許她離去，她就來到我們的面前，從輪椅的柄中就噴出麻醉劑來，使我們昏過去了。」

木蘭花的心中，這時像是陡地亮起了一道閃電一樣！

那輪椅！那安妮一刻也不能離開的輪椅！

如果柏克要藏什麼體積不大的東西的話，還有什麼地方，比藏在輪椅之中更加安全和不令人起疑的？真的不可能有了。

這只要看琳達和麥泰許兩人，在搶走安妮之際，棄輪椅於不顧這一點，就可以證明輪椅是收藏東西的最佳場所了。

那鑽石，當然在輪椅之中！

妙手柏克既然是一個十分出名的工藝匠，對於製造各種精巧的東西，自然也是十分拿手的事，他要將一顆大鑽石藏在輪椅中，當然更輕而易舉！

或許，這更說明了為什麼當柏克中槍時，安妮的輪椅會向下滑來，那根本是柏克推下來的，柏克希望保存那顆鑽石！

由此可知，柏克甚至不希望鑽石落在麥泰許的手中，柏克不肯將鑽石交出來，那自然由於怕麥泰許他們接受了某國特務的條件。

柏克是因為知道了某國要將鑽石用來作雷射而反對的，他為什麼如此不希望鑽石雷射的出現，木蘭花仍然不十分明白。

但是，整個事情發展到如今，總算是真相大白了。

但是，當真相大白，木蘭花甚至已可以肯定鑽石在何處時，安妮卻失蹤了，連同她的輪椅，不知道到什麼地方去了！

安妮是一個患有小兒麻痺症的殘廢孩子，離開了輪椅，她是沒有法子行動的，她可能到什麼地方去呢？她會在什麼地方呢？

木蘭花知道，她必須爭取每一分鐘的時間，她立時吩咐那兩個警員，道：「你們兩人，一個立即開始行動，搜尋整個大廈，另一個立時和警署聯絡，派出警員來，每一家人家都要去詢問，詳細地檢查地下的停車場，一定要將她找到！」

兩個警員答應了一聲，木蘭花向門外衝去，她注意到光滑的走廊，有著輪椅轉過的痕跡，輪椅是停在一架升降機之前的。

安妮當然是由這架升降機下去的了！

木蘭花按著升降機掣，升降機一直升了上來，到了這一層停下，門打了開來，卻見到高翔從升降機之中跨了出來。

高翔才跨出了一步，就見到了木蘭花。

他呆了一呆，道：「蘭花，我——」

可是，他的話還未曾講完，木蘭花便已然打斷了他的話頭，道：「安妮不見了，她弄昏了兩個警員，和她的輪椅一起不見了！」

高翔一聽到木蘭花這樣說，他的反應，和木蘭花聽到那兩個警員那樣說是相同的，他實在不能相信木蘭花所說的是事實！

因為一個孱弱、殘廢的女孩子，居然會弄昏了兩個強壯和訓練有素的警察，這實在是難以想像，近乎不可能的事情。

木蘭花看到了高翔不信的神情，便將事情匆匆地講了一遍，又道：「快調集警員，在這幢大廈以及附近街道的大廈，去逐戶詢問安妮的下落，她走不遠的，可能有什麼人收留了她。再通過電臺廣播，有什麼人看到過安妮的，立時向警方報告。」

高翔的心中十分難過，他道：「蘭花，是我——」

木蘭花知道高翔想說什麼，他是想表示抱歉，因為他輕率地決定離開這裡，調集警員去作毫無作用的包圍。

但現在卻絕不是接受解釋的時候，是以她連忙說道：「高翔，我們現在該開始行動了！」

高翔點了點頭，向住所走去，道：「蘭花，我立即和值日警官通電話，你現在到什麼地方去？我們在什麼地方見面？」

「我先到停車場去找一找。」木蘭花跨進了電梯。

電梯一直向下降去，木蘭花看了看手錶，離某國特務限定的時間，已經只有九十四分鐘了。

時間這玩意真怪，當你急要等什麼時，它慢得可以，但是當你不想它過得那麼快的時候，它卻一下子就過去了，快得使你竟想不到，而且絕無法挽留！

木蘭花跨出電梯，在停車場中團團轉著。

那大廈地下的停車場，規模極大，可以停數百輛汽車之多，在木蘭花的想像之中，這裡應該是安妮出了電梯之後，藏匿的最好所在。

警方的行動十分快，當木蘭花還只找了大半個停車場之際，便已看到大批的警員趕到了。高翔也由樓上下來，他將一只半導體的收音機交給了木蘭花。

收音機可以收到本市的電臺，都在作同樣的特別報導：

「本市警方急欲知道一個小女孩的下落，這女孩叫安妮，大約十三歲，她必須依靠輪椅才能活動，她從花園大廈中離去，下落不明，曾經看到過這個孩子的人們，請立即和警方聯絡！」

這個報導，被不斷地重複著。

高翔又補充道：「蘭花，只要警方一接到報告，那麼，接到報告的當值警員，便立時會用無線電對講機來和我聯絡的！」

高翔正說著，他手中的無線電對講機已發出了「嘟嘟」的聲音。高翔的手指因為過度的緊張，而有些發抖，他連忙按下了一個紅色的掣。

只聽得對講機中傳出了一個警員急促的聲音，道：「高主任，我們已找到了一位先生，他住在本大廈三樓，A座，他曾經見過安妮。」

高翔忙道：「我們立刻就來！」

他和木蘭花兩人快步地奔向升降機，衝進了三樓A座，住在這幢大廈中的人，都是經濟環境十分好的人，那一座的主人，是一個典型的商人，他大約有五十歲左右年紀，半禿頂，他正在對著一名警官，興奮地在敘述著他遇到安妮的經過。

高翔和木蘭花一到，他立時自動地從頭講起，他道：「半小時之前，我才回到家，當我的車子駛進停車場時，我就看到那小女孩！」

他做著手勢，又道：「這孩子以前沒有見過，我自己沒有孩子，所以我特別喜歡孩子，我看她坐在輪椅上，覺得十分奇怪，就問她幾句，她卻一句話也不說，只是望著我那輛可以開篷的大型汽車，她最後對我道：『先生，你可以送我到一個地方去嗎？』」

高翔聽到這裡，已急得頓足，道：「先生，你不必敘述得如此詳細，你只要告訴我們，究竟將她送到什麼地方就是了！」

那禿頂男子瞪了高翔一眼，似乎不以為然。

木蘭花也忙道：「先生，我們的時間十分重要，請你講得簡單些，安妮要你送她到一個地方，你答應了她，是不是？」

「是的，我問她要到什麼地方，她說是要到斜山路。」

「斜山路！」高翔驚呼了一聲，連忙回頭吩咐身後的警官，「快和斜山路的警崗聯絡，叫他們注意安妮的下落，快！」

木蘭花雙眉深鎖，高翔又焦急地道：「蘭花，安妮失蹤的事已全市皆知了，你說，麥泰許他們會不會趁機蠢動呢？」

木蘭花想了大約十幾秒鐘，才緩緩地搖了搖頭，道：「我想不致於，因為麥泰許的身分已被揭露，他一定忙於逃走，不會再在本市犯案的了！」

「唉，斜山路，她又回到斜山路去，她要做什麼呢？」

那禿頂中年人道：「這我就不知道了，她到了斜山路，便叫我搬她下來，向我千謝萬謝，我自然也就回家了。」

「你——」高翔指責著那中年人，「明知她是一個殘廢的孩子，你竟讓她一個人留在斜山路上，你也未免太不負責任了！」

那中年男子大聲反駁，道：「警官先生，這是什麼話！我是在她的請求下送她去的，我又怎知道她不是住在斜山路上？」

木蘭花忙道：「是的，我們非常謝謝你。」

剛才出去的那警官也奔了回來，道：「已有一車警員趕到斜山路去了，可是那面的巡邏警員說，他們什麼也未曾發現！」

「繼續調集警員前去。」高翔命令著。他又轉過頭來，望著木蘭花，說道：「我們也去？」

木蘭花搖著頭，道：「我不以為她會回到她住的那屋子去，你記得麼？我曾經要你派人日夜不停地監視著那屋子，這種監視還在繼續進行，是不是？」

「是的。」

「我曾經想這種監視可能沒有用處，但現在卻有用了，它至少替我們省下了十多分鐘的時間，我們不必到斜山路去了。」

「你的意思是——如果安妮曾在她住過的房子前出現，那麼我們派去監視那房子的人，早應該有報告來的了？」高翔問。

「你說得對。」木蘭花嘆了一聲。

「那麼，安妮上哪兒去了呢？」

「她要這位先生送她到斜山路，她的目的只不過要離開這裡，她坐在輪椅上，在馬路上移動，不會比人走得更慢，她究竟上哪兒去了呢？」

木蘭花來回地踱著步，就在這時，無線電對講機又「嘟嘟」地響了起來，高翔忙又按了掣，對講機立時傳來了聲音：「值日員向高主任報告！」

「快說——」高翔大聲命令。

「有一對老夫婦曾看到過安妮，他們還曾幫安妮推過一段路的輪椅，地點是在文全路口！」值日警官將事情盡量簡單化。

「以後呢？」

「以後，他們就離開了，但是他們看到安妮繼續向文全路的盡頭而去。」

「唉，」高翔頓著足，「文全路，我正是由這條路回來的啊，我怎麼沒有遇見她？她到文全路去做什麼？這條路十分冷僻。」

木蘭花沉聲道：「這是通往很多國家領事館所在地那一邊的道路，高翔，我們得和各國領事館聯絡了，看看他們可有收留這樣的一個小女孩！」

高翔遲疑道：「安妮竟聰明到了會尋外交庇護？」

木蘭花道：「為什麼不能？我從來也未曾低估安妮的智力，她是如此沉默，如此能保守秘密，那證明她是一個非凡的天才！」

高翔苦笑著道：「她真太天才了，卻苦了我們。」

木蘭花已經走了出來，高翔跟在他的後面。

他們兩人都想看一看他們究竟還有多少時間，但是他們幾乎提不過勇氣來看錶，因為他們的時間，已越來越少了！

但是，安妮的下落依然不明！

到現在為此，只知道她到過她和柏克一齊居住過的斜山路，而在她到了斜山路之後，又曾在通往使館區的文全路上出現過。文全路之後，她又到什麼地方去了，卻是一點線索也沒有！

高翔一出來，就利用無線電話，和市政府的外交人員通了一個電話。

外交人員的回答是：如果安妮真的到了什麼領事館之中，而領事館中的人又收留了她的話，那是沒有法子將之弄出來的。

高翔的回答是，並不是想將安妮弄出來，只要被允許見一見她，就可以了，這種要求，一般來說，有友好關係的國家，是不會不答應的。

而這也是木蘭花的主意，因為木蘭花已經肯定，鑽石是被藏在輪椅之中，而她如果見到了安妮，要在輪椅中找出鑽石來，自然也不是難事了！

外交人員答應了和每一個領事館通電話，高翔和木蘭花兩人帶著一批警員，以極快的速度趕到了文全道，在每一條橫街上、停車場，以及可能藏匿一個孩子的地方尋找著安妮，可是時間一點一點地過去，仍是一點結果也沒有。

等到市政府外交人員的電話打來時，高翔看了看手錶，時間只剩下五十分鐘！

而外交人員的電話十分簡單。「我們詢問了每一個領事館，和每一處在文全路附近的外交機構，我們所得到的回答全是：沒有，沒有見過這樣的小女孩。」

當高翔放下電話之際，他的額上不由自主有汗珠滲了出來。他看看木蘭花，道：「蘭花，我們沒有坐視秀珍犧牲之理。」

木蘭花的雙眉蹙得如此之緊，她沉緩地道：「我知道，最簡單的辦法，便是我們衝進某國領事館去，但是這一來，我們卻徹底失敗了，高翔，我們還有五十分鐘的時間哩！」

「可是安妮——」

他只講了四個字，他手中的對講機突然又響起了聲音，高翔連忙按下掣去，值日警官的聲音也立即傳了出來，道：「報告，高主任！」

值日警官的聲音顯得十分興奮，使人一聽便知道他有了好消息，高翔和木蘭花兩人不由自主地緊張了起來。

「一位計程車司機報告，他在文全路附近，送安妮到郊外去了，目的地是海灣路，那地址，是木蘭花小姐的住所！」

「木蘭花小姐的住所？他有沒有弄錯？」

「沒有，他將地址說得十分肯定，他在車子到了目的地之後，還將安妮抱下來，放在輪椅上，看到安妮走進鐵門中去的，而那計程車司機所說的那個地址，我們全知道那是木蘭花小姐的住所，不會錯的！」值日警官一口氣地報告著。

高翔回頭向木蘭花看去。

木蘭花也聽到了值日警官的話，她已經向一輛警車奔過去了，高翔忙叫道：「蘭花，你以為她還會在那裡麼？」

木蘭花已打開了車門，她轉過頭來，道：「你快來，她一定還在我家裡。我不知道她到我家裡去做什麼，但是她一定還在。」

高翔奔了過去，他才一跨進車子，還未及將車門關上，車子已「呼」地一聲，向前衝了出去。

高翔用力拉上了車門，道：「從這裡到你那裡，至少也要二十分鐘，如果得到鑽石，再趕回來，又要二十分鐘，我們只有十分鐘的時間。」

「足夠了！」木蘭花簡單地回答著。

木蘭花高超的駕駛技術，在風馳電掣之中表現無遺，車子急速地轉著彎，緊貼著地面向前飛馳，快得令人感到目眩。

等到車子突然一頓，停了下來之際，高翔翻起了手腕，他看到木蘭花只用了十七分鐘！

她比預算省下三分鐘。

而這時候，木蘭花已然跳下車來。自從她的住所被某國特務搗毀之後，她還沒有回來過，但這時，客廳的電燈卻是亮著的。

木蘭花推開鐵門，和高翔一齊向前奔了過去。

當他們兩人一齊撞開大門之後，他們看到了安妮！

安妮在雜亂的，被徹底破壞的陳設中，坐在輪椅上，在燈光下看來，她的神色依然是那樣地蒼白、瘦弱，看她的樣子，她仍然沒有開口的打算。

木蘭花從地上凌亂的東西上踏了過去，一直來到了安妮的身前，連她那樣鎮定的人，這時一開口，也覺得十分緊張。

她吸了口氣，道：「安妮，我要你幫助我。」

安妮睜大著眼，望著木蘭花，不出聲。

「安妮，」木蘭花再次道：「你要幫助我，那個曾在斜山路上救過你的秀珍姐姐，被壞人捉去了，只有你可以救她出來。」

安妮仍然不出聲。

高翔走了過來，叫道：「蘭花──」

他只叫了一聲，木蘭花便向他揮了揮手，打斷了他的話。木蘭花當然知道高翔想說些什麼，高翔是要她乾脆將安妮抱開，拆開她的輪椅來！

但是木蘭花卻不願這樣做，因為這樣做，當然不可避免地使她和安妮之間形成了敵對地位，那是木蘭花所不願意的。

木蘭花又道：「安妮，那顆大鑽石在你這裡，你快拿出來，讓我去救秀珍出來，安妮，你肯不肯幫助我，你說，你肯不肯？」

安妮低下頭去，不再望著木蘭花。

可是，她仍然不說話。

高翔實在忍不住了，他大聲道：「蘭花，我們只有十分鐘的時間了，你以為十分鐘的時間，可以使得她開口交出鑽石來麼？」

木蘭花嘆了一聲，道：「安妮，在你的輪椅上，居然可以噴出麻醉藥，將兩個警員弄昏了過去之後，我們就知道那顆大鑽石是在什麼地方的了。」

安妮抬起頭來，奇怪地望了木蘭花一眼。

然而，她仍然不說話。

木蘭花道：「安妮，如果你不說話的話，那麼，為了救人，我們只好自己動手來取了，希望你不要因此而將我們當作敵人。」

高翔一聽得木蘭花這樣講，連忙走了過來，將安妮抱了起來。安妮也不掙扎，任由高翔將她抱到了一張翻轉了的沙發之上坐了下來。

然後，高翔和木蘭花兩人就動手對付那張輪椅了。

要拆開那張輪椅，並不是如同想像中那麼容易的事，而他們的時間是如此之少，木蘭花和高翔兩人額上都冒出了汗來。

時間過得實在太快了，他們已只有四分鐘的時間了！

木蘭花停下了手，向著仍然一言不發的安妮搖了搖頭，道：「高翔，你繼續拆那輪椅，我和某國領事館通一個電話，請他們延遲半小時。」

「我想，有半小時的時間，我一定可以成功了！」高翔回答著，同時，他用力將輪椅的扶手從鋼架上拗了下來。

木蘭花來到了電話旁，拿起了聽筒，迅速地撥著號碼，那邊的電話鈴響了一下，便有人來接聽了，她忙道：「我是木蘭花，請領事先生講話。」

那邊的回答是：「請等一等。」

木蘭花耐著性子等著，其實，她只等了半分鐘。可是，這半分鐘的時間，在她而言，卻是如此之長，如此令人不耐。

連高翔也感到了，是以高翔抬頭向她望來，電話之中，終於又有聲音傳來了。

高翔只聽得電話中有聲音傳來，至於對方是在講些什麼，他是聽不到的。

他只聽得木蘭花叫了一聲：「領事先生——」

接著，木蘭花便不講話了，而電話中的聲音，卻不斷地在傳出來，木蘭花的臉上神色，由極度的焦急，而變成極度的驚訝。

接著，她漸漸現出了笑容來。

高翔呆了一呆，他實在不知道木蘭花在現在這種情形下有什麼好笑的，但是木蘭花卻越笑越自然了，她最後道：「好的，謝謝你，領事先生。」

她放下電話，高翔忙道：「蘭花，可是他答應延遲半小時了？」

可是，木蘭花並不回答高翔的問題，卻揚聲叫道：「秀珍，你還躲著幹什麼？可以出來了！」

高翔大吃了一驚，失聲道：「蘭花，你！」

他還以為木蘭花是焦慮太甚，受了刺激了，要不然，怎會忽然叫起穆秀珍的名字來，穆秀珍又怎會在那裡？她在領事館中啊！

可是，正在高翔大驚失色間，卻已看到穆秀珍從一人堆破破爛爛的沙發墊子之中，搖搖晃晃，滿面笑容地站了起來。

「我的天！」高翔大叫著，「你們在玩什麼把戲？」

穆秀珍笑著道：「蘭花姐，高翔，真對不起，這不是我的主意，全是安妮想出來的，她究竟是我的救命恩人啊！」

木蘭花和高翔兩人，一起向安妮望去。

這一次，不等他們兩人開口，安妮便開口了，她道：「你們兩人將我的輪椅拆壞了，叫我以後坐什麼來行動呢？」

木蘭花和高翔兩人，在那剎間，實在有啼笑皆非之感，但是他們隨即齊聲笑了起來，木蘭花走過去，在安妮的頭上大力地摸著。

她問道：「安妮，我早知道你是一個非凡的孩子，你是在聽到了高翔和秀珍的電話，知道秀珍必須要有那顆鑽石才能脫身之後，就決定將鑽石交出來，去救秀珍的，是不是？但是，你為什麼不將鑽石交給高翔呢？那不是簡單得多麼？」

「不，」安妮搖頭，「我要親自去救她！」

這樣的想法，出自一個殘廢女孩的口中，已是很奇特的了，而她居然做到了這一點，這更證明她是一個非同凡響的孩子。

木蘭花笑了起來，道：「剛才，我和領事先生通電話，我才叫了他一聲，他便告訴我，他們已得回了鑽石，而穆秀珍已然被釋放之際，我幾乎不相信。」

高翔也吁了一口氣，道：「安妮，這個玩笑可不小啊！」

安妮撇了撇嘴。木蘭花又問道：「為什麼你要救她？可是她曾救過你？」

「那只是原因之一。」安妮一本正經地說：「另一個主要的原因，是秀珍姐做的奶油香蕉布丁，實在太香，太好吃了！」

想起了穆秀珍當時拿奶油香蕉布丁引安妮講話的情形，高翔、穆秀珍和木蘭花三人都忍不住一起大笑了起來！

他們笑了好一會，木蘭花才握住了安妮的手，道：「安妮，你的父親不肯答應對方的條件，那是為了什麼，你可以告訴我麼？」

安妮的笑容隱了下去，道：「爸爸知道了他們要大鑽石的用途之後，他就對我說，那大鑽石絕不能落入他們手中，鑽石雷射製成之後，一定會引起戰爭的，而在第二次世界大戰中，他曾在集中營中住過，他知道戰爭的可怕，他最痛恨戰爭！」

木蘭花嘆了一聲，道：「安妮，你的父親是一個十分偉大的人，他替全世界做了一件好事，雖然他自己付出了生命作代價！」

安妮的雙眼潤濕了。

穆秀珍忙道：「那麼，現在這顆鑽石，終於落到了他們的手中，那豈不是糟糕？」

安妮流著淚，道：「秀珍姐，我沒有別的選擇，我知道你在兩小時之內，如果沒有那顆鑽石，便要死去的時候，我沒有別的選擇了！」

穆秀珍雙手緊緊地抱住了安妮的頭，她也雙眼潤濕了。

木蘭花安慰著她們，道：「別難過了，安妮做得對，我們已然知道了鑽石雷射的秘密，只要一公佈出去，某國是一定不敢公然破壞他國的太空裝備的！安妮，我們怎樣謝你才好？」

安妮的頭，從穆秀珍的懷中鑽了出來，道：「蘭花姐，我沒有親人了，我要和你們住在一起，你們不許趕走我。」

「當然，當然！」木蘭花姐妹齊聲說。

「還有，高翔哥哥，你弄壞了我的輪椅，我要你賠我一輛新的，是你自己設計的，我要在輪椅上裝更多的機關，可以麼？」安妮又說著。

高翔笑了起來，道：「一言為定！」

安妮的頭，又塞進了穆秀珍的懷中！

事情還有一個尾聲，那是第二天的早報上，都登載著本市珠寶大王扈新鐵的玻璃別墅，突然毀於大火，扈新鐵下落不明，可能葬身火窟之下。

木蘭花當然知道扈新鐵並沒有葬身火窟，他只不過用這個方法，結束了「扈新鐵」這個人，方便他以後的活動而已！

北極氫彈戰

1 兩顆氫彈

春天到了，當木蘭花、穆秀珍和安妮三人，搬回海邊郊外的住所時，花園中百花齊放，爭妍鬥艷，像是在歡迎她們回來一樣。

為了搜尋那顆名為「太空之光」的鑽石，某國的特務人員將木蘭花的住所徹底搗毀，本來，某國領事館是答應賠償的。可是在安妮將鑽石送了回去之後，木蘭花立即將某國有意製造「鑽石雷射」一事公布了出來，引起了全世界的注目。

而參與太空競爭的國家，也立時紛紛發表聲明，如果太空船或是人造衛星遭到破壞的話，那一定予破壞者以毀滅性的打擊。

某國計劃的「鑽石雷射」破壞他國的太空設備，本來是準備神不知鬼不覺地在暗中進行的，事情一公開，他們自然不能依計行事了。

於是，某國也不得不立時發出聲明，「鑽石雷射」只用於和平用途，絕不會用來破壞他國的任何太空設備的，一場可能引起國際間極大的爭端，被木蘭花化於無形了。

可是，對木蘭花而言，她卻因此吃了虧，某國政府惱羞成怒，不再賠償木蘭花的損失了！

木蘭花幾次交涉，不得要領，她們又不能長住在高翔的家中，自然只好自己拿錢出來裝修購買家中陳設的一切東西。

以木蘭花的交情而論，她自然收到許多禮物，因為受過她好處的人太多了，但是，將一個徹底破壞的家再修整起來，仍是要花不少錢的。

雖然穆秀珍的好友雲四風可以稱得上是億萬富翁，但如果木蘭花姐妹竟要用他的錢，那麼，也不稱其為大名鼎鼎的女黑俠了。

所以，就在她們搬回去的當天晚上，安妮已經睡著了，木蘭花和穆秀珍兩人坐在客廳中，向南的窗開著，醉人的春風，緩緩地吹拂著她們的秀髮。

木蘭花翻扯一疊賬單，嘆了一聲，說：「秀珍，我們在銀行中，已經透支了個相當大的數目，但看來仍然不夠付賬。」

穆秀珍睜大了眼，似乎不信，說：「蘭花姐，你有沒有弄錯？我們上次不是得了國際警方的一萬英鎊獎金麼？怎會花光了？」

木蘭花笑了笑來，說：「那筆獎金，早就用完了！」

穆秀珍聽了，也皺起了一雙秀眉說：「這個……這個……」她站了起來，在屋中來回地走著，說：「不妨和納爾遜通一個電話，看看國際警方有什麼獎金優厚的難辦案件！」

木蘭花點頭說：「這倒不失是一個好主意——」她抬頭向上看了一看，又說：「安妮睡了麼？她很敏感，我們缺錢用一事，別讓她知道。」

「當然，你當我是傻瓜麼？」穆秀珍笑了起來，「她今天高興極了，因為雲四風送了那麼好的一張輪椅給她，她真高興極了！」

木蘭花也感慨地說：「秀珍，你還記得我們才認識她的時候麼？她一句話也不肯說，又怎料得到她後來竟救了你一命！」

穆秀珍紅著臉說：「是啊，四風就是為了感謝她救了我，所以才親自設計了那張輪椅送給她的，四風說，這張輪椅，可以說是萬能輪椅！」

「噢？」木蘭花十分有興趣地問，「什麼意思？今天我也看到那輪椅了，只不過比普通的輪椅高大一些而已，為什麼叫萬能輪椅？」

穆秀珍自衣袋中取出了一張紙來，說：「你聽著，第一，這輪椅有一個強力的蓄電池，在電力發動的情形下，可以達到時速五十哩，持續行走七小時！」

「真了不起！」木蘭花點著頭。

「第二，這輪椅有兩個可以伸縮的前輪，也就是說，下樓梯上樓梯，安妮可以完全不要人幫助了。」穆秀珍一項一項地數著，「第三，有六個按鈕，可以發射不同武器，射擊的角度，包括前後左右；第四，有三個按鈕，可以使輪椅突然升高，或是在兩旁浮起氣泡，使得它在水上不至於沉下去！」

木蘭花笑了起來，說：「雲四風的設計算得精巧了，但是他卻犯了一個錯誤。」

「一個錯誤？」穆秀珍睜大了眼。

「是的。」木蘭花的神情非常之嚴肅，「雲四風送給她這張輪椅，大約是想她也參加我們的冒險生活，但是我卻另有打算！」

「對啊！四風對我說過，安妮的行動不便，而我們的敵人又多，她若是和我們住在一起的話，必須有極強的自衛能力！」

「雲四風當然是一片好意，然而，我絕不想安妮和我們一樣，這些日子來，你沒有發覺麼？她有極縝密的頭腦，她是一個數學天才，我要使她在兩年之內，完成中學學業，然後令她進入大學，去專門攻讀數學，她一定可以成為極其出色的數學家。」

木蘭花充滿了信心地說著，可是她的話才一住口，突然聽得沙發旁茶几上的花瓶中，傳來了安妮的聲音，說：「不！我最討厭數學！」

木蘭花陡地一呆，穆秀珍卻「哈哈」地笑了起來，說：「我忘了告訴你，她的輪椅上，還有著許多的電子設備，包括竊聽裝置，和無線電聯絡儀等等！」
木蘭花笑說：「那未免太過分了，安妮偷聽人家講話，可不是一個好女孩應有的習慣！」
安妮靜了片刻，才說：「蘭花姐，秀珍姐，我不是故意偷聽你們的講話的，我只是太興奮了，所以睡不著，而我也絕想不到，在父親死了之後，會有你們……將我當親妹妹一樣地照顧我，我只不過想聽一聽……你們的聲音，我只要聽到了你們的聲音，我就覺得安慰，舒暢，心中的感激，也像是有了寄託……」
安妮講到後來，她的聲音不禁有點哽咽。
木蘭花和穆秀珍兩人的眼中，也不禁有些潤濕。
她們兩人是世界各地，為非作歹的匪徒聞名喪膽的女黑俠，可是她們心地卻是十分慈祥的，她們義不容辭地收留了安妮，將她當作自己的妹妹一樣，而安妮又是如此懂事的一個孩子，這自然更令得她們兩人感到十分之欣慰。
穆秀珍忙說：「行了，你也該睡了。」
「是，秀珍姐。」安妮乖乖地回答著。
穆秀珍最喜歡聽安妮叫她「秀珍姐」了，這時，她又忍不住笑了起來，但安妮又說：「可是，我不去讀數學，我要一直和你們在一起！」

安妮的堅韌和固執，木蘭花是素知的，木蘭花當然知道，如果安妮下定了決心要和自己在一起的話，那麼要勸服她，將是十分不容易的事。

所以，她不想再將這個問題發展為一個爭辯，她只是說：「好的，這件事，我們可以慢慢地討論，但你總不會反對，至少應該念完中學吧！」

「那當然！」安妮愉快地答應著，「蘭花姐，我睡了！」

木蘭花和穆秀珍兩人相視而笑，她們一起向花園中走去，月色十分好，在月光之下，怒放的花朵看來更是美麗。

她們繞著噴水池緩緩地走著，在她們來說，享受這樣一個平靜夜晚，是十分難得的事。

然而，似乎注定她們難以享受平靜一樣，突然間，木蘭花聽到了「啪」地一聲響，她連忙向穆秀珍做了一個手勢，循聲向前指了一指。

在她一指間，穆秀珍也已看到了！

有一支鐵鉤，鉤在圍牆的牆頭上！

木蘭花和穆秀珍兩人，幾乎笑出聲來！

不消說，牆外有人拋上了這樣的一支鐵鉤，那自然想藉鐵鉤下的繩索爬上圍牆來了，這正是她們的拿手本領！

而且，她們第一天搬回來，就有這樣的不速之客前來光顧，實在是十分有趣的事情。木蘭花連忙向穆秀珍作了一個手勢，示意她不要出聲。

她們兩人，一聲不出地在圍牆下靜靜等著。

只見牆頭上的鐵鉤向下略沉了一沉，那顯然是有人已在爬上來了，穆秀珍伸手捣住了自己的口，免得忍不住而笑出聲來。

過了不到半分鐘，只見有半個人頭已經露出圍牆來了，木蘭花和穆秀珍兩人，連忙踏前兩步，轉過身來，背貼牆而立。

她們站在這個位置，從上面看下來，是不容易發現她們的，在她們站定之後不久，只見一條黑影，自圍牆之上跳了下來。

那黑影的身形，十分靈巧，落地無聲。

他在落地之後，略停了一停，便待向前走去。

可是，他才抬起腳來，穆秀珍一聲大喝，突然伸手，已將他的衣領牢牢執住，罵說：「好大的膽子，竟偷到我們的頭上來了？」

那人的身子突然一震，足足跳起了好幾吋，只見他雙手亂搖，急急地道：「秀珍小姐，秀珍小姐，我不是來偷東西的。」

那人一開口，木蘭花便「咦」地一聲，說：「你不是丁七手麼？你這個扒手大王，什麼時候改了行，變成了夜摸鼠竊的？」

那人忙又說：「是，是，我是丁七手，蘭花小姐，千萬別冤枉好人，我在人家的口袋中……摸些東西是有的，但是偷屋中的東西，這種事我是不幹的！」

他講來，倒像他自己是一個正人君子一樣，令得木蘭花和穆秀珍兩人，又是好氣，又是好笑，穆秀珍叱道：「胡說，那你爬進來幹什麼？」

丁七手忙說：「我……我是想來見兩位的。」

木蘭花是知道丁七手的為人的，丁七手是本市著名的扒手，他扒竊的本領極高，八年前，有一個專在夜總會表演的歐洲「扒手大王」，在夜總會中表演時，丁七手和他開了一個玩笑，將那「扒手大王」的一條皮帶，在不知不覺中抽走，令得那「扒手大王」從此不敢再來本市作任何表演了！

丁七手雖然是一個扒手，但是卻從來不向窮人下手，而且他還很肯救濟窮人，所以在下層社會中，他的名聲十分好。

木蘭花對於劫富濟貧的行為，一直是很欽佩的，所以她也不信丁七手會是入屋來偷東西的，她吩咐說：「秀珍，放開他。」

穆秀珍忙說：「蘭花姐，他半夜入屋，怎可放他？」

丁七手央求說：「秀珍小姐，我有要緊的事來求見，但是又怕你們不見我，所以我想爬了進來再說，你們趕也趕不走我了！」

穆秀珍鬆開了手，罵說：「便宜了你這扒手，如果蘭花姐不在家，我至少也將你打個半死，還要將你浸在噴水池中！」

丁七手轉過身來，打躬作揖道：「不敢！不敢！」

木蘭花看到他那種狼狽的樣子，心中也不禁好笑，說：「你說找我們有急事，不妨進屋去慢慢說，我們也不會無緣無故打人的，你別怕。」

丁七手又戰戰兢兢答應了一聲，跟著她們走進了客廳，坐了下來，只見他取出了一隻黑色的鱷魚皮錢包來，說：「兩位小姐，我是在機場扒到這個錢包的。」

木蘭花說：「那為什麼來找我？」

「你們看。」丁七手打開了錢包，取出了一疊很薄的紙，在那一疊紙上，印著並不十分清楚，被縮成了十分小的字體。

木蘭花一看那紙，和那種被縮小了的字，便知道那是被一種特殊的複印機複印下來的文件，這種特殊的複印機，在世界上只不過寥寥數十部，絕不是普通的機構所有的，由此可知，這疊文件，一定也是很重要的文件了！

丁七手的聲音有點發顫，說：「這是一筆大財，兩位小姐，從這些文件上，可以發一筆大財，我只要百分之一就夠了。」

木蘭花的臉色一沉，說：「丁七手，你這是什麼話？」

丁七手忙說：「蘭花小姐，你千萬別誤會，我說的大財，絕不是不義之財，你看了這文件，就可以明白了，那是十分正當的事。」

穆秀珍一聽，已經伸出手，想去接那些文件了。

但是，木蘭花卻立時阻止了她，因為如果她們接過了那疊文件的話，那等於是已經接受了丁七手來要求的事情了。

木蘭花只是冷冷地說：「你不妨說說是什麼事。」

丁七手的神色，顯得十分緊張，說：「是兩顆氫彈！」

木蘭花和穆秀珍兩人，嚇了一跳，問道：「什麼？」

她們兩人的吃驚，絕不是沒有理由的，因為在原子彈的製造還未成為普遍的事實之前，「氫彈」仍然是世界上最厲害的武器！

一枚氫彈，可以造成百萬人以上的傷亡，像本市那樣繁華美麗的大城市，只要一顆氫彈，就可以將之全部化成廢墟了！而自丁七手的口中說出了「兩顆氫彈」這樣的話來，那實在是不能不令人吃驚的。

穆秀珍忙道：「你不是開玩笑吧！」

由於緊張的緣故，丁七手的臉色十分蒼白，他忙說：「不是，我絕不是開玩笑，你看看這疊文件，就可以知道了！」

木蘭花呆了一呆，伸手將那疊文件接了過來。

文件是英文的，而且字跡被縮得十分細小，所以看起來也相當吃力，首先映入木蘭花眼簾的，是「TOP SECRET」這兩個字。

那是「絕頂機密」的秘密文件。

木蘭花接著看到的是一行字，那是「北大西洋公約國家部隊參謀長特別會議記錄。」

看到了這一行字，木蘭花又呆了一呆。

她抬起頭來，望了丁七手一眼。

丁七手像是也知道事情嚴重，他的臉色更蒼白了。

木蘭花吸了一口氣，說道：「丁七手，你惹下大麻煩了！」

丁七手苦笑著，說：「是，是，所以我才不能不來找兩位的，這件事，只有在兩位的手中才可以化凶為吉，或許還有極大的好處。」

木蘭花不再說什麼，只是和穆秀珍一起去看那文件，文件的內容十分冗長，但這次特別會議所討論的主要問題，卻只有一個。

那個問題便是：兩顆氫彈失蹤了。

那兩顆氫彈，自然不是在儲藏的地方失蹤的，而是在氫彈的所有國作攜帶氫彈的例行飛行時，飛機經過北極上空時失事，墜了下來而失蹤的。

會議記錄中詳細地記錄著飛機失事的地點，並且，還有好幾幅圖片，是拯救飛機出事後趕到現場時所攝的，顯示出飛機的殘骸。

飛機的殘骸還在，但是氫彈卻不見了。

所以，氫彈的所有國還進一步懷疑，飛機不是自然失事，而是遭到了有計劃的破壞，目的就是在奪得那兩顆巨型的氫彈。

這個會議，要求各與會國家的特務人員傾全力調查這件事，如果哪一個國家的特務人員能提供線索，找回這兩顆氫彈的話，那麼，這個國家將可以獲得「援助」名義的巨額獎金，有貢獻的人，自然也可以得到為數極高的獎金。

製造一顆氫彈的成本是極高的，而且，問題還不在於製造的成本，而在於製造的技術，兩顆氫彈若是落在好戰分子的手中的話，那簡直是不堪設想了。

會議的記錄中，還有許多國家對氫彈所有國提出的譴責，因為這兩顆氫彈如果在海底，或是在冰層中爆炸的話，有好幾個國家將首當其衝，受到毀滅性的破壞！

最後，則是一分附錄，那是失事飛機唯一被救生還的副機師，可是卻沒有他的口供，只不過記錄了他的姓名，資歷。

代替口供的，是一張醫生的證明書，證明這位副機師受了過度的震盪，而完全處在失憶的狀態之中，無法記起任何事情來。

木蘭花和穆秀珍兩人，足足花了半小時之久，才看完了全部文件。在那半小時之中，除了紙張翻動的聲音之外，幾乎沒有別的聲響。

等到木蘭花看完了這分文件之後，木蘭花深深地吸了一口氣，叫道：「丁七手！」

丁七手充滿了希望，忙說：「怎麼樣？」

「丁七手！」木蘭花一字一頓地說：「你必須聽我的話，絕不能對我的話打任何折扣，你一定要神不知鬼不覺地將這錢包送還那人！」

穆秀珍忙說：「蘭花姐——」

可是木蘭花一揚手，便不讓秀珍再講下去，她又說：「而且，你要將這件事徹底忘記，希望除了我們之外，你未曾給其他人看過這文件。」

「沒有，我沒有給任何人看過。」

「那麼，你就照我的話去做！」

丁七手似乎有些捨不得，他囁嚅地說：「蘭花小姐——」

木蘭花連忙搖頭說：「你別說了，這件事，關係實在太大了，你想想，這文件是被人翻印出來的，被你扒了文件的人，是什麼身分？」

丁七手說：「那我可……不知道。」

木蘭花「哼」地一聲，說：「你不知道，那人當然是特務，這件事，可以說牽涉著世界上所有的國家，豈是我們所管得了的？」

穆秀珍實在忍不住了，說：「可是，有巨額的獎金啊！」

木蘭花搖了搖頭，說：「秀珍，你別做夢了，你想，氫彈的所有國有著多麼完善的設備，連他們也找不到，你和我又憑什麼去找？」

穆秀珍嘆了一口氣，說：「不知道是誰會有好運氣，可以找到那兩顆氫彈，得到那筆巨額獎金！我想，數字一定不會小！」

木蘭花冷笑道：「我看，不知有多少人運氣不好，要在這件事中喪生！」

丁七手接過了文件，道：「蘭花小姐說得對，我應該將這文件送回去，我的手下在跟蹤那人，我一定可以找到他的。」

他將文件摺好，又放進了錢包之中，站起身來道：「打擾兩位，很不好意思，我告辭了，祝兩位晚安，不必送了！」

他一面說，一面已向外走了出去。

木蘭花仍坐在沙發上，穆秀珍則送他到了門口，丁七手走在花園的碎石路上，來到了鐵門旁，鐵門並沒有鎖，他伸手推開了鐵門。

也就在這時，突然傳來一陣汽車發動的聲音，木蘭花一呆，只見一輛黑色的汽車直衝了過來，砰地一聲響，已撞中了剛走出去的丁七手！

丁七手被那輛車子一撞，卻並沒有向上飛起來。

那車子的車頭上，顯然有著十分尖銳的尖刺，而那種尖刺則將丁七手的身子刺住，所以丁七手的身子固定在車頭上。

車子仍向前疾駛而去！

木蘭花和穆秀珍都十分清楚地看到這情形，穆秀珍一聲大叫，連忙向外衝了出去，可是當她來到了路上時，車子已在五十碼以外了。

穆秀珍還想追上去，但自車子的行李箱中，卻響起了密集的槍聲，子彈呼嘯著向前掃來，令得穆秀珍不得不迅速地滾向路邊。

木蘭花這時也趕了出來。

當然，等到木蘭花來到鐵門邊上時，車子去得更遠了。

2 萬能輪椅

木蘭花和穆秀珍都以為再也沒有法子阻止那車子了，可是，就在此際，突然聽得極其尖銳的「嗤」地一聲響，起自二樓。

緊接著，一股極其明亮的火焰，自二樓的窗口呈拋物線直射了下來，等到木蘭花看清那是一枚小型的火箭時，那火箭已經射中了在一百碼開外，正在疾駛中的汽車，一下驚天動地的爆炸聲，也立時傳了出來。

一團烈火，鋼鐵的碎片四飛，那輛汽車立時成為碎片！

木蘭花從來也未曾如此地吃驚過，因為那枚火箭的威力是如此之強大，而那枚火箭，卻又是自她臥室的窗口射出的！

木蘭花立時向穆秀珍望去。

穆秀珍卻是一臉興高采烈的神色，拍著手，說：「好，太好了！」

木蘭花厲聲說：「好什麼？」

穆秀珍看出木蘭花動了怒，吐了吐舌頭，不再出聲。

木蘭花頓著足，道：「雲四風也太過分了，怎麼可以在安妮的輪椅上，配上那樣凶猛的武器，他實在太過分了！這怎麼可以？」

木蘭花話才講完，便聽得身後傳來了安妮怯生生的聲音，說：「蘭花姐，這不能怪四風哥哥，是我要他這樣做的。」

木蘭花轉過身來。

安妮坐在她的萬能輪椅上，在她輪椅左面扶手之下，似乎還有白煙冒出來。

木蘭花的面色十分難看，說：「這樣的火箭，你還有多少？」

安妮低下頭去，說：「還有三枚。」

「全部卸下來！」木蘭花斬釘截鐵地命令。

安妮低著頭，一聲不出。

「你聽到沒有？」木蘭花提高了聲音。

「我聽到了，可是，蘭花姐，為什麼不准許我打敵人？」

木蘭花呆了一呆說：「你年紀還小，你根本不能判別什麼是好人，什麼是壞人，我不但要你卸下那三枚火箭，而且要你不再坐這張輪椅！」

安妮立時叫道：「為什麼？要我由得人欺侮麼？」

「不是，」木蘭花有點激動，「我要你成為一個正常的女孩子，一個普通的女孩子！」

安妮的臉色變得蒼白了，她低聲說：「蘭花姐，我不是一個正常的女孩子，我不是……人人都有腿可以走路，可是我卻只好一輩子坐在輪椅上！」

她講到後來，淚水已自她的雙眼中滴了下來。

木蘭花聽得安妮這樣講，一時間，倒不知該如何說才好，而那巨大的爆炸，也已將警車引來了，木蘭花一聲不出，大踏步地向屋外走去。

安妮抬起頭來，說：「秀珍姐，蘭花姐生氣了麼？」

穆秀珍點了點頭，說：「我想是的。」

安妮又低下頭去，說：「秀珍姐，我不是一個聽話的小女孩，我惹蘭花姐生氣，可是，那汽車撞死了那姓丁的，我在樓上看得清楚，汽車在衝過來時，車頭上突出兩柄極鋒利的，足有一呎多長的尖刀，那兩柄尖刀一起刺中了姓丁的身子中！」

穆秀珍嘆了一口氣，說：「可是蘭花姐還是生氣了！」

安妮不出聲，穆秀珍向兩輛已停在現場的警車望了一眼，推著安妮，走進了客廳，只聽得木蘭花正在打電話。

木蘭花用十分激動的聲音在電話中說：「你立即就來，我要你立即就來，你必須對這件事負責，你這樣做，太荒唐了！」

她毫不容情地申斥著，穆秀珍從來也未曾見木蘭花發過那樣大的脾氣，她也不敢出聲，而木蘭花也根本不給對方申辯的機會，便放下了電話。

她放下電話之後，仍是一聲不出地坐著。

穆秀珍和安妮兩人也都不出聲，客廳中的氣氛十分生硬，令得人即使因為坐久了而欠一欠身，也覺得十分不自在。

過了十來分鐘，在這十來分鐘內，只聽得警車來回的嗚嗚聲，然後，便看到雲四風推開鐵門，急匆匆地向內走了進來。

穆秀珍早已料到，剛才木蘭花的那個電話，是打給雲四風的，所以她看到雲四風來了，也不覺得什麼特別的意外。

雲四風的神色十分尷尬，他走了進來之後，叫了每人一聲，木蘭花向安妮一指，說：「這輪椅是你給她的，你向她收回來！」

安妮本來只是靜靜地坐著，可是一聽得木蘭花這樣講，她的手一按，輪椅突然向後退了開去，她說：「蘭花姐，我求求你！」

木蘭花聽得安妮這樣講，鼻端不禁一陣發酸，幾乎落下淚來。

她知道安妮一直是極為自信，極為倔強，個性極強的人。事實上，木蘭花自己也是這樣的人。這樣的人，是絕不肯對另外一個人發出哀求的，木蘭花早已料到自己的話一出口，安妮一定有反應的，她料想安妮一定會激烈地反抗的。

可是，安妮卻沒有反抗，她只是求她，一個個性如此倔強的人，會開口求人，只有木蘭花才知道那是如何困難的一件事！

只因在安妮的心目中，木蘭花是她最崇拜，最敬仰的人，而最崇拜，最敬仰的人，卻又和她發生了爭執時才有可能的事。

木蘭花在剎那間，實是百感交集，她自然也知道，如果自己一直硬逼安妮的話，所可能發生的後果，她叫道：「安妮，你過來。」

安妮的輪椅向前駛來，到了木蘭花的面前，她撲在木蘭花的懷中哭了起來。木蘭花則緩緩撫摸著她的頭髮，並不出聲。

過了好一會，木蘭花道：「安妮，你聽我的話，你這張輪椅，不是一個女孩了應該有的東西，它對你沒有好處的。」

安妮並未回答，只是哭著。

她哭了片刻，才道：「那麼，我難道不能有輪椅麼？」

「當然可以，但只是普通的輪椅。」

安妮還沒有再說什麼，穆秀珍已然大聲道：「蘭花姐，那太不公平了，如果她一直只是有一張普通的輪椅的話，她怎麼弄昏那兩個警察，到領事館來救我？」

木蘭花的面色十分嚴肅，她捧起了安妮的臉頰，道：「安妮，小兒麻痺症並不是不治之症，它是可以憑藉著信心和醫藥克服的，我知道瑞士有一位著名的醫治小兒麻痺症的專家，我要帶你去，我要使你這一生不再依靠輪椅，不必再依靠任何東西！」

安妮靜靜地聽著，等到木蘭花講完，她才轉了轉眼珠，道：「蘭花姐，那麼，在我未曾得到醫治之前，輪椅仍然是必須的！」

木蘭花一怔，安妮的話，說來十分平靜，但是卻有著不可被反駁的邏輯，令得木蘭花一時之間也不知道怎麼說才好。

穆秀珍連忙來打圓場，道：「好了，好了，如果安妮會走路的話，這張萬能輪椅，你逼她要。她也未必會要的，現在，她是弱者，應該有自衛的能力！」

木蘭花嘆了一聲，道：「她自衛的能力也太強了，我看她這張輪椅的裝備，足足可以對付一個營的兵力而有餘了！」

木蘭花說著，又瞪視著雲四風。

雲四風又是高興，又是不好意思，面色十分尷尬。

木蘭花沉聲道：「安妮，你這張輪椅，滿佈著殺人武器，我暫時准你保有，但如果再有今天晚上那樣的情形出現的話——」

安妮不等木蘭花講完，便急忙道：「蘭花姐，今天的事，是我看到他們先下手殺了那姓丁的，你們又追不上，所以我才……動手的。」

木蘭花一字一頓，將剛才的話重複了一遍，全然不理會安妮的抗議，她道：「今天晚上的事，如果再發生一次，那麼，我一定毀去你的輪椅。」

安妮低下頭去，低聲道：「是。」

穆秀珍連忙走了過去，將安妮推開了些。

看她的神情，像是覺得安妮停在木蘭花的身前會吃什麼虧一樣！木蘭花看了這情形，心中不禁大是啼笑皆非。

本來，只是穆秀珍一人，已足夠令她傷神的了，但是穆秀珍卻還比不上安妮，安妮的年紀雖小，但她卻已具有穆秀珍所缺乏的縝密的頭腦。

木蘭花知道，安妮可能成為自己最好的助手，但是她卻也擔心，安妮是如此之固執和倔強，自己和她之間，必然會有著不斷的衝突。

這種衝突，會不會導致一個可怕的結果呢？那是誰也不敢說的事。木蘭花知道自己既然收留了安妮，那等於是挑上了一副千斤重擔！

她想到這裡，不禁長長地嘆了一口氣。

她的嘆息聲還未完，高翔已經一陣風也似地捲了進來，他「哈」地一聲，道：

「好齊全啊！蘭花，軍火專家說，在離你們不遠處毀去的汽車，至少是被一枚小型火箭擊中的，我看這位軍火專家，大概是到了應該退休的年齡了，是不？」

「不是，」木蘭花立時回答，「真的是一枚火箭。」

高翔只覺得好笑，因為火箭究竟不是普通的武器，怎可能隨時隨地出現？他道：「如果是一枚火箭，那麼是由誰發射的呢？」

木蘭花並不出聲，屋中沉寂了片刻，才聽得安妮低聲道：「高翔哥哥，是我。」

高翔嚇了一大跳，道：「什麼？」

穆秀珍忙道：「的確是安妮，可是如果不是她的話，我和蘭花姐都可能死在對方的槍下了，她全然是自衛的行動。」

高翔攤了攤手，道：「我當然不以為安妮會蓄意謀殺人，但是一枚火箭，這是怎麼一回事，我卻不明白，蘭花，火箭是哪裡來的？」

木蘭花並沒有回答，她的心情十分之煩悶，煩悶到了她根本不想再提及這件事的程度，她轉過身，冷冷地道：「你問秀珍好了！」

她講完了這句話，突然獨自向樓上走去。

高翔更是愕然，連忙向穆秀珍望去。

穆秀珍向他苦笑了一下，道：「事情是這樣的……」

她將經過的情形詳細地講了一遍，自然也向高翔介紹了安妮的那張「萬能輪椅」。最後，她撇了撇嘴，道：「比起兩顆氫彈，小火箭算得了什麼？」

高翔為了使氣氛輕鬆些，指著安妮笑道：「安妮，你的手，最好還是不要放在輪椅的扶手上才好，要不然，一不小心的話，又再射出了一枚火箭來時——」

他才講到這裡，突然看到安妮的手指，向扶手一排按鈕中的一個按鈕按了下去，高翔這時聽到了「啪」地一聲響，一件東西向他直彈了過來。

高翔更是吃驚，連忙閃身避了開去。

可是安妮卻已笑了起來，道：「高翔哥哥，你那麼害怕做什麼？我只不過請你吃一顆杏仁太妃糖罷了，這種糖最好吃了！」

那時，從輪椅上彈出來的東西，已跌在地毯上了。

高翔連忙低頭看去，那真是一粒糖！

高翔又是好氣，又是好笑，大聲道：「安妮，要是你再這樣開我的玩笑，我罰你一個星期不准吃糖，看你還敢頑皮麼？」

安妮露出了她雪白而整齊的牙齒，笑了起來，穆秀珍和雲四風兩人，也早已笑得前仰後合，連高翔自己也覺得好笑了起來。

高翔一面笑，一面向樓上走去，他來到了木蘭花的臥室前，輕輕地敲了一下。

因為安妮的來到，她們的臥室佈置，也有了一些改變，本來，木蘭花和穆秀珍是共用一間臥室的，但現在，她們將臥室擴大，用日本式的門，將臥室分為三部分，而陽臺則仍是相連的，臥室的門也只是一個，並不是三間臥室。

高翔輕輕地敲著門，過了好一會，仍沒有人回答。

高翔猶豫了一下，才慢慢地推開了門。

他立即看到，木蘭花站在陽臺上，沐浴在柔和的月光之中，以致她的身上也發出一層隱隱約約的銀輝來，益發美麗。

木蘭花站著，一動也不動，看來像是一尊完美無匹的雕像一樣。高翔並不出聲，慢慢地走了過去，在木蘭花的身邊站定。

從陽臺上望下去是公路，公路的一邊就是懸崖，而懸崖之下，便是在月光下閃耀著不可捉摸的銀輝的平靜的大海。

他們兩人在這樣的情景下站著，根本不必講話，兩人的心就自然而然地更接近，他們站了許久，才聽得安妮和秀珍的笑聲又傳了上來。

「唉！」木蘭花低嘆了一聲。

「蘭花，」高翔忙道：「秀珍已對我說及那兩顆氫彈的事了，我覺得，丁七手的話不錯，我們可以設法將它找回來的。」

木蘭花搖著頭，道：「我卻沒有這個打算。」

高翔自然知道，如果木蘭花說沒有這個打算，那麼她心中就是真的沒有這個打算，是以他也不再多說，他又站了一會，才道：「警車要收隊了，我告辭了。」

木蘭花點頭道：「好，你下去對雲四風說一聲，說我不舒服，請他別見怪，你也該催秀珍和安妮上來睡覺了，再不睡。天快亮了！」

高翔雖然口中說要告辭，可是他卻分明還想在陽臺上，在那種充滿了詩情畫意的環境中多依戀一會的，然而木蘭花既已這樣吩咐他，他卻不能不走了。

他慢慢地向後退去，輕輕關上了房門。

不一會，穆秀珍和安妮也上來了。

等到她們兩人上來時，木蘭花已經躺在床上了，她們兩人不敢出聲，穆秀珍將安妮抱上了床，自己也睡了下來，但是，她卻將她和安妮之間的紙門打開一半，那是為了半夜安妮有什麼事情，她可以易於照顧。

木蘭花當然沒有睡著，她聽得警車聲連續地遠去，而四周圍又恢復了午夜應有的寂靜，她知道在火箭爆炸之後，那輛汽車幾乎沒有痕跡可尋了！

而這件事，在警方的檔案之中，自然只不過是件懸案而已，會不了了之的，然而，整件事是不是會不了了之，與自己無關呢？

丁七手說，他的手下對那錢包主人在繼續跟蹤，他可以找到那錢包主人的，但是他卻不知道他自己也被人跟蹤上了！

令木蘭花覺得奇怪的是，丁七手曾說得十分清楚，他在得到了那分文件之後，未曾和任何人提起過。那麼，為什麼會使得人跟蹤他呢？

而且，跟蹤他的人，手段如此毒辣，丁七手才一出現，便將他用汽車撞死，那究竟是為了什麼？是殺丁七手，來使自己害怕麼？

木蘭花一想到這裡，不由自主欠起了身子，半坐了起來，她開始覺得事情沒有那麼簡單了。這件事，由於關係實在太大，是以木蘭花是不願插手的。

然而，丁七手死在她的門口，卻令她覺得自己想脫去干係，也是十分困難的事了。如果殺死丁七手的人，是知道丁七手得了那分秘密文件才開始跟蹤他的，那麼，跟蹤者當然是會認為秘密文件已落到了木蘭花的手中！

而事實上，木蘭花是將文件還給了丁七手，而丁七手和那文件已一起毀滅了！木蘭花只好希望跟蹤者也一起被消滅了。

然而，這件事關係著兩顆氫彈！

兩顆氫彈，這意味著這件事關係著整個世界的大局，伸引開去，說這件事關係著整個人類的命運，那也絕不是誇張的說法！

因為那兩顆氫彈若是落在好戰分子的手中，濫加使用的話，必然引起報復，那就是核子戰爭的爆發。

而核子戰爭的爆發，便是人類的末日，這一點，即使是白癡也不會否認的了。這樣的大事，會隨著那輛跟蹤汽車被毀而大事化無麼？

木蘭花想了足足有半小時，她越想越是覺得難以安枕，她側耳聽了一下，穆秀珍和安妮兩人都已睡著了，發出輕微的，均勻的呼吸聲。

木蘭花站了起來，輕輕地走出了臥室。

這件事，她料定絕不會如此輕易地了結，那麼，與其被動地被人找上門來，還是她先設法去弄清楚那分偷印的文件，究竟是什麼人弄到手的，而這人弄到這分偷印的文件，目的又是什麼來得好些，那樣，就算有什麼特別的變化，也容易應付了。

她輕輕地關上臥室的門，到了書房中，換了裝束，帶了一些應用的東西，自窗口攀了下去，駕著車，向市區直駛而去。

木蘭花駕著車，在寂靜的街道上左轉右彎，在進入市區之後十五分鐘，她的車子便停了下來。車子是停在一個破舊的廢物收購公司的門口。

木蘭花下了車，在幾間破舊的屋子旁，是一大塊空地，那塊空地之上，堆滿了各種各樣的廢銅爛鐵，和被壓扁的汽車殼。

看來，這塊空地上十分寂靜，什麼也沒有。

但是，當木蘭花踏著廢物，向前走去的時候，不多久，便聽得前面傳來了兩下貓叫聲。木蘭花停了下來，低聲道：「我來找丁七手的手下。」

這地方，是一個十分秘密的所在，通常，是小偷、扒手的聚會之所，各自將偷到的東西或是扒到的東西交換，使之容易脫手。

這地方木蘭花雖然早已知道，但還是第一次來，她自然知道這地方龍蛇混雜，自己若是一不小心，就會吃虧的，但是她卻相信，這裡的人對她都不會有惡意的。

她那句話說出口之後。只覺得四周圍靜到了極點。如果不是木蘭花肯定這裡一定有人的話，她一定會以為自己事實上是在一個渺無一人的曠地之上了。

約莫過了一分鐘，才聽得貓叫聲又傳了過來。

貓叫聲是自四面八方傳了過來的。

貓叫聲才一傳出，便看到在各種各樣的廢棄物之後，有許多人影站了起來，有一個人向木蘭花慢慢地接近，走了過來。

當他來到了木蘭花面前只有五六呎的時候，只見他陡地一呆，隨後叫道：「大家不必驚，來的是女黑俠木蘭花！」

只聽得四面八方的人，全鬆了一口氣。

木蘭花見他們已認出了自己，心知事情更易辨了，她忙又道：「我有事和丁七手的手下談談，哪幾位是丁七手的手下？」

立時有六七個黑影，幽靈也似從人叢中走了出來，來到了木蘭花的前面。

木蘭花又道：「哪一位是今天在機場和丁七手一起做生意的？」

那六七人中的一個矮個子踏前一步，道：「我。」

木蘭花點頭道：「請你跟我來，我有些話要問你！」她一面講，一面轉身就走，那人絕無異議地跟在她的後面，而當他們兩人踏出了曠地之後，所有的黑影也立即隱沒在廢物堆中了！

木蘭花帶著那人來到了車邊，讓那人坐在她的身邊，她駕著車，緩緩地向前駛去，那人先道：「蘭花小姐，丁七哥找你去了，你見到了他？」

「見到了。」木蘭花嘆了一聲：「可是，他一出門，就被人謀殺了。」

那人的身子震了一震，面色大變。

「今天，丁七手在機場扒到的是什麼，你可知道？」

「我……不知道。」那人的聲音在發抖。

「那麼，他為什麼命你跟蹤失主？」

「那是丁七哥的規矩，他在扒了人家的東西之後，一定派手下跟住失主的，那樣，可以知道失主是不是失落得起，如果失主失了東西便過不去的話，那麼丁七哥便一定會將東西送回去的。丁七哥常說，這叫作……嗯……叫作盜亦有道！」

木蘭花又問道：「那麼，今天跟蹤失主的是你了？」

「是……是的。」那人回答。

木蘭花偏過頭去，打量著那人。

只見那人約有四十上下年紀，一雙老鼠眼，眼珠在骨碌碌地亂轉，生就一副賊相，他這種樣子，自然是十分不得人好感的。

「好，那麼，失主是什麼人，你明白了嗎？」

「我看……失主多半是遊客，他住在本市最華麗的大酒店的十四層一個大套房中，當他走進酒店的時候，有兩個人在迎接他。」

「十四樓的套房。」木蘭花重複了一句，然後再問：「他是怎樣的一個人，你將他的特徵，向我詳細地說一說！」

木蘭花說著，已然轉了一個彎，這條路，是通向那間酒店去的。那人眨著眼，道：「他金頭髮，個子很高，有六呎一吋，是外國人，他……他的領帶夾……是一株粉紅的天然珊瑚。他還提著一只占士邦式的公文包，看來像個大人物。」

木蘭花用心地聽著，她突然道：「你是從機場直接跟蹤去的，回來後又未曾見過丁七手，你如何知道他到我這裡來了？」

那人忙道：「七哥曾吩咐別的手下，叫我回來之後等他，他是到你府上去了。」

木蘭花又將那人的話想了一遍，這時，她在那人的話中也找不出什麼破綻來，她停了車，道：「你叫什麼名字？」

那人不好意思地笑了笑，道：「人人都叫我老鼠炳。」

木蘭花當然也不會期望一個扒手有什麼堂皇的名字，她打開了車門，道：「謝謝你，我或許還會來找你的，再見了。」

老鼠炳下了車，木蘭花駕車離去，十分鐘後，她已來到了大酒店燈光輝煌的停車場中。

酒店附設的夜總會和酒吧是通宵營業的，木蘭花在夜總會的角落中，找了一張小桌子坐下，她招手叫來侍者，吩咐道：「請拿電話給我用一用。」

那侍者鞠躬如也地退了開去，不一會，便拿著一具電話，放在桌上，又將插頭插在桌子邊的插頭上，才恭敬地退了開去。

木蘭花拿起了電話，這時夜總會中的音樂，正十分悠揚，是不會妨礙講話的，等到聽到了接線生的聲音之後，她立即道：「請接十四樓套房。」

她立即又聽到電話被接通的聲音，電話鈴只響了三次，就有人來接聽了，那是一個男人的聲音，聲音之中一點睡意也沒有。

從電話立即有人接聽，以及聲音一點睡意也沒有這兩點看來，套房中的人當然沒有睡覺，而現在已將凌晨四時，還不睡覺，這多少有點不尋常。

那男人的聲音首先問道：「誰？」

木蘭花將聲音壓得十分低沉，道：「我在找一位先生，這位先生今天一出機場，便失去了一只黑色鱷魚皮的皮包，請這位先生講話。」

那邊停了足有半分鐘，沒有聲音。

然後，仍是那個男人的聲音，道：「誰？你是誰？」

他的聲音聽來十分急促，而且十分憤怒。

「先生，」木蘭花知道她已經找到了她要找的人了，她不急不徐地說著：「你不必理會我是誰，我先向你問幾個問題。」

3 不情之請

木蘭花只當自己那個突如其來的電話，不論對方是何等樣人，總可以令得對方吃驚的，可是，事情卻出乎她的意料之外。

她那兩句話才一講完，那男子卻哈哈大笑了起來！

正當木蘭花大覺愕然間，已聽得對方道：「我們不必猜謎了，你是木蘭花，人名鼎鼎的東方三俠之首，木蘭花，很榮幸能聽到你的聲音！」

木蘭花在那一剎那間，心頭的震驚，的確難以形容，但是，她卻立時鎮定了下來，她也笑著道：「就算我是木蘭花好了，那麼，請問你為什麼打算取回這只錢包來，嗯？」

對方的回答，又是出乎她意料之外的。

只聽得那男子道：「你留下來，作為一個紀念品好了！」

而且，那男子在一講完了這句話之後，「啪」地一聲，竟已掛上了電話！這令木蘭花實在有啼笑皆非的尷尬之感。

失去那份機密文件的人，竟然對那份機密文件絲毫不在乎，這實在是不可想像的事，木蘭花的心中，無可避免地充滿了疑惑！

她首先想到，失主對那份秘密文件如果真的不在乎的話，那麼，是不是表示自己已經沒有事了？對方不會再來找自己的麻煩了？

木蘭花本就不想和這件事發生關係，如果真是那樣的話，那倒是她求之不得的事情。然而，事情真會那樣地簡單麼？

她也放下了電話，揮手叫侍者取走電話，然後，要了一杯馬丁尼酒，慢慢地喝著，在想著失主為什麼會對那樣重要的秘密文件不放在心上。

她只顧低著頭在沉思，等到突然之間，她覺出有什麼不對，陡地抬起頭來時，兩名大漢已然來到了她的面前，而且，毫不客氣地在她的對面坐了下來。其中一個，才一坐下，便伸手到桌下。

而另一個，則以一種十分有禮的語氣道：「小姐，請你看看桌下，對著你的是什麼。」

木蘭花拉起桌布，低頭向桌下看了一眼。

她早已知道那是什麼了，是以她雖然看到了那一柄套著滅音器的手槍，但是她卻一點也不驚慌，雖然她知道如果對方扳動槍機，那麼，在幾乎沒有什麼聲響發出的情形下，她便會伏屍桌上了。

但是，她的臉上卻仍然現出了笑容來。

她立時抬起頭來，道：「這倒是很特別的禮貌啊！」

那大漢也笑了一下，道：「小姐，現在，你得聽我們的話來行動，你應該知道，你的敵人不只是我們兩個人，你看看四周圍。」

木蘭花又向四面看了看。就在她一瞥之間，她已至少看到了六七個可疑之人。

那大漢又道：「請你站起來，跟在我的後面，我可以告訴你，你幾乎隨時都在三支手槍的射程之內，所以你還是聽我的話的好。」

木蘭花又毫不在乎地笑了一下，道：「我想，你們是想將我帶到十四樓的套房中去，是不是？那正是我剛想去的地方！」

那漢子已站了起來，道：「你料對了！」

木蘭花也跟著站了起來。

她的心中，不禁暗自埋怨自己的疏忽。

因為她在放下電話之後，沒有立時離開夜總會，而對方自然十分輕易便可以查明電話是從夜總會中打上來的，那麼，要到夜總會來找她，不是十分容易麼？

由此可知，那人在電話中表示出毫不在乎的態度，完全是一種做作，藉以引起她的疏忽，那人當然也不是容易對付的人了！

木蘭花自然想見一見那人，她要將經過的情形向那人說明，表示自己和這件事無關，而那份文件也已經徹底被毀了。

是以，她跟在那大漢的身後，走向電梯。

電梯在上升之際，除了木蘭花之外，還有四個人。那四個人各自分據在電梯的一角，監視著木蘭花。

電梯在十四樓停下，五個人一起走了出來，在套房之前停下，輕輕地叩了幾下，房門被一個人打開，木蘭花走了進去。

在一個十分寬大的客廳中，已經有四五個人在了。那四五個人，一看到木蘭花，都站了起來，其中一個，突然之間向木蘭花疾撲了過來！

木蘭花從來也未曾見到過一個人的身手有如此之矯捷的，那人的行動，快得簡直像是一頭美洲黑豹。他發出一聲怪叫，單掌向木蘭花劈下！

木蘭花看出那人的身形雖然不大，但是這一掌的來勢，卻實在非同小可，那是空手道之中一下十分厲害的招數！而由於他身子的躍起是凌空劈下的，是以勢子特別猛烈！

木蘭花陡地身子向旁一側，避開了那人的一劈，同時伸手向那人的手臂抓去。

那人的身形，當真靈活之極，他突然發動的一劈劈了個空，但是他卻立即縮回手來，在他縮手之際，他的身子也突然一縮。

由於他身子的一縮，木蘭花的那一抓，也抓了個空，但木蘭花這時已然占了主動，她身子突然向前跌去，看來像是她站立不穩一樣。

然而。在她向前跌出之際，她一掌卻也「呼」地劈下，正劈中在那人的肩頭上，將那人「砰」地一下，劈得跌出了三四步。

而木蘭花的身子向地上一倒，疾打了幾個滾。滾到了一張沙發之後，一揮手，已然握了一柄手槍在手中，這時，形勢已對她大是有利了！

她一聲冷笑，道：「如果你們竟是這樣歡迎客人的話，那麼，我也有對付主人的辦法，希望你們不要見怪才好！」

那被木蘭花劈中一掌的男子，這時右手按著左肩站起來，面上的神情顯示出他正覺得十分痛苦，他苦著臉道：「蘭花小姐，你下手好重啊！」

木蘭花陡地一怔，心想這是什麼話？她立時又想到，那一定是對方故意這樣說，好令得自己分神的。

然而就在此際，她又聽得自屏風後面傳來了一陣熟悉的笑聲，接著，一個身高六呎以上，滿頭金髮的男子，便從屏風後面轉了出來，那正是老鼠炳形容的失主，而他，也正是木蘭花所認識的，國際警方的高級人員納爾遜。

一看到納爾遜，木蘭花已經有點明白是怎麼回事了。她立時收起了手槍，站了起來。

納爾遜一面笑著，一面道：「我早已說過，你們之中，沒有一個人是木蘭花的對手，你們偏不信，現在可吃了苦頭了。」

木蘭花忙道：「納爾遜，怎麼一回事？」

納爾遜卻道：「來，來，中國人有一句話，叫作不打不相識，蘭花小姐，我替你介紹幾位朋友，這位推了你一掌的，是拉丁美洲著名的人物占・泰嘉，我們都叫他老虎。這一位是國際警方派駐阿拉斯加的代表，愛斯基摩文揚，這一位是——」

木蘭花搖了搖頭，道：「納爾遜，我不明白你在弄些什麼玄虛，失去那份文件的人，是不是你？你先告訴我。」

納爾遜嘆了一口氣，坐了下來，別的人也紛紛坐了下來。

木蘭花只覺得氣氛十分神秘。因為她不明白納爾遜的葫蘆中賣的是什麼藥！

納爾遜又道：「蘭花小姐，請坐。」

木蘭花坐了下來，納爾遜又道：「那份文件，是被人盜印出去，而由我追尋回來的，卻不料一到本市又失去了。」

木蘭花側著頭，道：「你不是在國際警方服務的麼？」

木蘭花這樣問，是有道理的，因為國際警方並無涉及政治，它所管的事，絕大多數是刑事方面的事情，和政治事務是無關的，而如今這件事卻絕不是刑事案件！

納爾遜也立時知道了木蘭花這一問的意思，他笑了一笑，道：「這是一件秘密，但卻不妨和你說一說，這是國際警方應某方面的請求而做的事。」

木蘭花仍然有些懷疑，道：「這和國際警方的宗旨不怎麼合吧，照我的想法，國際警方是不應該答應這件事情的啊！」

納爾遜嘆了一口氣，道：「可是國際警方卻是有苦衷，所以我們不能不答應，而我們的任務，也只是追回這份文件而已。」

木蘭花並沒有再問下去，因為納爾遜說國際警方有苦衷，如果那苦衷是可以公開的，那麼她不必問，納爾遜也一定會告訴她的，如果不能告訴別人，那麼，她問了，豈不是令得對方難堪？

她只是道：「那麼，如今來說，這份文件已經徹底毀去，也可以說，你的任務已經完成了，因為這和得回那份文件是一樣的。」

納爾遜點著頭，在房間中，背負著雙手，踱來踱去，等到他踱到第三個圈子的時候、木蘭花站了起來，道：「我告辭了。」

納爾遜卻忙道：「蘭花小姐，別急著要走，我還有話說。」

木蘭花停了下來，而納爾遜的臉上，則現出了十分為難的神色來，好幾次欲言又止。

木蘭花和納爾遜相識很久，納爾遜可以說是世界上許多最能幹的年輕警官之一，木蘭花對他的印象十分好，是以這時，她道：「你有什麼話，只管說好了。」

納爾遜尷尬地笑了一笑，道：「蘭花小姐，我有一個不情之請，我明知是十分不應該提出來的，但是我還是非說不可。」

「請說好了。」木蘭花客氣地回答。

納爾遜道：「我想請你幫我們找回那兩顆失蹤的氫彈。」

木蘭花呆了一呆，剎那之間，她心中想起了許多事。

第一，她想到，納爾遜奪回了文件，為什麼要到本市來？而以他那樣幹練的警務人員，竟會將如此重要的文件給扒手扒了去，這是不可思議的。

第二、納爾遜只不過失去了文件，在文件失去了之後所發生的事，他是沒有理由知道的，而此際他這樣說，分明是已經知道木蘭花看到了文件的，他怎知道？

第三，他提出那請求的神氣，表示他不是倉卒決定的。當木蘭花想到了這三點時，她明白了一個事實，納爾遜是故意來到本市的。

由這一點聯想開去，丁七手可能也是受雇的。

丁七手假稱他扒到了那樣一份文件，來見木蘭花，目的無非是想引木蘭花出來，要木蘭花來參與這件事，這一切，可能都是納爾遜的安排！

當木蘭花想到此處時，她嘆了一口氣，道：「納爾遜先生，我是將你當做好朋友，在好朋友之間用詭計，那實在不是君子的所為！」

木蘭花一講完，站起身子，向外就走。

納爾遜在猝然之間聽到了木蘭花這樣指責他，根本不知道自己是在什麼地方露出了破綻，是以頓時手足無措起來。

他的臉漲得通紅，連忙攔在門前，道：「蘭花小姐，請你原諒我，我實在沒有法子，才出此下策的，請你原諒我！」

木蘭花道：「我可以原諒你，但這件事我絕不插手！」

納爾遜有些絕望地反問道：「為什麼呢？」

「這件事，絕不是我的力量所能辦得到的，納爾遜先生。」木蘭花平靜地回答著：「所以，我答應你，也是沒有用處的。」

納爾遜沮喪地低下頭去，嘆了一聲，道：「木蘭花小姐，如果你也覺得無能為力，那麼還有什麼人可以做得成這件事呢？」

「你別將我看得太高了，我只不過是個普通人罷了。」

「不，你有異於普通人，這件事，如果有你參加，那我們還有一線希望，要不然的話，我們就沒有希望了。」納爾遜慢慢地踱了開去。

從他臉上顯露出來的絕望神色，是如此之深，是以令得木蘭花心中也不忍起來，她道：「先生，我看不出這件事有什麼嚴重，這兩顆氫彈，落在沒有氫彈的國家中，是起不了什麼作用的，因為氫彈的運輸、儲存，都要有高度的科學設施才行，要不然，只有兩顆氫彈，是起不了訛詐作用的。」

納爾遜道：「你的見解不錯。」

木蘭花又道：「如果落在本來已有氫彈的國家中，那麼情形也沒有什麼不同，因為他們本來已有氫彈了，也不在乎這兩顆。」

「是的，」納爾遜又點著頭，「但是，還有第三種情況，得到氫彈的，並不是一個國家，而是一個集團，這個集團只是將氫彈放在離原來失落地不遠的地方，那麼，他就可以向許多國家進行訛詐了，算算看，這兩顆氫彈如果爆炸，那麼，冰島首當其衝，這個國家將不復存在，而斯堪的那維亞半島上的國家，連芬蘭在內，都將受到巨大的損失，格陵蘭的一大半，將受到致命的影響，而更要命的是，氫彈爆炸所產生的熱量，可以使北極的冰塊發生融化——」

納爾遜越講越是激動，他講到這裡，頓了一頓，然後道：「那時，整個歐洲，所有沿海城市，就全在水平線之下了。」

木蘭花靜靜地聽著，並不打斷納爾遜的話。因為她知道納爾遜所說的話，全是事實，一點也沒有誇張，如果這兩顆氫彈爆炸的話，那麼，實際上所造成的災害，絕不止如納爾遜所說的那些。

納爾遜停了一刻，接著又道：「那些國家應該怎樣？」

「他們應該聯合起來，在最短期間內，找到氫彈。」

「你以為他們沒有盡過力麼？他們已盡了一切力量，可是到如今為止，仍然什麼也沒有得到，這便是那次會議所舉行的原因。」

木蘭花苦笑了一下，道：「我很同情他們，但是我想，當勒索者開始出現的時候，總可以有些線索的，他們可以等待。」

「不。小姐。不能等了，這兩顆氫彈失蹤到現在，已有二十天了，而再過二十天，如果再不經過專家的特殊處理，那麼，就會自動爆炸了。」

木蘭花呆了一呆，她未曾聽說過氫彈會在某種情形下自動爆炸這件事，但是她對於氫彈卻所知不多，木蘭花是一個對任何事都採取科學態度的人，而對自己不瞭解的事不妄加評論，自然是最要緊的科學態度。

是以，她只是道：「有這可能麼？」

納爾遜臉上又紅了一下，道：「蘭花小姐，你可以相信我，這一點，我絕不騙你的，在氫彈由飛機攜帶飛行之際，被裝置在一個金屬外殼之中，這個金屬外殼，是一種稀有金屬製成的，可以最有效地防止輻射線的散佈，其效能勝過鉛十七倍。」

「那麼還怕什麼呢？」

「可是這種金屬卻有缺點，它十分不穩定，容易和空氣，和水，甚至在真空狀態之下也會起變化。它至長能維持四十天。」

木蘭花有點明白了，她也覺得納爾遜的話可信了。

納爾遜繼續道：「北大西洋公約會議國的會議，通過了用一切方法尋找失蹤氫彈的決議，並且由失去氫彈的國家，提供一筆極巨大的獎金。」

木蘭花打斷了他的話頭，道：「納爾遜先生，這一切都和我無關，關於這件事，我實在不想再聽下去了，你的詭計，已然使丁七手喪了命，你快離開本市吧！」

納爾遜還在作最後的努力，他道：「木蘭花小姐，這件事，可以挽救世界的大災難，而且，你也給國際警方幫了一個大忙！」

大蘭花一呆，道：「你這話是什麼意思？」

納爾遜搓看手，道：「國際警方的經費十分匱乏，所以，我們幾個總負責人，便決定進行這件事，我們成功的話，國際警方就可以獲得一大筆經費了。」

木蘭花沒有回答，但是她站著沒有走。

納爾遜又道：「如果蘭花小姐你肯參加的話，事情就有了希望，而我們也決定，在事情完成之後，將獎金的一半給你，作為酬勞。」

木蘭花笑道：「獎金的總額是多少？」

納爾遜大喜，道：「蘭花小姐，那是一千萬美金。」

怎知木蘭花搖了搖頭，道：「太多了，我要那麼多錢來做什麼？納爾遜先生，我相信國際警方的力量，沒有我一定也可以成功的。」

她不等納爾遜再說什麼，便伸手拉開了門，向外走去。她只聽得納爾遜發出了一聲長嘆，但是卻並沒有追出來。

木蘭花離開了酒店，就立時趕回家去，在半路上，她只在想著一個問題，那便是：殺死丁七手的，究竟是什麼人呢？

照常理來說，想殺死丁七手的人，有可能就是偷走那兩顆氫彈的人。

但是木蘭花也想到了一點，那兩顆氫彈，可能還在北極的冰層之下，因為有那種金屬外殼的緣故，當然無法藉輻射探測而得知它的所在地。

那麼，在二十天之後，會不會——木蘭花嘆了幾聲，那實在是一次極大的危機，大得難以想像，而且，幾乎不是人力所能夠挽回的！

木蘭花的心情十分沉重，她停了車，推開鐵門。

回到家中，穆秀珍和安妮都已睡了，木蘭花並沒有吵醒她們，靜靜地躺了下來，然而她卻整夜都在想著。

第二天，天很陰沉，一早就下了雨，雨勢越來越大，挾著隆隆的雷聲，那是今年第一次春雷，當木蘭花醒來時，她看到穆秀珍和安妮都在陽臺上看雨。

木蘭花坐起身來，穆秀珍便回過頭來，叫道：「蘭花姐，你快來看這輛車子，它剛才幾乎撞到了我們的鐵門上！」

「是啊，蘭花姐。」安妮也叫著，「現在，它停了下來，可是裡面的人卻又不出來，我看，不是什麼好路數，一定是壞人！」

木蘭花披起了晨褸，走到陽臺上，向下看去。

一輛黑色的房車，就停在她家鐵門前不遠處，車子是斜擺著的，如果還有別的車子想通過，那一定不是一件容易的事。

車子停著不動，可是車子的後面還冒著廢氣，顯然引擎還在發動著。從上面看下去，只看到車頂，看不到車中的人。

木蘭花一看到這等情形，怔了一怔，道：「這輛車到了多久了？它剛才是怎樣衝過來的？」

穆秀珍和安妮兩人看到木蘭花注意這輛車子，她們都十分高興，爭著道：「剛到的！」

但安妮又補充了一句，道：「到了四分鐘。」

木蘭花望了安妮一眼，當然。安妮的話是令她滿意的，安妮十分留意一些細小的事情，她說是四分鐘，那當然是車子到的時候她看過手錶，那麼四分鐘的時間，也是絕對可信的，而為什麼車子停了四分鐘之久，還未曾有人走出來呢？

木蘭花又望著安妮，道：「小安妮，你好好地想一想，為什麼駕車人將車子停在門口，而他卻又不從車中走出來呢？」

安妮側看頭，道：「有兩個可能。」

穆秀珍瞪著眼，道：「我不信你會講中。」

安妮好勝似地道：「第一個可能，駕車者是一個醉漢，因為車子駛來的時候，是橫衝直撞的，那麼，這個人根本和我們無關，只是湊巧將車開到這裡，睡著了。」

木蘭花笑道：「說得好，第二個可能呢？」

「第二個可能，這人是來找我們的，那麼，我想事情就比較嚴重了，這個人一定是受了傷，這時已經昏過去了！」

穆秀珍哈哈大笑了起來，道：「小安妮，別胡說！」

安妮求救似地望定了木蘭花，木蘭花立時道：「秀珍，我想的和安妮第二個假設一樣，你快去看看，車中的人可能急待挽救！」

穆秀珍聽得木蘭花吩咐，她只得無可奈何地攤了攤手，走了開去，不一會，便看到她來到了車子的旁邊，向車內望去。

接著，便聽得她尖叫了起來！她揚起了頭，高聲呼叫道：「蘭花姐，那人滿身是血！」

木蘭花連忙道：「別動他，等我來！」

穆秀珍不服道：「我沒有料事的本領，連救護的知識也沒有麼？」她一面說，一面已將傷者從車廂中用力拖了出來。

木蘭花趕到了，安妮也趕到了。

木蘭花一到，就看出那人是受了槍傷，她連忙回頭道：「快去召救護車，安妮！」然後，她托起了傷者的頭來。

她呆住了，傷者不是別人，正是納爾遜。

木蘭花和穆秀珍兩人合力將納爾遜抬到了客廳中。放在沙發上。納爾遜一共中了三槍，一槍在肩頭，一槍在脅下，另一槍最危險，在他的頸旁擦過。

那一槍，如果再向左近半吋的話，納爾遜一定立時死了。

而令木蘭花莫名其妙的是，那輛車子的窗子，卻一點也沒有損傷，唯一的解釋便是，納爾遜是中了槍之後，才跳上車子的。

安妮在打了電話之後，便一直跟在穆秀珍的後面，問道：「秀珍姐，這金髮的外國人是什麼人？你認識他麼？」

穆秀珍道：「是的，我認識他，他叫納爾遜，是國際警方高級負責人，他是如何受傷的，我卻不知道，你最好去問蘭花姐。」

安妮又將輪椅轉到了木蘭花的身邊，木蘭花忙道：「安妮，不是我不講給你聽，而是我實在沒有時間，你快去拿急救箱來！」

木蘭花一面說，一面早已用鋒利的小刀，將納爾遜的衣服全部割了開來，而等到安妮將急救箱拿來，木蘭花將傷口暫時包紮起來之後，救護車的「嗚嗚」聲也已傳了過來，兩個警官首先奔了進來，接著，便是救護人員抬著擔架進來。

木蘭花對那兩位警官道：「請通知高主任，快到醫院去，我會到醫院去和他相見的。你們一路上，要小心保護傷者。」

兩個警官十分恭敬地聽著，然後，隨著擔架走了出去，木蘭花叫道：「秀珍！」

穆秀珍大聲答應著道：「是，我做什麼？」

「你在家中，好好地照顧安妮！」

木蘭花的話，令穆秀珍大是洩氣，安妮也叫道：「蘭花姐，我不必秀珍姐照顧我，我會自己照顧自己，而且也可以做事。」

木蘭花並不理會她們，一面向樓梯上走去，一面重複地道：「秀珍，好好地看著安妮，說不定會有人找上門來的。」

穆秀珍和安妮兩人互望了一眼，無話可說。

五分鐘後，木蘭花已換了衣服，走了下來。

安妮坐在輪椅上，用一種祈求的眼光望定了木蘭花，令得木蘭花來到了她的面前之後，也不禁笑了起來，道：「安妮，別孩子氣！」

「我不是孩子氣，我要你給我點事情做。」

「你看，」木蘭花攤開了手，「現在並沒有事啊！」

「那麼，」安妮立即道：「如果有事呢？」

「如果有事，而又有你能勝任的任務，那我一定交給你，現在，你乖乖地和秀珍姐在家中，別生事，好麼？」木蘭花勸著安妮。

安妮大是高興，忙叫道：「蘭花姐萬歲！」

木蘭花在她的頭上拍了拍，向外走了開去。

安妮這時十分高興道：「秀珍姐，你聽到了沒有？」

穆秀珍冷笑了一聲，道：「你高興什麼？蘭花姐怎會給你做事？她是哄你的，看你高興成那樣，哼，還說自己不是孩子！」

安妮呆了一呆，道：「蘭花姐不會騙我的。」

穆秀珍眼珠一轉，道：「安妮，就算蘭花姐不會騙你，也不知道要等到什麼時候，不如我們自己去找一點事情來做的好。」

安妮將手指放在口中咬著（咬手指是她的習慣），道：「秀珍姐，我們做些什麼好呢？啊，你看這個納爾遜受了傷，和那姓丁的有沒有關連？」

在安妮面前，穆秀珍更要顯顯功夫，她學著木蘭花思考問題時的樣子，來回踱了幾步，道：「這個……我看，關係不大。」

安妮急問道：「秀珍姐，我們要如何著手才好啊！」

「有了！」穆秀珍突然「啪」地一聲，彈了一下手指，道：「那輛車子還停在我們門口，我們到車中去找一找，或者可以找到一點線索！」

安妮也高興得叫了起來，道：「秀珍姐，你真有本事！」

穆秀珍有點飄飄然起來，她們一起來到了門外，安妮自然不能進入車內，她只是控制著輪椅，團住那輛汽車，在團團亂轉。

而穆秀珍則打開了門，探頭進車去。

那是一輛十分普通的中型車，車子也已十分舊了，穆秀珍看了一會，看不出什麼來，除了駕駛座位上，染著許多赭紅色的血漬之外，車子並沒有什麼異樣。

而安妮繞著車子轉了兩轉，她忽然發現行李箱蓋是虛蓋著的，她一伸手，將行李箱揭了開來，而當她向行李箱中一看時，她立時尖叫了起來。

穆秀珍被安妮突如其來的尖叫聲嚇了一跳，陡地一抬頭，「砰」地一聲，重重地撞在車頂上，她也顧不得疼痛，立時縮回了頭，向安妮望來，只見安妮的雙眼盯住了行李箱，她的輪椅卻在不住地向後退著，臉上的神情十分可怖。

穆秀珍忙奔了過去，道：「什麼事？」

安妮指著行李箱，道：「秀珍姐，你看。」

穆秀珍陡地轉過頭去，她也不禁陡地一呆。

在行李箱中，有一個人，身子蜷曲地伏著，那個人顯然已經死了，在他的背部，有兩個槍洞，流出來的血，已經在他黑色的外套上凝結了！

穆秀珍深深地吸了一大口氣，冷哼道：「好傢伙！」她伸手在那人的肩頭上扳了一扳，那人的身子一個翻轉，從行李箱中跌了出來，安妮又不由自主尖叫了一聲。

穆秀珍瞪了她一眼，道：「別叫，如果你看到死人就要尖叫的話，那麼，你還是到學校去寄宿的好，怎能和我們住在一起？」

安妮狠狠地咬著手指，道：「不，我並不是害怕。」

「那你為什麼尖叫？」

「我……自己也不知道，我以後不會再叫了！」安妮說。

穆秀珍蹲了下來，那死者獐頭鼠目，賊頭賊腦，看來絕不像是什麼正經人，他的那件西裝上衣，十分的不稱身，而且很殘舊。

穆秀珍在他的身上搜了搜，什麼也沒有找到，她轉過頭來，道：「安妮，快打電話告訴蘭花姐，我們又發現了一個死人。」

安妮由於緊張和興奮，她一直是蒼白的臉色，這時顯得十分之紅，她控制著輪椅，進了屋子，她知道急傷和意外的傷者，都是被送到市立第六醫院去的，是以她迅速地在電話簿上，找到了第六醫院的電話，打通之後，使叫木蘭花聽電話。

她等了一會，一聽得電話筒又被人拿起來的聲音，她便叫道：「蘭花姐！」

可是，那面傳來的，卻不是木蘭花的聲音，而是高翔在講話。

高翔道：「誰？你是安妮？蘭花怎麼還沒有來？我等了她很久了。」

安妮呆了一呆，驚詫地說道：「她是緊跟著傷者去的呀。」

「傷者早已到了，醫生正在進行搶救，你有什麼事？」

「高翔哥哥，」安妮用緊張而神秘的聲音道：「我們又找到了一個死人，在那輛汽車的行李箱中，他背部中了兩槍。」

高翔呆了一呆，道：「蘭花知道麼？」

「她不知道，是她走後，我和秀珍姐找到的。」

「好，我派人來將屍體送到殮房去。」

安妮不禁有點失望，道：「就這樣麼？」

高翔笑了起來，道：「當然就這樣了，我不能來，我在等蘭花，納爾遜的傷勢十分重，而且，他是一個十分重要的人物。」

「好吧。」安妮放下了電話。

4 死人

她又回到了汽車旁邊，向穆秀珍報告打電話的經過，穆秀珍也無可奈何，道：「好吧，那我們只好等黑箱車來再說了。」

安妮忙道：「秀珍姐，我們為什麼不能去追查一下這死者的身分？這死者和納爾遜的受傷，一定是有關連的，我們或許可以得到很好的線索！」

穆秀珍道：「話是不錯，可是——」

她是想說，她已仔細地搜索過那屍身，一點東西也未曾發現，實在無從追查起的。然而，她才說了一半，一輛跑車，像一頭瘋馬一樣衝了過來，突然停下。

那輛突如其來的跑車，打斷了穆秀珍的話頭。

而跑車才一停，從車子中，便跳出了一個穿著花格子外套的傢伙來，向穆秀珍笑了一笑，道：「請問，木蘭花小姐是住在這兒麼？」

穆秀珍很討厭那人油腔滑調的樣子。她冷冷地道：「是啊，你是——」

那人道：「我是——」

可是他卻並沒有講出他是什麼人來，他只講了兩個字，一低頭，便看到了那死者，只聽得他像做戲似地叫了起來，道：「噢，他死了！」

他一面叫，一面蹲下身去，用極其迅速的手法在死者的身上搜尋起來，穆秀珍冷笑一聲，道：「你不必找了，我已經找過了，什麼也沒有。」

那人一點也不覺得尷尬，他立時站起身來，道：「是麼？我看，你是找得太不小心了，你看，我在他身上，找到了這個！」

他突然一揚手，就像是變魔術一樣，他的手中已多了一柄小型的手槍，指住了穆秀珍，同時，他也現出了獰笑來，道：「進去！」

穆秀珍又是吃驚，又是發怒，大喝道：「你做什麼？」

「進去！」那人又厲喝一聲，「別以為我不會開槍！」

「安妮！」穆秀珍大聲叫著。

安妮就在她的身邊，那個持槍威嚇著穆秀珍的傢伙，對於一個坐在輪椅上的瘦弱小女孩，全然未曾注意，直到聽得穆秀珍大叫，他才呆了一呆。

然而，當他發覺安妮的存在時，卻已遲了一步，安妮的手指，已經向一個鈕掣上按了下去，她一按下那個鈕掣，輪椅扶手的尖端，大約有五吋來長的一截，突然向前伸了出來，就像是一隻拳頭一樣，伸出了四五呎，重重地擊在那人的後腰上！

那一擊的力道是如此之猛，而且，那人被擊中之後，還根本不知道擊中他的是什麼，他的身子猛地向後仰了下去。

也就在這時候，他扳動了槍機，他連續扳動了三下，可是他的身子陡然在向後仰去，他自然也射不中任何人，而穆秀珍早已一頭向他撞了過來，在「砰」一地聲，撞中他的胸口之際，雙手還在那人的腰際，將他的身子直托了起來。

那人一聲怪叫，身子被托得在半空之中翻了一翻，又跌了下來，他跌了下來之後，恰好跌在跑車之中，而他的動作也十分機靈，一跌進了跑車，不等身子坐好，便已經踏下了油門，車子發出了一陣吼聲，已經向前衝了出去。

穆秀珍再度向前撲出。可是她撲出的速度，當然比不上車子衝向前的速度，她撲了一個空，就勢在地上打了幾個滾，滾了開去，一面高叫道：「安妮！」

安妮急道：「我不敢用火箭。」

「用別的！」穆秀珍急叫著。

就兩句話的工夫，跑車已然駛出二十多碼了，安妮雙手齊用，她按下左首的一個掣，輪椅突然以極高的速度追了上去。同時，她又按下了另一個掣，幾下槍擊過處，子彈貼地射出，跑車左面的輪胎突然之際癟了下來，已被射中了。

那輛跑車這時至少是以時速六十哩的速度在向前衝去的，而且那人的身子還未曾坐正。跑車根本不是在很好的控制之下。

在那樣的情形之下，突然一隻輪胎被子彈射中，車身便突然向旁一側，連翻了兩個觔斗，「轟」地一聲響，撞在路邊的岩石上。

那個人的身子立時翻了出來，他看來並沒有受傷，因為他立時滾了一滾，滾到了另一塊岩石後，這時，那輛跑車已經燒起來了。

而那人才一滾到了石後，立時向前射了幾槍。

安妮的輪椅仍然在向前衝去，子彈呼嘯著在她的身邊掠過，穆秀珍大叫道：「安妮，快回來！」她向前奔出了幾步，但是又不得不伏下來。

可是安妮的輪椅卻並不停止，只見在她的輪椅之前，伸起了一塊鋼板，擋住了子彈。而鋼板上又鑲著一塊小小的鋼化玻璃，足可以使她看清眼前的情形。

她的輪椅直到了那人藏身的岩石之前，那人駭然之極，從石後跳了出來，向前奔去，安妮大叫道：「快拋下槍，舉手投降！」

那人一面向前奔著，一面又連射了三四槍。

可是，那三四槍，卻一齊射在輪椅前面的鋼板上，被擋了開去，而安妮也已按下了另一個掣，「嗤」地一聲，一枚鋼針已向前射出。

那枚鋼針，和木蘭花特製的麻醉槍的功效是一樣的，在射中了人之後，會使人昏迷不醒，那一支針，射中了那人的小腿。

那人停了一停，拔去了那枚鋼針。可是，等到他再想站起來的時候，卻已經不能，藥力已然發作，他的身子略挺了一挺，便已搖晃著要向下跌去。

恰在這時，安妮的輪椅疾衝了過來，「砰」地一聲，正撞在那人的身上，將那人撞得在地上打了幾個滾，才不動了。

安妮按掣收起了鋼板，轉過頭來，叫道：「秀珍姐，你快來，他昏過去了，這個人一定不是什麼好東西，你快來啊！」

穆秀珍不待安妮呼喚，便已奔了過來，她伸手在安妮的頭頂之上拍了一下，道：「安妮，你做得好，這是一條大線索！」

安妮高興得兩隻手指一起放在口中咬著，穆秀珍已抓住了那人的衣領，將那人提了起來，拖著他，一直來到了家中。

她們到了家中，才聽到電話鈴在不住地響著，穆秀珍將那人放在地上，拿起了電話來，道：「我是秀珍，你找什麼人？」

「秀珍，我是高翔，蘭花怎麼還不來啊？」

穆秀珍呆了一呆，道：「不會吧，她早就去了啊？」

高翔的聲音十分焦急，道：「那麼，她可能在路上遭到了什麼意外了，秀珍，你要小心一些才好，我已和納爾遜談過了。」

穆秀珍興奮地道：「高翔，我們又捉住了一個人！」

高翔呆了一呆，道：「什麼？」

「我們捉住了一個人，那人開著跑車，來死者的身上搜索，又想用槍威脅我，但是卻被我和安妮兩人合力捉住了，我看這人不是好人。」

高翔停了片刻，道：「秀珍，好好地看著他，別太兒戲了，這件事牽涉得十分大，是一件十分嚴重，非同小可的事情。」

穆秀珍有點不高興，冷冷道：「誰把它當作兒戲了？」

「我只不過向你說明一下事情的嚴重性，秀珍。我可能會來看你，而且，我還擔心木蘭花的安全，你們在家中，不要離開。」

「知道了！」穆秀珍放下了電話。

她將那人的雙手反縛在沙發的扶手上，然後，又向那人注射了一針，在注射了一針之後，那人的頭慢慢地抬了起來。

穆秀珍又在他的臉上重重地摑了一下，那人怪聲叫了起來，睜大了眼，他自然是立即弄明白了他目前的處境，是以他的臉色變得十分的難看。

穆秀珍望著他，冷冷地道：「若是你再怪叫，那只是自討苦吃，我問一句，你回答一句，老老實實，不准玩什麼花樣！」

那人裝出一副可憐巴巴的樣子，但是他的眼珠卻在骨碌碌地亂轉，一望便知道他不是在轉什麼好念頭，只聽得他連聲答應道：「是！是！」

「你是什麼人？」

「我？」那人轉著眼珠，「我叫王德財，我是商人！」

穆秀珍一聽，火便往上冒，她「呸」地一聲，道：「你是商人？你是商人的話，為什麼鬼鬼祟祟跑來搜死人的身，又隨身帶著槍？」

那人仍是厚著臉，嘻嘻笑著道：「我的確是商人啊，小姐，你將我的手鬆開來，我給你看一件東西，你看了一定會有興趣的。」

穆秀珍「哼」地一聲，道：「你若是不說實話，只有自己吃虧，我不會搜你的身麼？你有什麼，我不會自己找麼？」

那人道：「你是一位小姐，在我身上亂找，這不……」

穆秀珍臉上一紅，怒道：「住口！」

那人又閉上了嘴不出聲，穆秀珍氣了片刻，又道：「那死者是什麼人？噢，安妮，你到外面去等著，黑箱車就要來了。」

她問到了那死者是什麼人，才想到那死人還躺在汽車的旁邊，而黑箱車若是來了，沒有人告訴他們，也是不行的，所以她就叫安妮出去。

安妮答應了一聲，轉著輪椅向外而去。

那人望著安妮的背影，道：「這女孩子的那張輪椅，可是厲害得很啊，是在哪裡製造的？」

那人的態度，似乎越來越是鎮定，這令得穆秀珍心中十分氣惱，心中在盤算著，用什麼辦法可以使那人講出實話來。

她正在想著，忽然聽得安妮的聲音從外面傳了過來，只聽得她叫道：「秀珍姐，秀珍姐！」

她的聲音，顯得十分的惶急。

穆秀珍一呆，連忙抬頭向外面望去。

只見安妮正在向她拚命招著手，穆秀珍道：「安妮，別大呼小叫，什麼事？」

「秀珍姐！」安妮仍然大叫著，「那死人不見了！」

穆秀珍陡地一震，她跳起來向外便奔出去。

她一面奔出去，一面也叫了起來，道：「你說什麼？」

可是她這一個問題，卻不須要安妮的回答，她自己也可以得到答案了，因為這時，她已然奔到了汽車之旁，而且，她也可以看到，那死人已然不在了！

一個死人，並不是一枚針，穆秀珍可以立即肯定死人已不在了，她立時抬頭向前望去，只見前面，在通向南區的路上，似乎正有一輛車在疾駛而出！

死人自己是不會走路的，如果有人盜走了死人，那麼，最可能就是駕著依稀可見的汽車的人了，穆秀珍心中所想起的第一個念頭便是：追上去！

她一閃身，進了納爾遜開來的那輛車子，一面發動車子，一面道：「安妮，你好好地看住那人，別讓他出什麼詭計！」

安妮急叫道：「秀珍姐，你呢？」

「我去追前面那輛車子，你別怕，高翔就快來了！」

等到穆秀珍講到「高翔就快來了」之際，車子已然箭也似地向前駛了出去，安妮忙大聲叫道：「秀珍姐，你放心好了，我不怕！」

她也不知道穆秀珍是不是聽到了她的叫聲，因為穆秀珍的車子已然絕塵而去，而她雖然說不怕，但是穆秀珍走了之後，她卻感到了一陣寒意。

她自然十分希望有像如今這樣的一日，由她自己一個人，來單獨對付一個歹徒，然而，真到了這時候，她卻緊張得手心發冷了。

她在路邊並沒有待了多久，便立時回到了屋中。

那被反手縛在沙發上的傢伙，露出了兩排白森森的牙齒，向她笑著，道：「小姑娘，只剩下你一個人了麼？你怕不怕？」

「哼！我怕什麼？」安妮立時回答，而且，她立即補充道：「高翔哥哥就要來了，而且，若是你想耍什麼花樣，我就對你不客氣！」

那人笑了起來，道：「我已經給你們綁住了，還有什麼花樣可耍？你剛才叫什麼？那死人不見了。死人怎麼會不見的？」

安妮沒好氣道：「當然是被人偷走了！」

那人卻搖著頭。道：「我說不是，死人是自己站起身來，一跳一跳，跳走了的，而且，這死人這時正站在你的背後！」

安妮給他說得心中生寒，忍不住回頭看去。

而當她回過頭看去之際，她不禁整個人都呆住了！

那死人站在她的背後！

安妮可以肯定，那真是那個死人，他那種獐頭鼠目的樣子，安妮在看了一眼之後，就不會忘記的，在那一剎那，安妮真的是嚇呆了！

而當她略一定神下來之際，那「死人」雙手一伸，已然抓住了她的肩頭，將她的身子直提了起來，用力一摔，摔到了一張沙發上。

安妮坐在那張雲四風替她特製的輪椅之上，只要她有準備的話，那麼，她足可以對付一排軍隊，但如果她一離開了那張輪椅，那就是什麼能力也沒有的一個可憐的殘廢小女孩！而那「死人」卻一出手就將她提了起來！

那「死人」一將安妮拋出，立時彈出一柄極鋒銳的小刀來，割斷了繩子，那人也立時一躍而起，「死人」問道：「怎麼樣？」

「不知道是不是在她們處，但我們如今卻占上風了！」

「占個屁！」「死人」悻悻地罵著。

「怎麼不是？」那人向安妮指了一指，「將這小女孩帶走，不怕木蘭花不聽我們的話，不知道五號對付木蘭花，對付得怎麼樣了？」

「不知道。」「死人」回答著，「我們快將她帶走！」

他一面說，一面伸手在皮帶上，除下了皮帶扣子來，拔動了一個掣，道：「快派車子來。我是二號，我們在木蘭花家中。」

他向那人使了一個眼色，那人走了過去，用力將安妮的手背反扭了過來，痛得安妮想哭，但是她卻竭力忍著，不讓淚水淌出來。

她緊緊地咬著嘴唇，道：「你們要帶我到什麼地方去？」

那人獰笑著道：「好地方，乖乖，帶你到好地方去！」

他負起了安妮，向外便走，「死人」跟在後面，一出了鐵門，便看到一輛咖啡色的小房車疾馳而至，兩人先將安妮推了進去，然後，他們也鑽進了車廂。

他們的動作十分之快，那輛小房車停了不會超過半分鐘，便立時向前疾駛而去，而只不過過了兩分鐘，黑箱車便到了。

等到黑箱車駛到的時候，在木蘭花的住所之前，已經沒有車，也沒有死人。黑箱車中的人，莫名其妙地四周尋找，又按著門鈴。

五分鐘後，正在黑箱車的司機感到茫無頭緒，就要離去的時候，高翔也趕到了。高翔進入了客廳，他只看到了幾根斷繩。

而這時候，天色又變得十分陰暗，雨勢也變得很大了！

木蘭花駕著車，迅速地向市立醫院駛去。

她的心情十分沉重，納爾遜受了傷，向納爾遜開槍的人，一定是想殺死他的！而納爾遜之所以沒有死，那全然是一種幸運！謀殺納爾遜的人，當然是和那兩顆失蹤的氫彈有關連的。這件事，木蘭花本來是下定了決心不插手的，但是如今……

木蘭花想到這裡，不禁苦笑了一下，因為不要說納爾遜受了重傷之後，還勉力支持著來到了她的家前，就算不是，納爾遜是她的好朋友，她也不能袖手旁觀的。

那兩顆氫彈是在北極失去的，但是和氫彈有關的爭奪，卻由於納爾遜來到本市，而延綿到本市來了，如果真有人盜走了那兩顆氫彈，那麼，敢於向氫彈下手的人，當然不是普通人了，那是一個什麼樣的犯罪組織呢？

木蘭花一直在想著，直到她的車子駛進了市區，她才不得不將注意力集中在駕駛上，而也就在這時，她發現了那輛跟在她後面的車子。

木蘭花為了肯定後面這輛車子是不是真的在跟蹤她。她故意轉了兩個不應轉的彎，可是那輛車子仍然緊跟在她的車後。

木蘭花冷笑了一下，心中反倒高興，因為跟蹤她的人，如果就是想謀殺納爾遜的人的話，那麼，她倒是立即可以得到線索了。

她繼續向前駛著，直到來到了一條十分窄的窄路，她才突然轉了進去，在她後面的那輛車子，也立即跟了進來。

而木蘭花在駛進了二十來碼之後，她的車子突然以極高的速度向後退去，那是後面車子所絕對料想不到的一件事！

「轟」地一聲響，木蘭花的那輛車子，已然和後面的車子相撞了，那一撞的力道十分大，木蘭花是早有準備的，一撞車，她便已閃身從車中跳了出來。

而當她奔到了後面的一輛車子旁，用力拉開了車門，用槍指住了後一輛車的司機時，那司機才從驚愕之中定過神來。

木蘭花冷笑一聲，一側身，進了車子，在那司機的後面坐了下來，她的槍指住了司機的後腦，道：「將車子退出去。」

那人道：「是……是……」

車頭雖然整個撞得癟了進去，但是車子卻還可以駛得動，待車子退出了那條窄路，木蘭花才冷冷地道：「送我到市立第六醫院去。」

那人又答應了一聲，木蘭花的槍口在那人的後腦上輕輕敲了一下，道：「你為什麼跟蹤我？是不是怕我查出你們謀殺了納爾遜？」

那人的身子陡地一震，並不出聲。

木蘭花的聲音，變得極其嚴厲，大喝道：「快說！」

那人突然停下了車子，道：「蘭花小姐，如果你能聽我幾句話的話，那麼，對你，對我，都是有極大的好處的，你肯聽麼？」

「我肯聽的，但是你要一面駕車。」

那人又駛動了車子，道：「蘭花小姐，你別聽納爾遜的話去找那兩顆氫彈，那兩顆氫彈，如今已屬於我們的了！」

木蘭花陡地呆了一呆，她當然早已料到，那人可能和氫彈被盜一事有關，但是她絕未曾料到，事情竟來得如此之直接，而且來得如此突然。

她沉聲道：「你的所謂『我們』，又是怎麼一回事？」

「那是我們的組織。」

木蘭花冷笑了一下，道：「我曾經見過許多這樣的組織了，黑龍黨，秘密黨，暗殺黨，你們的組織，又是什麼新花樣？」

那人道：「我們的組織，和這些組織是不同的，我們的組織分成三部分，第一部分是策劃組，第二部分是研究組，第三部分是行動組。」

「聽起來，好像很龐大。」木蘭花有點譏刺地說。

「是的。」那人竟直認不諱，「像你那樣的人才，蘭花小姐，如果加入我們的話，你可以成為策劃組的第二號首領。」

木蘭花冷笑了一聲，道：「如果我再聽得你講一句類似的話，那麼，我就請你吃一下耳光，而且，出手是非常之重的。」

那人聳了聳肩，道：「當然我明白，要邀請你加入，是近乎不可能的事，然而我至少會請你不要干涉我們這一件事。」

「為什麼我不要干涉？」

「因為我們所做的事，自問是對得起人類的良知的。」

「對得起人類的良知？」木蘭花「哈哈」大笑了起來。

這實在是一個最大的諷刺，這樣的一個組織，膽大包天到了做出這樣的事情來，然而，他們中的一分子，卻居然在高談「人類的良知」！

在木蘭花的笑聲中，那人又停下了車。

他用一種十分沉重的聲音道：「小姐，你是在笑我不配談人類的良知，是不是？但是你聽完了之後，你就知道我的話是有道理的了。」

那人的語言是如此之深沉，令得木蘭花也為之一呆，她不再大笑，只是冷冷地道：「好，那麼你不妨詳細地向我說說。」

「小姐，人類現在最大的危機，就是核子戰爭，核子戰爭一旦爆發，那麼，人類的末日也就到臨了，所以核子武器，是最罪惡的東西。」

木蘭花並沒有出聲，核子武器是罪惡的，還是反罪惡的，這是一個見仁見智的問題，木蘭花並不打算和這個人辯論這問題。

那人又道：「許多不自量力的國家，為了維持窮凶極惡的擴張政策，不惜要老百姓勒緊褲帶捱餓，將巨量的金錢放在製造核子武器上，這不是罪惡麼？」

木蘭花皺起了雙眉，道：「你是在作政治演說麼？」

「不，我只是想說明一個問題，以我們的人力、物力而論，我們可以做許多事情，但是我們卻只是向氫彈下手，那就是因為氫彈的本身就是一種罪惡。」

「在邏輯上，那並不能證明你們的行動是聖潔的。」

「可是，我們有了一個決定，我們由此所獲得的金錢，將以其中的百分之四十，來建立一個規模宏大的研究中心，這個研究中心的工作，是研究如何防治癌症和人類其他的疾病。人類不去研究如何救人，而致力去研究如何殺人，那是最無知的行為！」

木蘭花呆了半晌，她甚至不去催那人開車，因為那人的話，實在是十分有道理的！人類還有許多不能克服的疾病，像癌症，像心臟病，那並不是人類沒有能力去克服這些，如果將用來發展核武器的人力、物力，都致力於防治疾病的研究……

木蘭花在呆了半分鐘之後，才道：「你這種說法，很接近和平主義者的理想，但是，丁七手不是死在你們的手中了麼？你們一樣在殺人！」

那人攤了攤手，道：「為了救更多人，我們有時也不能不以殺人做手段，丁七手是和納爾遜勾結了來騙你的，你知道麼？」

如果木蘭花不是早已知道了這一點的話，那麼，她聽到那人這樣講，一定會非常之吃驚了，但這時，她卻只是冷冷地道：「我早知道了。」

「納爾遜要你幫他們去找回那兩顆氫彈，他是想得到那筆獎金，但是沒有這筆獎金，他們一樣可以維持下去，而我們得到了錢，就可以造福人群了。」

木蘭花又想了片刻，才道：「那麼你們準備用什麼方法來得到錢？而且，你們要得到多少錢，才肯將氫彈交出來呢？」

那人道：「蘭花小姐，我對你講的一切，全是十分坦白的，我們的研究組專家已經檢查過那兩顆氫彈，知道它只能保持四十天的安全，我們準備在最後五天之前，向氫彈的所有國提出條件來，我們所要的數目，是他們出的獎金的三倍。」

木蘭花又沉默了半晌。

那人繼續道：「蘭花小姐，而我們之所以重傷納爾遜，殺了丁七手，我們的目的只有一個，那便是不想你插手這件事。」

他講到這裡，略頓了一頓，轉過頭來，道：「因為我們的組織雖然龐大，但是仍然不想與你為敵，所以我必須向你闡明我們的宗旨。」

木蘭花深深地吸了一口氣，道：「很好，你這闡釋工作做得十分成功，只要你們不再在本市生事，我就不會管這件事。」

木蘭花本來就不準備管這件事的，而如今她又知道了氫彈沒有自動爆炸的可能，因為對方必然會接受他們的條件的，在那樣的情形下，她自然更不想多管閒事了。

她講完之後，伸手在那人的肩頭上拍了一下，道：「現在，送我到第六醫院去，納爾遜的傷勢十分重，我一定要去探視他的。」

那人沒有再說什麼，駕車將木蘭花送到了醫院門口，木蘭花並沒有再為難那人，她下了車，由得那人單獨地離去了。而在木蘭花到了醫院之後，高翔已走了。

穆秀珍將車子開得十分快，快到若不是她那樣高超的駕駛技術便十分危險的程度，她在十五分鐘之後，便漸漸接近了前面的那輛車子。

又過了五分鐘，她更以極高的速度，超過了前面的那輛車，而且，立時將車子轉了過來，打橫攔在路中心，阻住了後面的車子。

後面的車子，發出了一陣極其難聽的剎車聲，停了下來，當穆秀珍跳出車子來的時候，一個彪形大漢也從車子跳了出來。

那大漢跳出來的時候，是緊緊地握著拳頭，滿面怒容的，可是，當他看到了穆秀珍的時候，他卻只是揚了揚拳頭，並沒有打下來。

可是他仍然大聲吼叫道：「小姐，如果你不是想進監獄去的話，那麼你一定是想進神經病院去了，快移開你的車子！」

穆秀珍伸手叉住了腰，「哼」地一聲，道：「說得倒好聽，你將那死人弄到什麼地方去了？」

那大漢嚇了一跳，道：「什麼死人？」

「是的，背上中了兩槍的那個！」

「噢！」那大漢伸手拍著自己的額角，「那你不需要進神經病院了，你一定是從那裡出來的。小姐，請你別再耽擱我，好不好？」

穆秀珍厲聲道：「誰和你油腔滑調？那死人呢？」

那大漢苦笑著，道：「小姐，你堅持有死人的話，那麼你可以自己去找。」

穆秀珍瞪了那大漢一眼，衝向他的車子，裡裡外外地找了一遍，她找的仔細程度，不要說是一個死人，就是一隻死螞蟻，也可以找得到了。

但是，她卻什麼也沒有發現。

她顯得十分尷尬，她知道自己是找錯人了，她慢慢地退向自己的車子，可是她卻還裝出了一副惡相來，道：「一定是你在半路上將死人拋掉了！」

「小姐，我要死人來做什麼？」

「或許，你喜歡吃人肉！」

穆秀珍說著，迅速地跳進了車子。轉了一個大彎，颼地一聲，便在那大漢的身旁擦過，向前疾駛而去，只留下那大漢在發怔！

5 南美之行

木蘭花比穆秀珍早回到家中，她回去的時候，正好遇上高翔正在團團亂轉，一籌莫展，然後，穆秀珍也趕回來了。

等到穆秀珍回來之後，高翔和木蘭花知道了事情的經過，但是在穆秀珍離開了之後，又發生了一些什麼事，他們卻不知道。

而他們所知的，只是一項極其嚴重的事實：安妮不見了。安妮是落在什麼人手中呢？她到什麼地方去了？他們三人全不知道。

木蘭花用譴責的眼光望著穆秀珍。

穆秀珍本來就難過得想哭了，這時索性哭了出來，道：「我怎知道離開一會，就會出事的！她……有萬能輪椅的啊。」

木蘭花嘆了一聲，再責備穆秀珍，也是於事無補的。

她皺著眉，來回地踱著。

安妮到哪裡去了？

安妮的本身，是一點作用也沒有的，擄去安妮的人，一定是對自己有所要脅，那麼，他一定會和自己聯絡，焦急是沒有用的，在毫無線索的情形下，只好等待著。

她嘆了一聲，坐了下來。

而這時候，安妮的眼被黑布縛著，雙手也被反縛著，還在車廂之中，她不知道自己被人帶到什麼地方去，而她也絕沒有反抗的力量。

坐在車前面的那兩個人，面有得色。

穿花上裝的人駕著車，他恭維著另一個人，道：「你裝死的功夫真好，二號，難怪你的外號叫做『死人』。」

「死人」得意地笑了起來，道：「那不算什麼，有一次我裝死，使得驗屍官都分不出我是真死還是假死……今天我們本來是想抓穆秀珍，現在抓了這小女孩，多少有一點用處，我看木蘭花是無論如何不會再插手管這件事情的了！」

花上裝的人又笑道：「不知道五號的『心理攻勢』怎樣了？如果他竟能令木蘭花相信我們會去建立一個研究中心，那就太好笑了！」

「死人」哈哈地大笑起來，車子在笑聲中疾駛向前！

車子駛出了十來碼，在沿海的一幢洋房前停了下來。

那一帶房屋，全是極雅緻的小洋房，是著名的別墅區。

車子停下，花上裝的人和「死人」便將安妮抬了出來，洋房中也有人走出來接應，「死人」向接應的人道：「不必怕她逃走。她是一個殘廢，我們好好地對待她，她是木蘭花不敢插手理我們的最佳保證，哈哈，我們可以放心行事了！」

那幾個人答應，抬起了安妮，走進了屋子。

在他們進了屋子之後不久，和木蘭花談過的那人也回來了，他的腳步十分輕鬆，當他走進客廳，看到那兩人時，便吹了一下口哨。

「死人」問道：「五號，你進行得如何？」

五號開心地笑了起來，「木蘭花完全相信我了，她已經答應不插手，她還是容易騙的，要知道她畢竟是女人，哈哈！」

「死人」的神情也十分輕鬆，道：「現在我們可以真正放心了，因為我們還捉到了一個人質，那是一個殘廢的小女孩。」

五號呆了一呆，道：「安妮？」

「死人」道：「是的，那樣，木蘭花不敢妄動了。」

五號的面色突然變了，他厲聲道：「你們幹了些什麼？你們這些蠢才，究竟幹了些什麼？快將安妮送回去，並且向木蘭花去道歉！」

他一面叫著，一面衝到了「死人」的面前，揚著手，他的神情十分激動，像是恨不得將「死人」拉住再狠揍一頓一樣！

「死人」霍地站了起來，道：「這不關你的事，這是我們行動組的事情，我們有權力這樣做，這可以使得木蘭花就範！」

五號的面色難看之極，他後退了兩步，突然大笑了起來，道：「你們錯了，你們已將這些日子來，我們所做的工作一筆勾銷了！」

他講到這裡，略頓了一頓，又大笑了起來，道：「我好不容易騙信了木蘭花，使木蘭花答應不再和我們作對，可是你這自作聰明的傻瓜──」

他話未曾講完，「死人」已大喝一聲，道：「住口！」

他一面呼喝著，一面向前走出了兩步，來到了電話几旁，拿起了電話來，道：「五號，我們不必爭辯，我立時可以和木蘭花通電話，告訴他我們架走了安妮，作為人質，看她有什麼反應，我猜想她一定是乖乖地不敢妄動，你著急什麼？」

「五號」像是聽了最好笑的事一樣，不斷地笑著。

而「死人」已經撥動了電話。

他們是一臉得意洋洋的神色，他等了並沒有多久，電話就有人接聽了，他沉聲道：「我要木蘭花聽電話。」

「我就是木蘭花，你是哪一位？」那正是木蘭花的聲音。

「你可以不理會我是誰，我有一件事通知你，安妮現在在我們的手中，她將受到良好的待遇，除非你還是要插手理我們的事。」

「理你們的什麼事？」

「氫彈，小姐，那兩顆氫彈，你明白了麼？」

木蘭花沉默了幾秒鐘，然後，聽得她發出了一下冷笑聲來，道：「我已經答應了你們中的一個人，我不理會這件事的了。」

「是啊，我想安妮在我們這裡，可以使你更切實地履行你對我們的保證，而不致於中途變卦！」「死人」的語氣咄咄逼人。

可是木蘭花卻笑了起來，道：「你錯了，本來，你們已使我相信你們這樣做，一半是為了自己，但至少有一半是為了全人類的利益，但如今，你們竟使用了這樣卑鄙的手段，這就證明你們對我所說的，全是謊話，所以，我改變了決定！」

「死人」的面色，變得極其難看。

他急速地喘了一口氣，道：「你的新決定是什麼？」

「我的新決定是：我決定插手管這件事！」

「死人」臉上的神情更加難看了，他咆哮了起來，道：「你這樣決定，會使我們用嚴厲的辦法來對付安妮的，你可曾——」

然而，「死人」的吼叫聲還未完，「答」地一聲，木蘭花那邊已將電話掛上了，「死人」抓住了電話，愣愣站著。

木蘭花放下了電話，穆秀珍神色蒼白地叫道：「蘭花姐，你剛才在電話中那樣說，如果他們真的對安妮不利的話，那麼怎麼辦？」

木蘭花沉著地道：「秀珍，你以為我會害死安妮麼？」

「當然不，」穆秀珍著急道：「可是——」

但木蘭花像是根本未曾注意穆秀珍著急的神態，她轉過頭去，道：「高翔，我知道剛才和我通電話的是什麼人了，他是死人！」

穆秀珍嘆了一口氣，道：「蘭花姐——」

木蘭花望向她，道：「秀珍，剛才和我通電話的人，就是你在汽車行李箱中發現的那個死人，他以裝死出名，所以他的外號就叫『死人』，他是一個窮凶極惡的罪犯，我想，你總不以為應該接受他的威脅吧？我當然只好這樣回答他！」

「那我知道，可是安妮——」

「你放心，他們不會將安妮怎樣的，剛才，他們中的一個人，曾對我編了一套十分美麗的謊話，但是其中有一部分倒是真話，那是涉及他們組織的，他說，他們的組織分成三個小組，是研究組、決策組和行動組，『死人』毫無疑問的，是屬於行動組的！」

「那和安妮又有什麼關係？」高翔和穆秀珍同時問。

「當然大有關係，行動組做出了這種行動，以為可以威脅我，如果我真的受了威脅，那麼他們內部之間便沒有矛盾了。」

「那麼現在呢？」

「現在情形就不同了，我不接受威脅，我想，決策組的人一定會將安妮送回來，向我道歉，仍然要求我不要理會這件事，這是救安妮的最好辦法！」

穆秀珍和高翔兩人還有點不怎麼相信，可是就在這時候，電話鈴又響了，木蘭花拿起了電話，電話中傳來了「五號」的聲音。

「蘭花小姐，請允許我彌補一項可怕的誤會，我們的行動組的人，竟錯誤地帶走了安妮小姐，這實在是一項誤會，蘭花小姐——」

木蘭花還沒有回答，穆秀珍已忍不住大聲叫了起來，道：「那麼，你們就快將安妮送回來！」

「當然！當然，」五號忙道：「我們立即送她回來，而且，我還會來拜謁蘭花小姐，負荊請罪，我們是一向憎厭暴力的。」

木蘭花緩緩地鬆了一口氣，事情的發展，也和她所預料的一樣，這使得她十分快慰，她道：「好，我在家中等你來。」

在木蘭花放下了電話之後，還不到半小時，一輛房車駛到門口停下。穆秀珍已迫不及待地奔了出去，車門打開，安妮的呼叫聲也傳了出來。

穆秀珍連忙抱起了安妮，「五號」跟著走了出來，來到客廳中，向木蘭花說了很多好話，但是木蘭花的態度卻十分冷淡。

最後，五號苦笑著道：「蘭花小姐，你在汽車中答應我的話，是不是仍然有效？」

木蘭花早知他遲早會那樣問的，而木蘭花也早已準備好了答案，是以她連想也未曾想，便回答道：「當然仍是有效的。」

五號滿意地站了起來，滿面帶笑，告辭而去。

穆秀珍等到五號走了之後，才憤然道：「蘭花姐，若是我們不管這件事，那麼，豈不是便宜了他們這一群壞蛋了麼？」

木蘭花雙眉向上略略一揚，道：「誰說不管了？」

穆秀珍大是高興，可是她卻又不明白，道：「蘭花姐，但是你剛才又為什麼告訴那傢伙，說你答應他的話，仍然有效？」

「是啊，」木蘭花笑道：「我答應他，如果他們不再在本市生事的話，那麼我就不會插手管這件事。可是他們卻又生事了！」

「哈哈！」穆秀珍高興得手舞足蹈，道：「那是他們自己找死了，蘭花姐，我們若是找回這兩顆氫彈來，還可以得很高的獎金哩！」

木蘭花卻嘆了一聲，道：「秀珍，我看你還是別高興得那麼早才好，因為我們是不是能夠勝利，現在是言之過早的。」

穆秀珍卻全然不理會木蘭花的話，她十分高興，安妮也操縱著輪椅，來到木蘭花的面前，道：「蘭花姐，我也該有些事情做做了！」

木蘭花笑道：「一定的，如果有適合你的任務的話！」

安妮高興得揮舞著雙手，如果她不是殘廢的話，那麼她一定會跳起來的，她那種神情，令得在一旁的高翔也笑了起來。

木蘭花來回踱著，道：「第一步，我們仍須要和納爾遜聯絡，因為我們是無法單獨成事的，必須和納爾遜合作才可以。」

穆秀珍叫道：「走，到醫院看他去！」

木蘭花瞪了她一眼，道：「你先留在家中照顧安妮，高翔，你在暗中設法調查『死人』，以及剛才那個『五號』的下落，我猜想他們對我仍是不十分放心，一定會對我進行跟蹤和監視，而你就在暗中進行反跟蹤和反監視，保持主動。」

高翔點著頭，道：「這件事交給我好了。」

木蘭花向門外走去，道：「我到醫院去，下一步該如何行動，應該聽取納爾遜的意見才是。而且我想，國際警方一定有也有人在探視他了。」

穆秀珍和安妮兩人，望著木蘭花向外走去，俱都顯出了一副無可奈何的神情來，高翔向她們擺了擺手，也離了開去。

不出木蘭花所料，當木蘭花來到醫院時，在嚴密戒備的特等病房中，已有兩名國際警方的高級人員，守在納爾遜的旁邊了。

納爾遜在脫離了危險期之後，身子仍是十分虛弱，但是當他看到了木蘭花的時候，他卻還勉力笑了笑，用微弱的聲音，替木蘭花介紹那兩名高級警官。

木蘭花和那兩名警官點頭為禮之後，才道：「納爾遜先生，我已經決定參加你們的工作了，但是我想獨立進行工作。」

納爾遜一聽，他蒼白的臉上立時因為興奮而紅了起來。他連聲：「那太好了，蘭花小姐，那實在太好了，真是太好了。」

木蘭花笑了一下，道：「你對我們的希望別太高了，我想知道，如果我不答應的話，那麼，你們下一步的工作是什麼？」

那兩個警官之一代答道：「我們去見那位唯一生還的駕駛員，因為只有他才可以提供給我們第一手的資料，使我們可以找到飛機失事的正確地點。」

木蘭花點著頭，道：「我想這是正確的開始，這位駕駛員在什麼地方？由我去見他，好麼？」

「當然好，」那兩個警官取出了一大疊文件，道：「這是有有關那位駕駛員的資料，和去見他的證件，他現在在南美，正接受嚴密的保護。」

另一個警官補充道：「那位駕駛員是在南美阿根廷的首都，以國際警方人員的身分，你可以立時啟程，我們通知南美方面的人員來機場接你。」

木蘭花點了點頭，道：「那麼，請你們詢問機場，下一班飛往南美洲的飛機——噢，不，國際警方有自己的飛機，不是麼？」

「是的，但那只是小型的噴射機。」

「那更好，可以使得我的行蹤更秘密些。」木蘭花向納爾遜笑了一下，「如果你放心的話，請你將事情交給我全權處理。」

「當然放心。」納爾遜高興地回答。

「那麼，請兩位一小時後，在機場等我，我要去準備一下，一小時後我到機場來，兩位要注意是否有人跟蹤才好。」

那兩個高級警官答應著，木蘭花已離了開去。

她走出了醫院的門，看到一個衣衫襤褸的老者，向她做了一個手勢，她立即知道那是高翔，而高翔正在告訴她，一切平安。

木蘭花裝成沒有看見，上了車，回到了家中，穆秀珍和安妮兩人追著她問長問短，但是木蘭花卻只準備著遠行必要的東西，並不出聲。

穆秀珍已經看出木蘭花要遠行了，她大聲道：「蘭花姐，你到什麼地方去？我和安妮也要去，你答應過我們一起進行的。」

木蘭花嘆了一聲，道：「秀珍，我去見那位生還的駕駛員，希望在他的口中得到一些線索，他在南美洲阿根廷的首都！」

穆秀珍固執地道：「不管他在什麼地方！」

木蘭花搖頭道：「你們一起去，是一點意義也沒有的，我們必然還要到飛機失事的北極去，那時，你們再同行，才有事可做。」

穆秀珍翻著眼，安妮忙道：「蘭花姐，你不必留下秀珍姐照顧我的，我可以住到高翔哥哥的家中去，那麼秀珍姐便可以和你一起去了。」

木蘭花笑著摸了摸安妮的頭髮，道：「我不是這個意思，因為我這次只不過是長途跋涉地去見一人，是用不著助手的，所以，才決定一個人去的。」

安妮嘆了一聲，穆秀珍反倒安慰她，道：「安妮，別失望，真要到北極去尋找氫彈，那才夠刺激，夠好玩哩，那時，我們就有份去了。」

木蘭花又吩咐了她們幾句，便離開了家。

一小時後，她駕駛的小型噴射機已然沖天而起，飛離了本市，飛向南美洲去了。

木蘭花以為她這次南美之行，是一點風險也不會有的，但是，她的估計錯了。她的飛機，降落在布宜諾斯艾利斯北郊的一個秘密軍用機場上。

她的飛機才一停定，便有一輛吉普車駛近來。

當木蘭花跨出飛機時，吉普車在她的身邊停下，一個五十上下的禿頂男子跨出車子，道：「木蘭花小姐？」

木蘭花點了點頭。

那禿頂男子又道：「我是奉命來接你的。」

木蘭花向那輛軍用吉普車望了一眼，那禿頂男子解釋道：「這個機場，是十分受國際特務注意的軍事機場，如果有華麗的房車開出去的話，就引人注目了。」

木蘭花沒有再說什麼，跨上了吉普車，駛了出去。

那個機場是開闢在森林之中的，一條公路就闢在森林之中，公路的兩旁，是鬱鬱蒼蒼，世界聞名的南美叢林，那禿頂男子並不出聲，只是專心開車，在行駛了將近一小時之後，木蘭花才看到了岔路。

在岔路上，豎著路標，寫明離布市市區，還有十二哩，但是吉普車卻轉了一個彎，轉入了另一條小路，又駛了半小時。

那時，車子已駛出了森林的範圍之外了，在碧藍的天空下，看到了一大片美麗得出奇的草原，和三三兩兩的農舍，世界著名的阿根廷牛隻，正三五成群地在低頭啃草，恬靜得就像是一幅圖畫一樣。

路上開始看到了別的車子，大都是貨車。

直到車子又轉入了另一條彎路，木蘭花才看到那座宏偉之極的古西班牙式的建築，禿頂男子這才道：「那駕駛員就在這裡。」

木蘭花笑道：「這是很巧妙的安排啊，敵對方面是無論如何想不到他會在這裡的。」

「那是我的安排。」禿頂男子有點得意。

車子繼續向前駛著，已駛到了建築面前的草地，禿頂男子道：「在這裡，有兩個檢查站，你看到那株大樹沒有？大樹後有兩個人，有車輛經過，他們會出來的。」

禿頂男子一面說著，一面按了兩下喇叭。

四周圍十分寂靜，是以那兩下喇叭聲，聽來也十分的刺耳，木蘭花想叫那禿頂男子不要再按喇叭時，突然之間，槍聲響了！

那一下槍聲，顯然是自那禿頂男子所指的大樹之後傳過來的，而那一下槍聲，事實上只不過是「啪」地一下響，絕不會比打開一瓶香檳酒響些。

然而，木蘭花一聽就聽出，那是套有滅音器的手槍所發射出來的聲音。那一下槍聲，是全然出乎意料之外的！

是以木蘭花先是陡地一呆，然後才猛地去拉那人。

可是，等到木蘭花動手去拉那位禿頂男子的時候，卻已然遲了，隨著木蘭花的一拉，那禿頂男子的身子倒了下來，他的心口，有一個槍洞！

木蘭花在那剎間的吃驚，實在是難以形容的！

她幾乎沒有作任何別的考慮，便突然踏下了油門！

也就在這時，第二下槍聲響了。

但是由於木蘭花踏下了油門，車子如同野馬也似地向前衝了出去，是以那一槍並沒有射中她。

木蘭花俯下身子，她無法很好地控制那輛車子，她聽憑車子直衝向前去，而車子衝出了幾十碼之後，她縱身自車中跳了出來。

她的身子迅速地接觸到了柔軟的草地！

在這電光石火的一剎間，她又聽到了幾下槍聲，她身子在草地上打著滾，直到她滾到了一株大樹之旁，她才迅速地閃身到大樹後面。

而在這時，吉普車又向前衝出了十來碼，撞在一座石像的基部，「轟」地一聲，爆炸了起來，接著，便是熊熊的烈火燃燒著那輛車子。

木蘭花仍然伏在樹後不動，她已經將槍取在手中，車子轟轟發發地燒著，可是除了車子燃燒的聲音之外，四周圍靜到了極點，什麼聲音也沒有。

木蘭花以為在樹後有人向自己狙擊，那麼，在車子燃燒之後，大宅之中，一定會有人奔出來看究竟了，可是，出乎她意料之外，巨宅中一點動靜也沒有。

木蘭花在大樹後面，足足躲了二十分鐘。

烈火已自行熄滅了，冒起了幾股濃煙，以及發出一陣十分難聞的氣味來，當火熄滅了之後，四周圍更顯得寂靜無比！

但是木蘭花卻知道這種寂靜絕不是好現象，她未曾進過那大宅，但是她卻知道，巨宅中至少應該有十個國際警方的人員，在保護著那名駕駛員。

而如今竟然一點動靜也沒有，那麼，這些國際警方人員可能已遭了不幸，那麼，敵人方面，一共有多少人呢？

他們未殺死自己當然是不甘心的，他們如今一點聲音也不出，那當然是在等待自己走出來，好自動送上去，給他們當目標！

木蘭花想到事情的凶險，實是遠在自己的想像之上，是以她的行動也更加小心了。

她慢慢地伏下身子去，在她的身旁，恰好有一列被修剪得十分整齊的灌木，可以掩遮她的身形。她身子緊貼在地上，向前爬著。

在野外，面對著狙擊手，對她來說，當然是十分不利的，她要進入那幢建築物去，那樣，她不但可以有效地躲避敵人，而且可以知道究竟發生了什麼！

她一面伏在地上爬著，一面留心傾聽著最細微的聲響，她在爬出了七八碼之後，突然又聽到了「啪」地一下槍聲。

她連忙轉過頭，透過灌木的根部，循槍聲看去，只見就在那株大樹之後，有兩個人迅速地閃了出來，他們一面閃出來，一面在不斷放著槍。

他們放槍的目的，顯然是在保護他們自己。

而他們在奔出了十來碼之後，也立時伏了下來，伏在離木蘭花約有三十碼的那一叢灌木之後，那地方，正對準了木蘭花剛才藏身的所在。

木蘭花一看到這等情形，心中一動，連忙又悄悄地爬了回去，爬到剛才藏身的大樹之後，然後，她取出了一個小盒子來。

小盒子只不過三吋見方，她打開了盒蓋，盒中是一個摺疊得十分好的橡皮人，木蘭花拉了一個掣，橡皮人迅速地充滿了氣，變成了和木蘭花一樣高的一個人，而且看來和木蘭花是一模一樣的。

木蘭花仍然伏在地上，她慢慢將橡皮人推向前去。

當那橡皮人被推出了大樹的樹幹之後，木蘭花又將那橡皮人輕輕地搖晃了兩下，就在這時，她聽到了「啪啪」兩下槍聲。

木蘭花連忙一拉，將那橡皮人拉倒。而當那橡皮人倒了下來之際，木蘭花早已看到，那橡皮人的頭部多了兩個孔，而且迅速地在洩氣。

木蘭花用最快的速度將橡皮人搓成一團，向外拋了開去，而她自己，則倒到地上。

當然，她沒有忘記在倒下去之前，在自己的額上塗上看來像血漿一樣的顏料。

6 格里治中尉

她等了並沒有多久，便聽到了腳步聲。

她甚至可以斷定，那是兩個人小步奔過來的腳步聲，她躺著一動不動，不會，她又聽到了有人撥開灌木叢的窸窣聲。

然後，她聽得一個人叫道：「射中了！我們射中了！」

另一個人道：「她是木蘭花麼？」

先講話的那人道：「當然是她，木蘭花將來到這裡，我們的情報還會有錯麼？我們擊死了她，哈，這是一件極大的功勞。」

另一個人比較細心些，道：「她或者是裝死。」

那一個大聲道：「廢話！我們一人一槍都射中了她的頭部，是不是？什麼人在頭部中了兩槍之後還能夠裝死的，你倒說說！」

那人一面說，一面用足尖來踢木蘭花的身子。

可是，他的足尖還未曾碰到木蘭花的身子，木蘭花已突然反手一抄，抓住了那人的足踝，緊接著，又猛地向前一送。

那一抄一送的結果，使那人突然仰天跌了出去，恰好撞在另一人的身上，而「血流滿面」的木蘭花，這時也已一躍而起。她一躍起來，便向前撲去，手中的槍柄，重重地敲在一人的前額上，那人連聲都未曾出，便昏了過去。

另一人被撞倒在地，這時拔腳想逃，可是，木蘭花用腳一勾，那人再度跌倒，木蘭花勾動槍機，一粒子彈將那人手中的槍擊去，那人掙扎著站了起來，面色發青。

木蘭花怕他們還有同黨，是以立時命令道：「蹲下！」

那人依照木蘭花的命令蹲了下來，可是他的身子卻在不住地發抖，木蘭花側耳聽了一會，聽不到什麼聲音，她才冷笑一聲，道：「就是你們兩個人麼？」

那人一直發著抖，但是他卻不出聲。

木蘭花厲聲道：「就是你們兩個人麼？」

那人道：「還有誰？」

木蘭花冷笑了一聲，道：「你先將你的同伴綁在樹上，然後，你才回答我的問題，快！動作快些，用他的皮帶來綁！」

那人遲疑著，還不想動手。

木蘭花怒容滿面，她連續扳動了兩下槍機。兩粒子彈，一左一右，貼在那人的臉頰飛過，將那人的雙耳耳垂一齊打去。

血珠在那人的臉上濺開，那人的動作突然快了起來，用那昏了過去的人身上的皮帶，將那人雙手緊緊地反綁在樹上。

木蘭花本來是絕不願多傷人的，但是這時，她已察覺出自己的處境十分凶險，而且所負的任務十分重大，是以她一等那人被綁好，便對著那人的膝蓋放了一槍。

那一槍，是可以令那昏了過去的人終生殘廢的！

但木蘭花那樣做，卻有兩個作用。第一，那昏了過去的人就算醒過來，而且掙脫了皮帶，也不能再成為她的敵人了。

而第二個作用，當然是殺雞儆猴，可以令另一個就範！

果然，那人的臉上現出了十分恐懼的神色來，望定了木蘭花，一動也不動。木蘭花緩緩地轉著手中的槍，道：「你是行動組的吧？」

那人呆了片刻叫道：「是的。」

「那很好，你們來了多少人？」

「只有兩個。」那人回答。

木蘭花怒道：「胡說，你們兩個人能將這宅中的守衛人員全解決了麼？」

那人面上現出十分驚訝的神色來，道：「你……你怎麼知道巨宅中的人已全被解決了？你……根本未曾進過那巨宅！」

木蘭花冷笑一聲，道：「你們來了多少人？」

「十二個……但十個事成之後已離開了。」

木蘭花無法肯定那人所說的是真是假，她向巨宅望去，巨宅像是一頭碩大無朋的怪獸，蹲在那裡，靜得令人感到異樣。

看來，巨宅中是像沒有人了！但是不是真的沒有人了呢？

不管怎樣，木蘭花是一定要進去看個究竟，那巨宅中可能還藏著十個十分凶惡的敵人，那些敵人精明極了，聽到了外面的槍聲也不出來！

木蘭花冷冷地道：「轉過身，你走在前面！」

那人苦笑著，道：「巨宅中的人全死了，你不必怕！」

木蘭花道：「我怕什麼？你走在前面，有人從宅內狙擊，最先中槍的必然是你，你不想中槍，最好還是告訴我實話。」

那人攤了攤手，表示他講的的確是實話，然後，他向前走了出去，木蘭花立即跟了上去，她和那人只保持三四呎的距離。

那樣，如果有從前面來的狙擊，首先遭殃的，將是她前面的那人，而不是她。

當然，木蘭花仍然小心地提防著身後的動靜，因為她不知道究竟有多少敵人，藏匿在什麼地方，在她來說，每向前走出一步，就等於踏入一個十分危險的境界，但是她卻又非去不可！

從她藏身的那些木叢，一直到那所巨宅的大門口，大約有三十碼左右的距離，在步步驚魂的情形下，總算已走上了石級，而木蘭花立時發現，大門是虛掩著的，而且大門有被炸開過的痕跡。

在木蘭花前面的那人，在大門口略停了一停，道：「你看，並沒有人，我沒有騙你！」

「進去再說！」木蘭花冷冷地回答他。

那人一伸手，推開了門，大門內十分陰暗，這是古代建築的通病，那人推開門後，大踏步地走了進去，木蘭花立時也跟在後面。

他們一先一後，那人已走進了一個陳設輝煌的大廳中。

那大廳是要推開兩扇鑲著彩色玻璃的門才能到達的，那人走在前面，當然是那人先推開這兩扇門的。而這兩扇門是裝有彈簧的，那人一推開門，走了進去，門突然反彈了回來，木蘭花陡地一怔，立時身形向下矮了一截。

在木蘭花的身形一矮之際，她其實還未曾想到會有什麼危險發生，但是多年來的冒險生活，卻令得她變得極其機警。

當她看到那扇門反彈回來之後的情形，她立時意識到有什麼不尋常的事要發生了，因之她就立即身形向下一矮。

而也就在她身形向下一矮間，「砰」地一聲響，門上的玻璃碎裂了，隨著玻璃的碎裂，一顆子彈呼嘯著在她的頭上掠過！

木蘭花連忙一個打滾，滾到了圓柱之後。

她才將自己的身子隱藏在圓柱後，又聽得「砰」地一聲響，一個人撞開了玻璃門，直跌了出來，那人已跌出了七八呎，倒在地上。

木蘭花立即認出，那就是帶她前來的那人，而那人胸前中了兩槍，已然死了。

木蘭花看著那人的屍體，她不禁苦笑了一下，她倒寧願向她開槍的就是這個人，因若這樣的話，她只要對付一個敵人就夠了。

而如今，誰知道在這所陰暗的巨宅中有多少敵人？

那人曾說過，是十二個人來的，那麼，至少有十個敵人了，而且可能敵人方面知道自己來了，又有增援的人來！

而更令得事情加倍凶險的是，所有的敵人全在暗中！

當那人的屍體撞開玻璃門跌出來之際，木蘭花曾向玻璃門中瞥了一眼，但是她看不到有人。

然而，那人當然不會是自殺的，那人是被他同黨殺死的，多半是因為他的同黨嫌他在木蘭花的槍下屈服之故。由此可知，他的同黨是十分凶狠和頑強的人！

木蘭花在柱子後，躲藏了半分鐘。

在這半分鐘之中，巨宅內靜到了極點，一點聲響也沒有，像是根本沒有人一樣！木蘭花緩緩地嘆了一口氣，開始慢慢地向後退去。

敵人躲在看不見的地方，她自然要躲在敵人找不到的地方。

她一面慢慢地後退，一面又用左手取出了另一柄槍，那柄槍是特製的，且那柄槍中射出來的，不是普通的子彈，而是有強烈麻醉劑的針，這柄槍的好處，是在發射的時候，幾乎沒有什麼聲響。

木蘭花退出了幾步，在樓梯下的一個陰暗的角落中躲了起來。她知道，這是一場耐性的比賽，誰忍不住這種緊張的氣氛，誰先出聲，那誰就會失敗！

木蘭花蹲著不動，足足過了五分鐘，仍是靜得一點聲音也沒有，然後，木蘭花聽到了極輕的腳步聲，腳步是從樓梯上傳下來的。

樓梯上鋪著極厚的地毯，走下來的人又顯得十分之小心，本來是不可能有什麼聲音發出來的，但是木蘭花卻恰好躲在樓梯之下，而且，究竟是一幢相當古老的巨宅，當陳舊的樓梯承受了重量之後，不可避免地會發出輕微的震動和聲響來。

於是，木蘭花知道，有一個人，或是更多人走下來了！

本來，木蘭花一察覺出了這一點，她可以輕而易舉突然現身，將敵人擊倒的，但是，她卻沉住了氣，沒有那樣做。

因為，她知道敵人不止一個！

那個自樓梯上走下來的人，可能只是一個餌。一個引她上鉤的餌！而她如果要動手的話，她就要先找好後退的路。

她摒住了氣息，注意著那人的腳步聲，正在慢慢地移下來。

終於，她看到那人了，那是一個穿著青色西裝的漢子，他一下了樓梯，身子便機警地彎了下來，然後，迅速地轉了一轉，他的手指緊緊地扣在槍機之上，隨時可以發射。

但是，他卻並沒有發現木蘭花。

他滿面皆是戒備之色，在轉了一轉之後，站了起來，向玻璃門打了一個手勢，玻璃門立時被推開，又一個人走了出來。

有兩個敵人在前面。那就值得下手了！

木蘭花立時扳動了兩下槍機，兩下極輕微的「嗤」「嗤」聲過處，那兩個人的身子突然向上一挺，接著，便倒了下來。

他們兩個倒向地上，由於地板上鋪著十分厚的地毯，是以並沒有發出多大的聲響來，但是，那聲音也足夠驚動人的了。

木蘭花立時聽得大廳中有人叫道：「七號！什麼事？」

那兩個人在五秒鐘之內便已喪失了知覺，當然是不會回答什麼的了。而大廳中人那樣問，這使木蘭花知道，這兩人中，有一個是七號。

木蘭花的身子疾閃而出，同時，她放粗了聲音道：「沒有什麼，你來看！」

木蘭花在講那兩句話間，已將兩人中的一個扶了起來。

而幾乎是立即地，玻璃門破碎的地方，出現了一張人臉，木蘭花在那人根本還未曾看清外面的情形時，又射出了一針。

而她在射出了那一針之後，立時將扶住的那人向前一推，然後，她的身子迅速地後退，由走廊閃到了另一根柱子後。

那被木蘭花推擊的人，「砰」地一聲，撞開了玻璃門。而四下槍聲立時傳了出來。那人的身子連中了四槍，又倒彈了出來，跌在門前。

木蘭花不必看那人中槍的位置，只從那四下槍聲來判斷，她就可以知道那四槍是從不同的角度而發射的。那也就是說，在大廳之中，至少還有著四個敵人！

而極可能只有四個人，因為在突然有人撞門的情形下，是不會有什麼人沉得住氣，不向撞門的人開槍的。

那四個人當然不敢出來，木蘭花暫時將他們在敵人的數目中剔了開去。

那麼，她還有幾個要提防的敵人呢？

木蘭花略想了一想，她決定進那個大廳中，她知道只有四個敵人，那已是肯定了的，而在外面，不知有多少人，而且全是沒有暴露的！

她取出了一個小型的面罩戴上，那個面具可以保護她的眼睛，並且可以供應她十五分鐘的氧氣。然後，她又取出了一個扁平的盒子。

那個盒子看來，像是一只女人用的化妝粉盒，但實際上，那卻是一種十分厲害的武器，如果將之拋在地上，就有一種足以使人喪失抵抗力的氣體噴出來，在五千立方公呎的空氣之內有效。

木蘭花貼著牆壁，慢慢地向那兩扇玻璃門移動著。

繼那四下槍聲之後，巨宅中又變得什麼聲音也沒有了。

木蘭花來到了離那扇玻璃門只有六七呎之處，她一場手，將盒子從玻璃的破洞中拋了進去。那盒子才一落地，就發出了「啪」的一下聲響來。

接著。木蘭花便聽得有人叫道：「小心，有東西拋進來了，我們快衝出去！」

又有人叫道：「衝出去就當靶子了，伏下來別動！」

緊接著，又是一陣劇烈的咳嗽聲。

木蘭花背貼著牆，一動也不動地站著，她全神貫注地望著前面，注意著前面的動靜，她又聽得有人撞倒了傢俱的聲音，三分鐘後，開始靜了下來，木蘭花身形疾閃，背對著門，衝了進去。

她知道大廳中的人全已喪失了抵抗力，不能再有什麼行動了，所以她可以放心地用背對著門衝了進去。

她一進大廳時，大廳中煙霧瀰漫，什麼也看不清，木蘭花迅速地在一張巨大的安樂椅後躲了起來。五分鐘後，煙霧漸漸散清了。

她看到了那四個人，那四個人，有兩個伏在一張桌上，一個倒在大廳中央的地毯上，一個軟倒在沙發上，木蘭花又迅速地打量著身後，一排落地長窗是通向花園的，但拉著厚厚的天鵝絨窗簾。

木蘭花拉著那張安樂椅，到了牆角處，她仍然躲在椅後面，那樣，她就占了一個非常有利的地勢，她不怕有人在背後攻擊她，而且，她還控制著整個大廳，如果有人進來的話，都在她的射程之內。

木蘭花躲在椅後，她知道，如果巨宅中還有敵人的話，一定仍然會向她進攻的。

可是，時間一點一點地過去，她足足蹲了二十分鐘，還是什麼動靜也沒有！

這實在是一段很長的時間了，木蘭花不禁想到：是不是所有的敵人全部被殲滅了呢？

木蘭花實在忍不住要走出去看個究竟，但是，她還是強迫著自己蹲著不動，她心中千百次地告訴自己：這是一場耐性比賽，如果自己先暴露了目標，那就吃虧了！

她又等了十分鐘。

她實在忍不住了，開始慢慢地站了起來。

可是，就在她剛一站起來之際，「颼」地一聲響，有件東西射了進來，落在地毯上，木蘭花定睛一看，只見那是一具小型的無線電對講機。

而且，幾乎是立即地，那具小型對講機中，有一個男子的聲音傳了出來，他先啞聲笑了兩下，然後道：「木蘭花小姐，你的行動的確很令人佩服，可是，你或許還不明白你這時的處境，我們可以告訴你，你已完全被我們包圍了。」

木蘭花心中吃了一驚，心想：是不是在剛才這半小時之中，對方的援兵趕到了呢？如果是那樣的話，那麼自己是犯了一個錯誤了。

木蘭花並不出聲。

對講機中又傳來兩下嘶啞的笑聲，接著道：「在三十秒鐘之內，你將雙手放在頭上走出來，儘管你已令我們損失了很多人，但我們仍然可以照原來的關係，再好好地談一談，如果你不出來的話，那麼我們要學你的辦法，開始發射毒氣了！」

聲音講到這裡，略頓了一頓，才又道：「到那時，你就是我們的俘虜，那情形就不大相同了，三十秒，小姐，從現在起！」

在對講機中，開始傳出了「的答」，「的答」的聲音，幾乎在木蘭花還未考慮時，已經過了七八秒鐘了。木蘭花的第一反應，是將那面罩再度的戴上。

那面罩可以供應十五分鐘的氧氣，剛才她用去了十分鐘，那就是說，就算對方施放毒氣，那麼，她還有五分鐘的緩衝時間。

而在她戴上面罩之後，三十秒早已過去了。

只聽得「砰」地一聲響，第一枚毒氣彈已經射了進來，在屋子的中央爆了開來，木蘭花心中立時想到了一條出路。

她想到的是：撞開落地長窗逃出去！

這時形勢已然十分險惡，她只有五分鐘的時間，暗綠色的毒氣像是一個變幻無定形的妖魔一樣，正在大廳中迅速地展佈開來。

而且，第二枚、第三枚毒氣彈又相繼射了進來，毒氣展佈得更快，但是木蘭花還是先將窗簾拉開了一道縫，向外邊看了一下。

她只向外看了一眼，心中便不禁苦笑了起來！

幸而她沒有冒失地就這樣的向外撲了出去！

在窗子外面，是一片十分美麗的草地，而草地上，至少有兩個人伏著，手中的槍對住了長窗，木蘭花若是撞了出去的話，那實在不堪設想！

她不能由窗子出去，當然也不能由門口走，那麼，怎樣辦呢？

時間在迅速地過去，面罩上的壓縮氧氣已經快要用完了！

木蘭花覺得自己的手心在冒汗，她貼著牆，慢慢地移動著身子，等到她來到了那只極大的壁爐前的時候，她的心中陡地一亮！

從壁爐的煙囪中爬出去，那是唯一的生路了！

木蘭花一想及這一點，立時便鑽了進去，開始向上爬去，那個煙囪剛好只能容一個人，但要向上爬去，實在是十分困難的事。

木蘭花的右手，抓住了一支十分鋒利的鐵鉤，鉤著煙囪的磚壁，煙屑沒頭沒腦地蓋了下來。當她升高了七八呎的時候，氧氣已用完了。

她用雙肘搭住了煙囪的磚壁，不使自己落下去，將面罩撕了下來，毒氣還未曾升上來，但是在煙囪中，呼吸也是極不暢順的。她忍住了咳聲，仍然盡力向上攀上去。

她的全身沾滿了煤煙，而當她終於可以看到亮光之際，她才深深地吸進了一口新鮮空氣。

也就在這時，她聽到下面大廳中，傳來了一陣密集的手提機槍聲，接著，是很多人衝進來的聲音。木蘭花暗叫一聲好險。

她雙手撐著，身子慢慢地從煙囪中穿了出來，然後，立時伏在屋頂上不動，等到肯定沒有人發現她時，她才順著屋頂向下滑去。

不一會兒，她就滑到了屋簷上，她仍然可以聽得在下面大廳中傳來呼喝的聲音，槍聲不絕，有子彈自煙囪中飛了出來。

木蘭花又叫了一聲「好險！」，因為顯然有人想到木蘭花可能是從煙囪中逃走，所以才向上放槍的，但木蘭花動作迅速，她早已離開煙囪了！

她雙手攀住了屋簷，身子突然向下一翻，已經翻了下來。

在她的身前，是一扇窗子，木蘭花在窗沿邊上站定。向窗子推了推。

窗子是拴住的，木蘭花用戒指割破了玻璃，輕輕地伸手進去，拉開了窗栓，推開窗子，身子一閃，立時滑進了那房間。

那是一間臥室，而且在床沿上，正坐著一個人！

由於窗子是掛著窗簾的，是以木蘭花在進入屋子之際，並不知道房間中是什麼情形，是以她一見到有人，便陡地一呆。

她連忙後退了一步，可是那人卻像是無動於衷一樣，只是向她看了一眼，自嘲似地聳肩一笑，道：「我是重要人物了，是不是？」

「你是誰？」木蘭花問。

雖然那人看來沒有惡意，木蘭花還是小心戒備著。

「我是誰？」那人笑了起來，「你不知道我是誰，你到這裡來做什麼？」

木蘭花心中一動，剛想說話時，忽然聽得門柄「喀」地一聲響，木蘭花連忙在一張沙發後面伏了下來。

只不過相差半秒鐘，門已被人打了開來，一個握著手提機槍的漢子，凶眉惡眼地探頭進來道：「喂，你在和什麼人講話？」

從門口望進來，是望不到躲在沙發背後的木蘭花的，但是，坐在床沿上的那人，卻是看得到木蘭花的，木蘭花連忙向那人做了一個手勢。

那人也十分機警，他只是用眼角略略瞟了木蘭花一眼，便立時回答道：「我自言自語，這也不行麼？我還能和什麼人講話？」

那漢子「哼」地一聲，道：「說不定木蘭花溜進了你的房間。」

那人「哈哈」笑了起來，雙手放在腦後，躺了下去，道：「如果她來了，我一定通知你們。可惜，她沒有出現。」

那漢子面有怒容，「砰」地一聲關上了門。

門才一關上，那人立時一躍而起，低聲道：「你就是木蘭花？他們全死了，上校去機場接你之後，敵人就偷襲成功了！」

木蘭花知道他說的「上校」，一定就是那個在門口受狙擊而死的禿頂頭子，她點頭道：「我知道上校也犧牲了，你就是那駕駛員？」

「是的。」那人回答，「格里治中尉。」

「中尉，他們沒有對付你？」

「沒有，他們其中的一個人，曾說他們的首領會來見我，要我加入他們的組織，因為他們需要駕駛員，我當然不會答應他們的。」

木蘭花用心地聽著，等他講完，才道：「你可以行動嗎？」

「我沒有受傷，小姐，你認為我們可以離開這裡？」

「我們必須趕快離開這裡！」木蘭花加重語氣地說。

那人來回走了幾步，才道：「那我們先將門口的那傢伙引進來，奪了他的槍後衝出去，可是對方人那麼多，我們衝得出去麼？」

木蘭花緊皺雙眉，走到了門口，側耳向外聽了一聲，道：「你去將他引進來，他們人雖然多，但槍聲傳了出去，難道沒有警方人員來麼？」

「小姐，」格里治中尉道：「這裡八哩之內都沒有人。」

「電話呢？」木蘭花問。

格里治中尉向一具電話機指了一指，木蘭花立時走過去，將電話筒拿了起來，但是卻一點聲音也沒有，當然是電話線已被割斷了。

木蘭花深吸了一口氣，道：「我們還是要離開這裡，因為他們定然不會在這裡久留的，而他們走的時候，一定會將你帶走的。」

格里治中尉望了木蘭花片刻，道：「他們還要利用我，或者我由得他們帶走，那麼，你就可以安然脫身，不被發現了。」

木蘭花呆了一呆，格里治中尉笑了起來，道：「我是真心真意這樣說的。小姐，不要以為只有東方人才有俠氣，西方人一樣也有的。」

木蘭花沉聲道：「那不行，我想，到北極去尋找氫彈的下落，可能還要你的幫助，而且，你落在他們手中，逃走的機會是多少？」

「我逃走的機會太多了，小姐，你大概不知道，在韓戰中，我有幾次逃出集中營的記錄，這些天來，我畫了一幅圖。」

木蘭花大喜，道：「是有關飛機失事的？」

「是，」格里治回答：「飛機的殘骸還在冰層之上，那面四周圍的地形，我也全記得，氫彈最可能的失落地點，我也有記號做著。」

他將一本小小的記事本，遞給了木蘭花。

也就在這時，一陣急促的腳步聲已經傳了過來，木蘭花除了接受格里治中尉的意見之外，實是沒有多考慮的餘地了。而格里治中尉也不容木蘭花多考慮，他向木蘭花推了推，木蘭花在跌出了一步之後，立時又在沙發後面躲了起來。

而房門也立時被打開，兩個持槍的漢子走了進來，一側頭，道：「中尉，跟我們來。」

格里治中尉的腳步十分輕鬆，若無其事地向外走了出去，房門又被關上，過了不多久，木蘭花便聽到了汽車發動的聲音。

她拉開了一點窗簾，向下望去，只見兩輛大卡車迅速地向外駛了開去，估計在卡車上的人數，至少有四五十名之眾。

木蘭花的心中不禁十分駭然，她是駕駛小型噴射機直飛而至的，而對方卻已然在這裡調集了那麼多人手，若不是這組織龐大之極，怎有這個可能？

這當然不是一個簡單的犯罪組織，而是有著巨大力量支持，支持這個組織的，極可能是世界上幾個具有侵略野心的國家之一！

木蘭花並沒有立時出去，她只是等著，一直等到天黑，她才仍然從窗子中爬了出去，然後，她前行了近二十哩，在午夜過後才找到了一個警崗。

木蘭花向那個警崗的警官說明了自己的身分，和告訴他在二十哩外的巨宅中發生的事，然後，向那警官借了一輛車子，直駛機場。

在機場中，木蘭花才用無線電話和納爾遜做了聯絡，告訴他所發生的事，並且說明她已經得到格里治中尉親手繪製的圖。

納爾遜在聽完了木蘭花的報告之後，停了半晌，才道：「蘭花小姐，……有一個十分不好的消息，但是卻又非告訴你不可。」

木蘭花呆了一呆，道：「什麼消息，你說。」

「你最好和高翔聯絡一下，高翔昨天來找我，十分憂愁，他說，穆秀珍和安妮兩人已經動身到北極去了，詳細情形我不知道。」

木蘭花的手陡地一震，手中的電話也幾乎跌了下來！

片刻之間，她實在沒有別的話好說，只得道：「謝謝你告訴我，我立刻和高翔聯絡，然後我再和你通話。」

她放下了電話，又叫接高翔的電話，南北半球間的無線電話雖然可通，但是叫接一次，要經過許多的轉駁點，並不是容易的事。

足足等了二十分鐘，焦急的木蘭花才聽到了高翔的聲音，高翔叫道，「蘭花麼？秀珍太胡鬧了，她和安妮一起走了！」

「她們是怎麼走的？」

「她們沒有告訴我，但我知道是搭飛機走的，我曾向航空公司查詢過，她們的第一站，是哥本哈根，然後，從哥本哈根飛經冰島共和國的首都雷克雅未克。」

木蘭花「哼」地一聲，道：「到了那裡後又怎樣？」

「我也不知道她們的計劃怎樣，我是接到了她們的一個電話才知道的，她們的電話是從飛機上打來的，飛機是在大西洋的上空！」高翔回答著。

木蘭花嘆了一口氣，道：「高翔，你向北歐方面調查，問他們這一班飛機什麼時候到達冰島，然後，到時候你打電話去。」

「我說些什麼好呢？」

「你告訴秀珍，叫她除非不認我是她姐姐了，要不然，她就得待在雷克雅未克，不要再妄動！」木蘭花一字一頓地道。

「好的。」高翔立時答應。

7 超人智力

木蘭花心中暗嘆了一聲，她本來的計劃又打亂了。她離開的時候，行動是如此機密，但是對方已經偵察過了，像穆秀珍和高翔那樣招搖法，對方還會有不知道的麼？如果對方掌握了她們兩人，那麼自己就無法展開工作了！

她一面吩咐接線生再接通醫院中的納爾遜，一面背負著雙手，不斷地走著。等到納爾遜的電話接通之後，木蘭花的心中也已有了行動方針，她緩緩而清楚地道：「納爾遜先生，我向你陳述幾件事，請你記下來。」

「好的。」納爾遜立時回答。

「第一，我直接飛到冰島共和國的首都雷克雅未克去，沿途，我需要停留六次，補充燃料，請你和我需要停留的地方事先聯絡，別阻礙時間。」

「好的，還有呢？」

「第二，你吩咐一切冰上搜索的器材和人員，盡快地向雷克雅未克集中候命，」木蘭花的聲音十分嚴肅，「要聽從我的指揮。」

「當然，你是被授以全權的。」納爾遜回答。

「第三，安妮和秀珍也到那裡去了，請當地的警務人員給她們嚴密的保護，切不可疏忽，她們的行蹤太明顯了！」

「是，那很容易。」

「第四，各種艦隻、潛艇以及儀器，和各方面的專家，全要在冰島的附近集中，我想，失去氫彈的國家會供應這些的。」

「他們會的，而且早已答應了的。」

「好了。」木蘭花道：「如果再有什麼，我會再和你聯絡的，你不必多操心，只管在醫院中靜養好了！」

木蘭花放下電話，走出通訊室，向飛機走去。

二十分鐘之後，那架小型噴射機已發出極大的聲音，破空而去！

穆秀珍和安妮突然飛赴北歐，那其實多半還是安妮的主意，安妮唯恐木蘭花回來之後又推三搪四，不讓她有所行動，所以，唆使著穆秀珍，兩人才做出了這個決定，當她們飛離了本市時，才通知高翔的。

那時候，高翔就算是想追她們，也是追不到了！

穆秀珍和安妮飛到了丹麥首都哥本哈根之後，她們需要轉機直飛雷克雅未克，空中小姐照顧安妮下了飛機。

她們才下了機，便有一個機場工作人員，向她們走了過來，道：「這位是穆小姐吧，請快到休息室去，有你的長途電話。」

穆秀珍呆了一呆，又向安妮望了一眼。

安妮立時知道穆秀珍為什麼望著她了，她笑道：「秀珍姐，就算是蘭花姐打來的，我們已到了這裡，她還能趕我們回去麼？」

穆秀珍搖了搖頭，嘆了一口氣，以前，木蘭花常說她天不怕地不怕，但是現在，天不怕地不怕的不是她，而是安妮了！

她跟著那些工作人員，和安妮一起，來到了休息室旁邊的電話間中，穆秀珍拿起了電話。就聽得一個人道：「請你等一等，穆小姐，高主任要和你說話。」

穆秀珍向安妮做了一個鬼臉，道：「還好，是高翔。」

而這時，高翔的聲音也傳過來了。越洋電話的聲音，聽來不是十分清楚，但是穆秀珍也可以聽出高翔的話聲中那明顯的怒意。

高翔道：「秀珍，你太胡鬧了！」

穆秀珍大聲道：「連你也那麼說？高翔，你以為我是什麼？我是托兒所的褓姆麼？我能做的唯一事情，就是照顧孩子麼？」

高翔呆了呆，他立時原諒了穆秀珍，因為要穆秀珍這樣一個好動的女子，終日看護安妮，那實在是一件不可能的事情！

「秀珍！」他無可奈何地說：「安妮不能沒有人照顧她啊，她和你在一起，你就一定要照顧她，不要讓她去涉險。」

聽到高翔的口氣軟了下來，穆秀珍的心中暗自得意，她道：「你以為我不照顧安妮麼？聽說冰島的溫泉對小兒痲痺症有幫助，我才帶她去的。」

「秀珍！」高翔啼笑皆非，「你當我是孩子麼？木蘭花也到雷克雅未克去了，你們最好是留在哥本哈根，要不然就在雷克雅未克，千萬不可妄動。」

穆秀珍歡呼了一聲，道：「萬歲，我們會等她的。」

高翔則嘆了一聲。道：「秀珍，老實說，這次我不能參加你們，太可惜了，在北極的冰天雪地之中尋找氫彈，這多麼刺激！」

穆秀珍笑道：「所以，你不應該責備我們！」

她放下了電話，衝出了電話亭，抱著安妮，喜不自禁地叫道：「小安妮，蘭花姐已直接到冰島去了，我們一到，她一定會來找我們的！」

安妮十分老成地皺著眉，道：「秀珍姐，你不應該在這裡大呼小叫，這樣，蘭花姐的行蹤就給你洩漏出去了，是不？」

穆秀珍呆了一呆，不服氣地道：「你過分小心了！」

然而，安妮並不是過分小心，在電話亭左邊十五碼處的一張椅子上，一個老年人坐著，正在看一張報紙。

那老年人一頭白髮，滿面皺紋，還帶著助聽器，看來一點也沒有特別的地方，但事實上，他那具助聽器，卻是特殊的偷聽儀器。

戴上了這種偷聽儀器，可以聽到三十碼之內細微的聲音，穆秀珍和安妮的話，他自然全聽到了，但是他仍然坐著一動也不動地看報。

直到穆秀珍推著安妮向機場的餐室走去，他才抬起了左腕，向著他的「手錶」低聲道：「她們將到雷克雅未克去，木蘭花也要去，我們的計劃不變，在雷克雅未克採取行動。現在，仍然對她們跟蹤，未接到新的指示前，照原計劃行事。」

他講完，摺好報紙，拄著手杖，慢慢地走了開去。

而在候機室的門口，一對像是新婚夫妻的男女，望著穆秀珍和安妮進了餐室，他們也跟了進去，就坐在穆秀珍的旁邊。

飛機飛得十分高，而且速度也十分快，小型的超音速噴射機飛行，是極消耗體力的，它需要體魄極其強壯的人來充任駕駛員。

而即使強健如木蘭花，在長期的飛行之後，她也覺得十分疲倦了，但是她卻必須堅持下去，因為她快到達目的地了。

她將飛行交給自動操作系統，這樣她的工作可以輕鬆些，她向下望著，下面的海水，白色多於藍色，那是巨大的浮冰層。

她還可以看到一座座停在海面上，幾乎不動的冰山，越是接近北極，冰雪便越是多，使得這個世界成為一種十分奇異的景色。

當木蘭花終於可以看到冰島的巨大輪廓之際，她開始和空軍基地取得了聯絡，而半小時之後，她在離冰島首都十哩的一個空軍基地降落了。

由於海洋暖流和火山眾多的緣故，這個位於北極圈的島國，絕不是如同一般想像那樣地冷不可當，比起中國的北部和西伯利亞來，這裡可以說是四季如春的了。

木蘭花一下飛機，便有好幾個軍官以及一名警官迎了上來，警官是國際警方的代表，而軍官則有海軍軍官和空軍軍官，他們間最低的軍階是中校。

他們都毫無例外地向木蘭花行軍禮，而木蘭花向他們鞠躬為禮，他們登上了兩輛車子，直往基地中秘密會議室，會議室中又有好幾個軍官等著。

坐在主席位上的，是一位少將，那位少將的神情十分嚴肅。他手中的筆敲敲桌子，道：「會議開始了，木蘭花小姐，聽說你得了格里治中尉的手繪地圖？」

「是的，可是我還沒有看過。」

木蘭花將那本小記事本取了出來，在桌上推了過去。

那少將接過了記事本，用手按下一個按鈕。他身後的一面牆向旁移了開去，出現了一幅十分巨大的地圖，是冰島附近的海域圖。

他又將記事本交給了身後的幕僚人員，道：「將格里治中尉的要點，轉移在這幅大圖上，好讓我們來共同進行研究。」

那兩個幕僚立時根據記事本上所繪的地點，在牆上的大圖上做各種記號，十分鐘之後，他們指著一個黑點，道：「這裡就是飛機殘骸的所在，格里治中尉記憶所及的地方，和我們觀察所得，好像略有不同，但這裡四周圍全是十分厚的冰層，也無法發現敵人要運走氫彈，唯一的途徑，是在冰層之下潛航，算準地點，爆破冰層，然後再將氫彈沉入水底運走。」

木蘭花插言道：「我想這是不可能的，不必去考慮這一點了。」

立時有兩個軍官用十分訝異的眼光望定了木蘭花。

木蘭花禮貌地笑著，道：「我講得不對麼？請指教。」

那兩個警官異口同聲，道：「不，不，正如你所說，那是不可能的，我們想聽聽你的意見，何以你如此地肯定這是不可能的。」

木蘭花微笑著解釋道：「那地方的冰層一定十分之厚，否則，飛機墜毀的衝力一定已衝破冰層，飛機的殘骸也不會停留在冰上了！」

所有與會的軍官都不約而同地點著頭。

木蘭花又道：「而冰層如此之厚，要在海底下將之爆破，那絕不是一件容易的事，就算敵方能做到這一點，冰層的被震，必然引起強烈的連鎖震動，會波及廣大地區的冰層，而如今並沒有這種跡象，可知對方所採取的，並不是這個法子。」

那兩位軍官齊聲道：「解釋得太完美了！」

那些軍官對於國際警方請了這樣一個年輕的東方女性，來處理這樣重大的事情，口中雖然不說，但心中是不無懷疑的。

這一點，木蘭花在一下飛機時，就可以覺察到了，而這時，她自然也覺察到，別人對她雖然還不是絕對信服，但是在各人的眼色中，卻也絕對沒有輕視的神色了。

那少將點著頭，道：「我們的潛艇部隊可以不出動了。」

「不，」木蘭花忙道：「潛艇應在附近的海域戒備，阻止來歷不明的船隻駛近，以保障我們搜尋工作的順利進行，將軍。」

那位少將立時同意地點著頭。

站在地圖前的幕僚人員續道：「格里治中尉特別強調指出，在他跳出飛機之後，在極度的驚恐之下，向前奔跑之際。曾發現一條冰上的路，他寫著，那路像是巨大的車輪留下的痕跡。他奔了並沒有多久，便昏了過去，直到他獲救。」

其中一人講到這裡，指著一條紅線，道：「這就是他記憶的那條路，但是，我們搜尋的結果，卻沒有什麼痕跡。」

「要清除冰上的痕跡，太容易了，木蘭花小姐帶來的資料是十分有價值的，」將軍宣布，「每人在自己的地圖上將這條虛線加上去。」

每一個軍官都照著將軍的吩咐做了，木蘭花道：「從格里治中尉的記憶來看，對方可能擁有一架巨型的運輸飛機。」

「但是，即便是巨型的運輸機。也是不能運輸氫彈的！」一個軍官說。

木蘭花皺著眉，道：「他們不必運走，只要將氫彈弄離原來的地方就可以了，我認為格里治中尉的路線是十分有用的線索，將軍，我們什麼時候開始行動？」

「嗯——大規模的搜索儀器，今天晚上才能運到，我們明早六時，海空聯合搜索行動，正式開始。」將軍神情嚴肅地宣布著。

木蘭花立時站了起來，道：「好的，明早五點半，我到基地來報到，現在，請給我一輛車子，我要到首都的市區去。」

一位軍官忙道：「請跟我來。」

木蘭花跟著他走出去，那軍官出了會議室，又向另一個低級的軍官吩咐了幾句，不一會，一輛華麗的房車已經駛了過來。

駛車的是一位女中尉，那軍官道：「這是基地司令的座駕車，可以由你隨便使用！這是我們整個基地對你的一種敬意。」

木蘭花本來不想用這一輛車子的，但是對方既然那樣說，她卻不好意思再拒絕了，因為拒絕人家的敬意，那是不禮貌的。

她由那位中尉駕駛著，在公路上飛駛。

冰島可以說是木蘭花到過的所有國家中，最整齊清潔的國家，公路上乾淨得簡直就像是纖塵不染一樣。

等到漸漸接近市區之際，一幢一幢整齊的房子並不十分高，但是卻有著獨特的風格，那種獨特的建築風格。和冰島的社會是相稱的，它恬靜，安詳，處處都顯出與世無爭的隱人逸士之風來。

想到那麼可愛的一個國家，會毀在氫彈的爆炸之下，木蘭花覺得自己的責任實在非常重大。

她知道穆秀珍和安妮一定已經到了，所以她在臨走的時候。已經請那位警官代向市區查詢穆秀珍她們下榻的酒店。

這時，無線電話來了，駕駛的中尉在接聽了無線電話之後，便將電話交給了木蘭花，那警官在電話中告訴木蘭花，穆秀珍和安妮是昨天到的，住在格雷酒店。

木蘭花問道：「中尉，知道格雷酒店在何處麼？」

「知道，它是市內最大的酒店之一。」

「請你送我到那裡去。」

「是！」中尉回答著。

車子很快就駛進了市區，雷克雅未克雖然是一國之首都，但是卻看不到高樓大廈，是以它雖然是一個都市，卻也沒有別的都市的塵囂。

當車子在格雷酒店門前停下來，已是下午七時了，但是天色卻還是一片明亮，北極圈附近的白晝和黑夜的概念，是和別的地方不同的。

木蘭花下了車，中尉將車駛到了停車場中。基地司令的車子，顯然是酒店侍役所熟悉的，立時有人替木蘭花開門，經理也迎了出來。

木蘭花道明了來意，經理忙道：「是的，她們住在三〇三室，請容許我帶你上去，小姐。」

木蘭花推卻道：「不必了，多謝你的好意。」

木蘭花上了升降機，酒店總共才不過五層高，到了第三層，木蘭花跨出了升降機，在三〇三室的門外，叩了幾下門。

「進來！」一個女子聲音道。聽來像是穆秀珍的聲音。

木蘭花旋開了門，將門推開。

可是，當她將門推開了之後，她卻不禁呆了一呆。

對著她微笑的，是一個紅髮女子，在她的身邊，還站著一個身形相當高大的男子，看來，他們像是一對蜜月的新婚夫妻！

在剎那間，木蘭花的心中，充滿了疑惑。

但是她還是立即道：「對不起，我敲錯門了。」

「不，木蘭花小姐，你沒有錯。」紅髮女子嫵媚地笑著，「穆秀珍、安妮，她們是住在這裡的，請進來，木蘭花小姐！」

在她柔聲講著「請進來」之際，她已經翻手，握了一柄十分精緻小巧的手槍在手裡。

當然，在這樣的情形下，木蘭花是可以立時將門關上，身子打著滾，向外避了開去的。可是，穆秀珍和安妮呢？她們兩人如今怎麼樣了？這使木蘭花不能就此離去，所以，她向內跨進了一步，並且將門關上。

那紅髮女子道：「請坐，蘭花小姐，我們實在是不願意在這裡見到你的，但是你居然來了，這實在是一件令人遺憾的事。」

木蘭花沉聲道：「她們在哪裡？」

「當然是在我們的看管之中！」

木蘭花皺起了雙眉，在這時候，她絕不是在埋怨穆秀珍多事，對於已發生了的事，木蘭花是從來也不多花精神去追悔或埋怨的，她只是在想，如何在最短的時間內，將兩人救出來！

她鎮定地笑了一下，道：「你們這樣對付她們，是沒有用的，我不妨告訴你們，大規模的搜索行動，立時就要展開了。」

「我們知道，但是我們的決策組認為，如果沒有你的參加，那麼不論搜索的規模如何大，都將是徒勞的。而在搜索失敗之後，我們提出的條件，自然也更容易被人接受了，你明白麼？」紅髮女子的聲音十分動聽，「我們始終不想和你成為敵人，但在如今的情形下，卻必須將你扣押到我們的目的達到之後。」

木蘭花冷笑道：「你們的決策組倒很看得起我啊，那麼，為什麼不將我打死，這樣，豈不是一勞永逸的事情麼？」

紅髮女子笑了起來，道：「說起來，那多半是虛榮心在誤事，本來，我們可以打死你的，但是我們卻要勝過你，使你想阻撓我們，而結果失敗！」

木蘭花又是一聲冷笑，道：「你想殺我，只怕也沒有那麼容易吧！」她的身子突然站了起來，手一抬，「颼」地一聲，一枚鋼珠已然激射而出！

那一枚鋼珠是從木蘭花的袖中射出來的，恰好射在那柄小巧的手槍上，「啪」地一聲響，手槍跌落在地上，而木蘭花的身子，早已旋風也似地捲了過去。

她的身子一捲了過去，一腳踢向那一直未曾出聲的男子，右肘一橫，卻撞向那紅髮女子。

她的動作是如此之快，以致那兩人各自發出了一聲呼叫，立時跌倒在地。

木蘭花從容地將槍拾了起來，道：「怎樣？」

那兩人狼狽地站起，紅髮女子喘著氣，道：「你別忘記，穆秀珍、安妮在我們的手中，你或者可以沒有事。但她們兩人卻難說了！」

木蘭花道：「她們在哪裡？」

「你找不到的，我不妨告訴你，她們是在一架巨型的飛機上，飛機是特殊設計的，可以在冰層上起飛和降落。」紅髮女子說著。

「我想，那架巨型機也就是你們的總部了？」木蘭花冷笑著，「我是早已料到這一點的了，而且，我還知道，你們仍然無法運輸氫彈！」

紅髮女子道：「不錯，但他們仍然找不到，而且，他們還是找不到的好，因為我們在藏氫彈的地方裝有雷達反應裝置——」

那紅髮女子才講到這裡，那男子便道：「三號，你是不是講得太多了？給她知道得太多，是不適宜的，你以為是不是？」

那男子的地位，顯然在紅髮女子之下，是以他在向那紅髮女子提意見的時候，語氣和態度都顯得十分恭敬，而且相當惶恐。

紅髮女子搖了搖頭，道：「不，讓她多知道一些，是有好處的，蘭花小姐，儲存氫彈之處的雷達裝置，使得如果有人發現了氫彈的話，在高空的巨型機就會知道，而遠程控制器就可以在現場造成嚴重的爆炸，半哩之內，將沒有生物可以在爆炸中生存。」

紅髮女子講到這裡，略頓了一頓，木蘭花並不表示意見，只是靜靜聽著，紅髮女子又道：「而且，最危險的是，這種爆炸，可能引起氫彈爆炸。」

木蘭花的聲音十分冷漠，道：「那樣說來，你們何必怕我參加搜索工作？因為你們是操著必勝之算的，有我參加，也是一樣。」

紅髮女子望著木蘭花，道：「我想你或者還不十分瞭解我們：第一，我們的目的是錢，大規模的殺害，尤其是氫彈爆炸，這將使我們血本無歸！」

木蘭花道：「還有，如果氫彈爆炸的話，你們的巨型飛機是不是可以及時逃離，只怕也是問題，我想的可接近事實麼？」

「不近事實，」紅髮女子道：「我們的總部可以安全撤退，主要的原因我已經說了，我們不想氫彈毀去，我們要從氫彈中得到錢！」

她頓了一頓，然後加強語氣道：「我們一定可以得到的，只要你不多管閒事的話。」

木蘭花這時仍然用槍指定了那一男一女兩人，可是她卻迅速地在思索著，為什麼對方一再強調不要自己參加搜索呢？

龐大的搜索隊，有著各種現代化的搜索儀器，照說，是絕不在乎多她一人，或者少她一人的，但是何以敵人方面千方百計地要阻撓她參加呢？

木蘭花立即得出了一個結論；那兩枚氫彈，被對方藏在一個十分巧妙的地方，而這個地方，一定要憑超人的智力才能想得到的。

而她能夠貢獻給搜索隊的，除了過人的機智之外，不可能有別的，這一定就是敵方阻止她參加搜索的原因，那麼，氫彈究竟是在什麼地方呢？

而且，木蘭花也想到，如果那紅髮女子所說屬實的話，那麼，首先要做的第一件事，就是毀去那一架停留在高空的巨型飛機——敵方的總部！

如果不是那樣的話，即便發現了氫彈，那也只有製造一場大到無可彌補的災禍！而基地方面卻是並不知道這一點的。

一定要先令基地方面知道這一點，然後再設法進行高空搜索，去破壞那架巨型飛機。而她現在正占著上風，照理來說，要做到這兩點，是沒有問題的。

可是，穆秀珍和安妮在那架飛機上！

這令得木蘭花十分為難，她目前雖然占著上風，但是在整件事情中，她卻是處於下風，她在那一男一女兩人的對面，坐了下來。

暫時，她想不到什麼對策，但是，她必須有對策！

她緊蹙著雙眉，苦苦地思索著。房間中的氣氛變得十分凝重，十分沉滯，而時間在慢慢地過去，木蘭花卻仍然茫無頭緒。

8 幫了大忙

穆秀珍和安妮的被擄，是發生在昨天的午夜。

雖然說是午夜，但是在籠罩著這個城市的，卻不是黑暗，而是一片朦朧的光明，像是地球的其他地方的一個有霧的早晨。

穆秀珍和安妮兩人都沒有睡，她們在陽臺上欣賞那種奇異的景色，當她們聽到有人敲門時，穆秀珍就去將房門打開。

站在門口的是一男一女，女的有著一頭火一樣紅的頭髮，門才一打開，男的就十分有禮貌地道：「小姐，我們是同機來的，又住在同一酒店，可以賞光過來我們的房間喝一些酒，分享我們的快樂麼？我們是才結婚，到這裡來度蜜月的。」

穆秀珍笑了起來，道：「當然可以！」

安妮也轉著輪椅，從陽臺來到了門口，她們興沖沖地到了鄰室的門口，全然不曾提防著什麼，因為那一對「新婚夫妻」，的確是和她們同機而來的。

然而，當鄰室的門打開時，她們只聽得「嗤嗤」兩聲，兩團白霧迎面噴了過來。

安妮想要伸手去按輪椅柄上的掣，但那只不過是十分之一秒的時間，她們兩人立時昏了過去，男的推著輪椅，紅髮女子扶著穆秀珍，進了房間。

房間中另外有四個人在，他們之中的一個，已然準備好了注射器，以極迅速的動作，在穆秀珍和安妮的手臂上注射了一針。

當他將針拔出來時，那人道：「她們在一小時之後就會醒轉，但是在二十四小時之內，她們的肌肉不能控制，她們將不能動，但可以困難地說話。」

紅髮女子道：「很好，你帶他們向北去，在大冰田中等候『宇宙號』，現在，我們剩下來的事，就是到她們的房間中去等木蘭花了！」

那四個人答應了一聲，其中一個推著輪椅，一個扶住了穆秀珍，另外兩個拿著酒瓶，唱著歌，由酒店的大門口堂而皇之地走了出去，也根本沒有人注意他們。

一出了酒店門口，一輛卡車便駛了過來，安妮被推上卡車廂，穆秀珍則被放在一張椅子上，她的頭倚在輪椅的靠背。

四名大漢各據卡車廂的一角，然後，卡車疾駛而出。等到一小時後，安妮和穆秀珍醒過來的時候，早已駛出市區了。

穆秀珍一醒過來的時候，只覺得頭疼欲裂，口渴難忍，她想掙扎著站起來，可是她的身子像是已在空氣中消失了一樣，一點力道也使不出來。

她用盡了氣力，才使自己睜開了眼來。

當她睜開了眼來之後，她看到安妮也睜著眼望著她。她轉動著眼珠，也看清了自己在卡車廂中，有四名大漢正監視著她們，而卡車正在疾駛。

穆秀珍張大了口，口唇發著抖，好一會，才掙扎著道：「安妮，我們上當了，那……對新婚夫妻……不是好人……」

安妮的喉間發出「咯咯」聲，她也十分困難地回答著，道：「是的，秀珍姐，他們……他們……準備將我們怎麼樣？」

穆秀珍嘆了一聲，道：「我也不知道。」

她努力定了定神，盡可能大聲叫道：「喂！」

一個大漢冷冷地道：「安靜些！」

「你們要將我們弄到什麼地方去？」穆秀珍問。

「你們？你們將先到大冰田去，那是一望無際的冰崖，你們應該慶幸自己能有欣賞那種大自然奇景的機會，哈哈！」一名大漢調謔地說。

「哼，原來你們的總部是在冰島的大冰田！」

「你錯了，小姐，」另一名大漢說：「我們只不過利用大冰田來做我們總部降落的地點而已，你們可以放心，我們只不過將你們作為人質而已！」

穆秀珍苦笑了一聲，向安妮使了一個眼色，她是在問安妮，能不能使用輪椅上的裝置，令得那歹徒吃一些苦頭，受點教訓。

安妮和穆秀珍在一起的時間雖然不很久，但是她生性聰穎，一看到穆秀珍的眼色，便知道穆秀珍想要她做什麼了。

這時，她的雙手就放在輪椅的扶手之上，離最近的一個按掣，只不過半吋，而那個按掣若是一按下去，就可以有一枚威力相當強大的火箭射出來。

只不過是半吋的距離！但是，安妮和穆秀珍一樣，她的神經系統被麻醉，已使她失去了對全身肌肉的控制力量，她完全用不出力道來，也無法挪動手指。

是以，她只好對穆秀珍發出了一個苦笑。

穆秀珍心中暗嘆了一聲，瞪著那幾個歹徒，無法可施，而那幾個歹徒，卻得意地哄笑了起來。

卡車一直在向前駛著，穆秀珍和安妮也無法看到外面的景色，只是從感覺上，她們知道卡車一定是行駛在一條十分平坦的公路上。

她們僅能夠相互對望著，而過不了多久，由於卡車廂均勻的搖晃，又使她們感到十分疲倦，她們都無法克服這種疲倦，終於睡了過去。

她們是被一種突如其來的震盪而震醒的。

當她們睜開眼來之際，卡車正在可怕地跳動著，就像是一頭未經馴服的野馬一樣，穆秀珍的身子首先栽倒了下來。

她伏著，沒有力量爬起身來，只得怪叫道：「快扶我起來，這是什麼地方？你們的司機是不是走錯路，還是車子壞了？」

兩名大漢一面笑著，一面將穆秀珍扶了起來，穆秀珍覺得自己的四肢十分麻木，她的心中不禁高興了一下。

當然，這時她仍然無法揮動自己的手臂。但即使是麻木的感覺，也比剛才那樣簡直一點感覺也沒有，整個身子都空了一樣要好得多了。

穆秀珍知道那是麻醉劑的作用已在漸漸消退的緣故，可是什麼時候，麻醉劑的作用才能完全消失呢？穆秀珍心中焦急地想著。

當她又被按在一張椅子上之際，只聽得一名大漢笑道：「小姐，我們是在冰田中行駛，不消多久，你就可以看到大自然的奇景了！」

穆秀珍竭力想使自己的手指移動一下，她向安妮看去，從安妮的神情上，她也可以看出，安妮是在作同樣的努力。

車廂角落處的另一個大漢道：「喂，已經過了六小時，藥力是不是會失效？要不要再替她們注射一針，好使她們安靜些？」

另外三個人一齊笑了起來，道：「你也太多慮了，別說藥力在未到時候之前不會失效，就算失效。我們現在已在大冰田上，還怕她們飛上天去麼？」

穆秀珍一聽。忙道：「是啊，你們不用怕我們飛上天去，而我們失去知覺，味道也不很好受。你們誰帶著解藥？快給我一點。」

那四個人又一起笑了起來，一個道：「小姐，你被注射的是南美洲的一種毒劑，它能使你在二十四小時之內，一動也不能動，而二十四小時之後，我們又會注射第二針，一直等到木蘭花真正肯和我們合作為止，這種毒劑，是沒有解藥的！」

穆秀珍「哈哈」一笑，道：「你們想用這種手段來逼木蘭花就範，那你們實在是犯了一個不可饒恕的大錯誤了。對麼，安妮？」

安妮立時應興道：「當然，連我也不會在這樣的情形之下屈服，何況是木蘭花——」她才講到這裡，車子突然猛烈地顛了一下，停了下來。

接著，便聽得傳音器中，有人道：「將她們移下車子，我已和總部聯絡過，他們就要降落，我們的任務也完成了！」

那四名漢子連忙站了起來，其中的一個扳下了一個掣，車廂的一面，徐徐降下了一塊斜板，直到這時，穆秀珍和安妮才看到外面的景色。

那真是大自然的奇景，她們看到的，是一望無際的，凹凸不平的冰！在凸起的冰塊之上，凝結著厚厚的霜花，在低窪的部分，冰塊是晶瑩透澈的。

她們也無法知道那是什麼時候，因為在一望無際的冰田之上的大空，是一種奇異的，近乎透明的銀灰色，好像是一大塊那種顏色的瑪瑙，覆蓋在冰田之上。

穆秀珍和安妮互望了一眼，兩人的心中都不禁苦笑。因為她們目前處身的所在，是超乎想像之外的，那種奇特的環境，使她們感到自己不是在地球上，而像是在遙遠的外太空的怪星球上一樣。

那四個大漢將她們搬了下來，從卡車的車頭上也下來了兩個人，一共是六個大漢。那兩個將輪椅自斜板上推下來的大漢，一面推著輪椅，一面抬頭向天上看著，斜板的斜度相當大，他們的動作一個不小心，安妮突然從椅上滾了下來。

穆秀珍又驚又怒，尖聲大叫道：「你們想幹什麼？」

安妮滾跌了下來，頭部撞在一塊凸起的冰塊上，令得她好一陣昏眩。

在那兩個大漢還未曾來得及扶起她之際，她口唇碰在霜花之上，那種冰冷的感覺，令她的嘴唇感到一陣刺痛，而身子也不由自主震了一震，幾乎是突如其來的，她想到自己肌肉活動力量恢復了。

她第一個衝動，便是想立時用手在冰上按著，俯起身子來，但是，在那電光石火之間，她卻仍然伏在地上，一動也不動。

她知道，那種來自南美洲的神妙的麻醉劑，其作用是抑制一個人神經系統的活動，而人體神經系統的活動，是一個整體的環節，當她的口唇因為突然接觸到冰條的霜花，而使神經受了刺激，恢復活動之際，剎那間，全身的神經系統都恢復活動了！

那也就是說，她已不再受麻醉劑的控制了！

她其實是才一跌倒，那兩個大漢便將她扶了起來，但是那雖然只是短短的幾秒鐘，對安妮來說，卻使整個情形都改觀了！因為那六個大漢絕不知道她已恢復了活動的能力！

而且，就算知道了又怎樣呢？她只是一個可憐的，瘦弱的殘廢女孩，必須一生坐在輪椅之上！

安妮重又在輪椅上坐定之後，向穆秀珍擠一擠眼。

穆秀珍呆了一呆，不知道安妮這樣做，是什麼意思。

安妮又向她笑了一下，然後，她手指慢慢向前移動，來到了一個按鈕上停下，那個按鈕是控制著十二枚麻醉針的。

那種麻醉針，和木蘭花特製的手槍所發出來的相同，十分細小，但效果十分好，能夠在三秒鐘內使人倒地不起。

而且，它在發射的時候，聲音也十分輕微。

但即便聲音輕微，安妮還是要掩住那種聲音，因為她要對付的是六個人，她至少要不露聲色地先對付了五個人之後，才能讓敵人知道她已經可以活動。

所以，她在按下那個掣之際，大聲地打了一個噴嚏。

那一下噴嚏聲，蓋過了那輕微的「嗤」地一聲，在她面前四碼處，一個手持無線電通話器，正在抬頭向天的大漢，突然呆了一呆。

然而，他低下頭，向自己的脅下看去，現出了一種十分奇怪的神色來，接著，他雙手一鬆，將無線電通話機跌在地上。人也砰地向下倒去。

其餘幾個人都吃了一驚，一起走了過來，叫道：「魯克！你怎麼了？是怎麼一回事？」

在那一剎間，穆秀珍也知道是怎麼一回事了！

她「哈哈」大笑著，道：「信不信由你，他中暑了！」

在那種冰天雪地之中竟然會中暑，那的確是好笑之極，安妮也忍不住笑了起來。

這時，所有的人都在那第一個人中針的人身邊，也都在安妮的面前，都成了安妮最好的目標，安妮連按了七下按掣，又有三個人相繼倒了下來，目瞪口呆。

另外兩個大漢已經知道事情不妙了，他們一起向外躍了開去。可是，他們卻無論如何也想不到。那是安妮的輪椅在作怪。

他們跳了起來之後，面上充滿了恐怖的神色，四面張望著，安妮笑道：「你們在找什麼？是在找可憎的雪人麼？啊呀，看，你的身後是什麼？」

她突然尖叫著，令得那兩個人不由自主轉過頭去。

安妮立時又連按了兩次掣鈕，那兩個人連轉回頭來的機會都沒有，便身子一晃，跌在冰上。

穆秀珍忙叫道：「小安妮，你怎麼可以活動了！」

安妮揚起了雙手，接著，又控制著輪椅，來到了穆秀珍前面，穆秀珍是被兩個大漢連椅子搬下來的，這時仍然坐在椅子上。

而安妮來到了她的身邊之後，不由分說，伸手用力在穆秀珍的身上推了一下，那一推，令得穆秀珍的身子整個向前傾跌了出去。

穆秀珍張口大叫，可是她才叫得一聲，便吃進了一大口霜花，那突如其來的寒冷，令得她身子陡地一震，接著，她便一躍而起，叫道：「小安妮——」

可是，她才叫了一聲便呆住了，因為她已站起來了！

安妮也在這時笑著道：「秀珍姐，突如其來的刺激，可以令我們受麻醉的神經系統恢復正常，你看，我們勝利了！」

穆秀珍高興得跳了起來，抱住安妮的頭，又奔過去，在那六名大漢身上，重重地踢了一腳。才將他們一起提起來，拋進了車廂。

她做完了這些，道：「安妮，我們快走，回市區去！」

安妮剛點了點頭，但就在這時，一陣轟轟的聲響，已自天上傳了下來，她們都呆了一呆，一起抬頭向上望去。

只見在那奇妙的銀灰色天空上，出現了一個小黑點，那種轟轟聲變成了一種十分刺耳的噪音，而那小黑點也在迅速地降落。

那是一架樣子十分奇特的飛機。它可以說是飛機和飛碟的結合品，它的身子是圓形的，翼很短，它正在迅速地作垂直的降落。

而當它越來越低之際，可以看出，那實在是一個龐然大物！

穆秀珍和安妮兩人看得呆了，直到那飛機離地只有兩三百碼之時，穆秀珍才叫道：「小安妮，快發火箭！」

安妮的手微微發抖，她雖然醉心於冒險生活，但是她卻未曾想像，會有那麼大的一架垂直降落飛機在面前出現。

她勉力鎮定心神，道：「秀珍姐，小火箭的射程沒有那麼遠，等它再接近地面些，我才發射，秀珍姐，你最好先躲到卡車後面去。」

穆秀珍自然知道為什麼安妮要她躲到卡車後面去，因為那座龐大的飛行體在爆炸時，別說被彈片碎中，就是被氣浪擊中，也是非同小可的事。

但穆秀珍卻並不聽安妮的話，她只是道：「不，安妮，我們先上卡車，你一發射火箭，我立時開車向前飛駛，離開爆炸現場越遠越好。」

「快點，那就快點！」安妮催促著。

穆秀珍將輪椅推上了卡車廂，她又迅速地跳上車頭，將車子轉了過來，車頭和車廂是有著通話設備，她問道：「怎麼了？」

「一百碼，大約離地一百碼。」安妮的聲音十分緊張。緊接著，只聽得「轟」地一聲巨響，自那飛機的兩翼下的排氣管中，噴出了七八股白煙來。

飛機下降勢變得緩慢了！

也就在這時，安妮尖叫了一聲，連按了兩下，「颼颼」兩聲，帶起了一股烈焰，已向前激射而出，而穆秀珍也立時踏下油門，卡車在崎嶇的冰塊之上飛駛而出。

卡車才不過駛出了幾十碼，爆炸聲便已自後面傳了過來。

爆炸聲才一傳過來時，只不過是輕微的「轟」、「轟」兩聲響，但是，緊接著那一下大爆炸，卻令得整輛卡車都跳了起來！

而穆秀珍在那剎那，根本沒有法子再駕駛車子，她只好緊緊地握著駕駛盤，將身子盡可能地蜷縮著，她大聲地問著安妮，但是爆炸聲掩蓋了一切，她連自己的聲音也聽不到，根本無法聽到安妮的回答。

在那一陣大爆炸之後，又是一連串零星的爆炸聲。

雖然前後至多不過一分鐘，但是在穆秀珍來說，卻像是經歷了一世紀之久，等到爆炸聲稍靜了一些，穆秀珍連忙跳下了車來。

她轉身向前看去，只見前面一片火海，那飛機幾乎連殘骸也沒有了，烈火在冰上燃燒著，將一望無際的冰田染上了種種奇妙之極的顏色。

穆秀珍停了一停，奔到了車廂附近，她抬頭向車廂看去，只見安妮仍坐在輪椅上，她的臉色十分蒼白，她的神情卻十分興奮。

她正在叫道：「我射中了它，秀珍姐，兩枚火箭都射中了它，它立時散了開來，秀珍姐，你看，它散得只剩下一些碎鐵片了！」

安妮形容得不錯，那飛機散得只剩下碎鐵片了！

當然，那飛機上原來有多少人也無法知道了，連金屬都只剩下了碎片，何況是人！穆秀珍的臉色，也不由自主變得十分蒼白。

因為眼前的情景，即使在她的冒險生活中，也是不常見的！她將安妮推了下來，安置在車頭，她駕著車，向前飛駛而出。

如果穆秀珍認識路的話，那麼，她們來的時候，花了七小時左右，當然她們可以用七小時的時間回去，而她們出事是午夜時分，那麼，她們回到雷克雅未克，也只不過是下午兩三點鐘而已，那時，木蘭花還未飛到冰島的上空。

但是要在一望無際的大冰田中分辨方向，卻是一件極困難的事，穆秀珍駛著車，在冰田中向前疾駛，她卻弄錯了方向。

那冰田綿延好幾百里，在冰田中弄錯了方向，實在和在沙漠中迷了途沒有什麼不同，幾小時後，穆秀珍已覺出不妙了。

幸而這時，大爆炸引來的直升機也已飛到了冰田的上空，是以發現了她們，通過無線電聯絡，將她們引上了正確的道路。

但是，這卻已經耽擱了近十小時，是以，當穆秀珍和安妮兩人終於又見到了在明亮的光芒籠罩下的雷克雅未克市時，已是午夜時分了。

而當她們回到格雷酒店，她們的房間中時，不但木蘭花驚訝得張大了口，那一對「新婚夫妻」更是難以相信自己的眼睛。

而木蘭花在一時之間，實在不知道該說些什麼才好，過去的幾個鐘頭，她心中的焦急是難以形容的，因為她和基地方面約好，是清晨六時要前去報到，參加搜尋工作的，但是穆秀珍和安妮卻又落在敵人手中。

她不參加還在次要，而搜索隊事實上還面臨著一個重大的危機，而她又沒有法子將這個危機告知基地，事實上，就算她通知了基地，也是無法防範的，這才令得她真正地焦急。

可是，突然間，穆秀珍和安妮出現了！

木蘭花在陡地一呆間，那男子突然向木蘭花撞了過來，穆秀珍高叫道：「蘭花姐，小心！」

木蘭花一個轉身，左拳已重重地擊中那男子的腹部，那男子痛得彎下身來，穆秀珍趕過去，又在他的後頸上加了一拳。

那男子立時跌倒在地，那紅髮女子面色慘白，縮在一角。穆秀珍大聲道：「你們完了，你們的總部也已炸成碎片了！」

木蘭花忙道：「真的？」

穆秀珍道：「真的，這全是小安妮的功勞。」

「應該說是這張輪椅的功勞。」安妮謙虛地說道。

穆秀珍又爭著將經過情形說了一遍，在她講完之後，木蘭花也早已通知了警方，將那一男一女兩人帶走了。

安妮在穆秀珍講完之後，快聲道：「蘭花姐，你……你不會怪我們吧！」

木蘭花正色道：「安妮，我不會怪你們。但是，我卻希望你不要因為僥倖的成功，而將事情看得太容易了，你明白麼？」

「我明白。」安妮點著頭。

「好，那我們都該休息一會兒了，我們可以睡四小時，因為清晨六時，我們就要一起到基地去報到，參加搜索工作的。」木蘭花說。

「我們一起！」穆秀珍和安妮異口同聲叫了起來！

海面上沒有霧，一片晴朗，向前望去，海水突現一種奇異的顏色。這種顏色，可能是由於冰塊和冰山的反射而形成，使得海水有異乎尋常的光輝。

巨大的冰山，幾乎是在海中停頓不動的，那一座座的冰山，使人置身於童話境界之中。

木蘭花、穆秀珍和安妮一起站在甲板上。

那是一艘相當大的破冰船，但事實上，她們並不需要破冰前進。直升機停在甲板上，可以作遠程航行，送她們到目的地去的。

木蘭花翻起手腕，看了看手錶，是八點半鐘。大敵已去，現在剩下來的事，只是設法尋找那兩顆失了蹤的氫彈了。

當木蘭花將這個好消息帶回基地時。每一個人的情緒都十分高，他們都下定決心，一定要找到失蹤的氫彈，以避免一場巨大的災禍產生。

破冰艦向北駛著，到了前進緩慢的時候，便停了下來，然後，七架直升機先後飛了起來，木蘭花、穆秀珍和安妮三人，同在一架直升機中。

直升機葉的軋軋聲，和投在冰原上的巨大黑影，令得海豹群驚惶失措地跌進了海水中，雪白的冰原上，黑黑的海豹，成為極其強烈的對比。

木蘭花曾到過北歐國家的北部，但真正來到北極，卻還是第一次，她向下望去，只覺得銀光奪目，以致她不得不戴上深綠色的護目鏡。

基地組成的搜索隊，隊長就是那位少將，他通過無線電話，不斷地和木蘭花在聯絡著，他告訴木蘭花：「我們目前是飛向飛機出事的地點，蘭花小姐，你對於氫彈的所在地，可有什麼概念了沒有？我剛才接到消息，由於敵方的總部被毀的消息傳了開來，他們的支部也潰散了，格里治中尉已逃了出來，安全抵達基地了，是不是要接他前來參加工作？」

木蘭花想了一想，道：「不用了，讓他多休息一下。」

木蘭花緊皺著雙眉，對於如何尋找氫彈，她仍然沒有什麼概念，但是她卻已想到了一點：那兩枚氫彈，一定是被藏在十分巧妙，令人意想不到的地方。

而根據格里治中尉的說法，敵人方面不可能將氫彈運走，那麼自然就是藏在附近，她一面想著，一面回答著少將：「我們降落之後，順著格里治中尉畫出的那條路線向前去找，一切探測儀器仍然不要放棄，雖然氫彈被特種金屬包裹著，輻射探測儀並沒有用處。」

少將道：「是，二十分鐘後，我們就可以看到飛機殘骸了，飛機殘骸一直未曾被搬過來，留著它，可以作正確的指示地點。」

木蘭花聽了之後，心中陡地一動，道：「少將，運載氫彈的飛機，在發現失事的情形之後，應該做什麼緊急的措施？」

「第一步，當然是先試做緊急降落。如果沒有可能的話，那就放棄氫彈，氫彈有自動的緩慢降落裝置的。格里治中尉說，飛機一出事，他就放棄了氫彈，接著飛機就撞毀了。也正是由於考慮到搬運氫彈不是容易的事，氫彈可能就在失事飛機的附近，所以才未曾搬動殘骸的。」

木蘭花又呆了半晌。才道：「少將，那就是說，你們未曾搬開飛機的殘骸。」

少將反問道：「什麼意思？」

木蘭花道：「要搬運氫彈不是易事，但是要搬運飛機殘骸，卻十分簡單，我的意思是，飛機在失事之後，敵方曾搬動飛機殘骸，而你們卻不知道，在殘骸附近尋找氫彈，那當然是一無所獲，而事實上，氫彈在被放棄之後，一直在原來的地方，未曾移開過。」

在無線電話之中，可以聽到少將歡呼的聲音，道：「蘭花小姐，你的推測對了，我們竟全未想到這一點。喂，上校，快向基地查詢當日格里治中尉的飛行記錄，查看他失事的正確地點，蘭花小姐，這次，你真的幫了我們一個大忙了！」

木蘭花笑道：「少將，格里治中尉繪的圖也是很有用處的，他在圖上畫了幾個特徵，我相信他昏迷醒過來之後，飛機殘骸還未經搬動，殘骸被移開，是他獲救之後，而你們第一次的大規模搜索還未曾開始之前，中尉的圖，可以使我們瞭解正確的地點！」

穆秀珍興奮地道：「蘭花姐，原來事情就那樣簡單！」

木蘭花笑了一下，道：「在真相大白時，一些很複雜的事，其實都是很簡單的，現在，我明白為什麼敵方那麼怕我參加搜尋了。」

安妮道：「他們知道你的厲害，蘭花姐。」

「不是，是因為我始終只在旁觀的地位，可以冷靜地去思考問題，因之也容易想到問題的關鍵，你們想，氫彈既然是難以移動的，而它又失了蹤，那麼，當然是飛機的殘骸被移動過了！」

十五分鐘之後，基地的報告來了。

格里治中尉飛行時，最後一次和基地聯絡時，他的位置是在如今飛機殘骸以西二十哩。那也就是說，在最後聯絡之後。飛機失事墜毀，應該是跌落在距現今飛機殘骸東二十哩之外，而飛機殘骸向東移了二十哩！

少將立時命令直升機隊在飛到了飛機殘骸的上空之後，轉向東飛，而且保持低飛，以便隨時尋找格里治中尉所說的地形特徵。

幾分鐘後，從直升機上望下去，已經可以看到飛機的殘骸了，它在冰上閃閃生著光，直升機盤旋著，立時轉向東飛去，那時，直升機離冰面，只有三十呎。

冰原看來到處全是一樣的，格里治中尉所特別指出的，也只是一條據他所稱，是平坦的路，在巨大的冰原上，要找出這樣的一條「路」來，當然不是容易的事，但是卻也不是全無痕跡可尋。

在直升機向東，飛出了十六哩左右之後，穆秀珍首先叫了起來，道：「看！」

七架直升機之間，是全部有無線電話聯絡系統的，穆秀珍的叫聲，七架直升機上的人都可以聽得到，穆秀珍叫道：「看，看那些冰塊！」

的確，他們下面的那些冰塊是有些特別，冰塊的一邊，全十分平整，像是被人工削去的一樣，而靠近平整的那一邊，冰原又十分平整。

木蘭花立時肯定道：「這是一條路！就是格里治中尉所說的那條路！」

直升機立時降得更低。而且，在十分鐘之後停了下來。

機上的人員一起下來，展開了搜尋。

由於他們已經找到了正確的地點，是以，不到一小時，就已經有人在半哩外歡呼了起來，所有的人都向發出歡呼的地方集中。

他們看到了兩塊巨大的冰塊，但是在冰塊之外，卻可以看到兩個巨大的金屬鉤露著。

少將緊握著木蘭花的手，搖撼著道：「找到了，蘭花小姐，你使我們找到了氫彈，你看。這是降落裝置的鉤，他們一定在氫彈上噴上了水，水又結成了冰，以致氫彈的外面全被冰結住，看來就像是冰塊一樣，如果不是你指出飛機的殘骸曾被移動過的這一事實，那我們是找不到氫彈的！」

在少將講這一番話的時候，每一個人都用敬佩的眼光望著木蘭花。

木蘭花則謙虛地笑著，道：「我想事情已結束了，只不過還有一點，在你們運回氫彈之際，最好先將外面的冰層溶化，敵人方面，有爆炸裝置附在氫彈之上的。」

「謝謝你！謝謝你！」少將仍然握著木蘭花的手。

當木蘭花、穆秀珍和安妮三人，在北歐又遊玩了大半個月，再回到本市之際，納爾遜的傷也已痊癒了，他和高翔、雲四風在機場接機。

當他們一路走出來之時，納爾遜笑著道：「蘭花小姐，我代表整個國際警方向你道謝，我們已經得到那筆獎金了。」

穆秀珍忙道：「我們的那份呢？」

木蘭花忙道：「秀珍，我們絕不是為金錢而工作的，你這樣講是什麼意思？」

穆秀珍忙道：「蘭花姐，這是他事先講好的嘛，而且，我們不要錢，難道喝西北風啊，別忘了，我們還要讓安妮讀大學呢！」

「我不念大學！」安妮揮舞著雙手叫了起來。

各人都笑了起來，納爾遜已從上衣袋中取出了一個信封來，道：「秀珍小姐，我當然不會忘了你們這一份的，這一份，就是你們的。」

木蘭花還來不及阻止，穆秀珍已一把搶了過來，打開信封，裡面是一張銀行支票，上面支票機軋出來的數字之大，令得穆秀珍「嘩」地叫了一聲。

木蘭花瞪了她一眼，道：「秀珍，這次最大功勞是安妮，這筆錢應該交給安妮來支配，她喜歡怎樣用，就怎樣用。」

她一面說，一面用肘輕輕地碰了碰穆秀珍。

穆秀珍立時明白了木蘭花的意思，木蘭花是想看看安妮的心地怎樣，以及她心中究竟有些什麼樣的願望。她順從地將支票交給了安妮。

安妮將支票按在胸前，每一個人都停了下來，想聽安妮究竟怎樣決定。

安妮慢慢地道：「這一大筆錢，我想足以建築一家十分完善的療養院了，我要使和我一樣有著身體缺陷的兒童，都能在療養院中，得到本來就應該屬於他們的歡樂！」

她說完之後，突然轉過身來，抱住了木蘭花道：「蘭花姐，這全是你賜給我們的。」她的聲音中充滿了愉快，但卻流出了眼淚。

穆秀珍忙叫道：「安妮，我們自己不留下一點麼？」

安妮咬著手指，道：「當然留下一點，夠用就行了，我還想每天吃一個奶油香蕉布丁呢！」

高翔笑道：「安妮，我看奶油香蕉布丁的味道還不如你的手指好，是不是？」

在一陣歡愉的笑聲中，他們走出了機場。

請續看《木蘭花傳奇》15 鬥魚

倪匡奇情作品集

木蘭花傳奇 14 鑽石局（含：星鑽、北極氫彈戰）

作　者：倪匡
發行人：陳曉林
出版所：風雲時代出版股份有限公司
地址：10576台北市民生東路五段178號7樓之3
電話：(02) 2756-0949
傳真：(02) 2765-3799
執行主編：朱墨菲
美術設計：許惠芳
業務總監：張瑋鳳
出版日期：2023年12月
版權授權：倪匡
ISBN ：978-626-7369-08-1
風雲書網：http://www.eastbooks.com.tw
官方部落格：http://eastbooks.pixnet.net/blog
Facebook：http://www.facebook.com/h7560949
E-mail：h7560949@ms15.hinet.net
劃撥帳號：12043291
戶名：風雲時代出版股份有限公司

風雲發行所：33373桃園市龜山區公西村2鄰復興街304巷96號
電話：(03) 318-1378　　傳真：(03) 318-1378
法律顧問：永然法律事務所 李永然律師
　　　　　北辰著作權事務所 蕭雄淋律師

行政院新聞局局版台業字第3595號 營利事業統一編號22759935

定價：299元　

國家圖書館出版品預行編目資料

鑽石局／倪匡 著. -- 臺北市：風雲時代出版股份有限公司,
2023.10, 面； 公分.（木蘭花傳奇；14）

ISBN : 978-626-7369-08-1（平裝）

857.7　　112015064